異世界
ドロンジョの
野望
著者 大楽絢太
イラスト みやま零
監修 タツノコプロ

ドロクレア
ボヤトリス
トンズレッタ
CHARACTERS

ドローリア
ドロンジョ
ダラケブタ

CONTENTS

ISEKAI DORONJO
NO YABOU

異世界ドロンジョの野望

著者 大楽絢太　イラスト みやま零
監修 タツノコプロ

イラスト／みやま零
監修／タツノコプロ
（原作「タイムボカンシリーズ　ヤッターマン」）

一章・とある悪女と黒い竜

今ではない時、ここではない世界。

とある場所に、巨大な博物館があった。

ニューヤーカー国立博物館。

某大国が、その有り余る富を基に集めた、世界中の逸品、珍品、名品、希少品を蒐集、展示している、世界的に有名な観光スポットである。

そこに集められた展示品の数は、およそ三〇〇万点を超えるとされ、中には、人類文化史を知る上でとてつもない価値があるという点から、価格をつければ数千億はくだらないと言われるような希少品も存在していた。

中でも、数年前に古代プジィプトの王墓から発掘されたという純金で出来た発掘品、『眼帯の髑髏(どくろ)』は、別次元から来たとも、世界史の教科書を根底から覆すような発見だとも当時騒がれた代物で、今でも一番の目玉として多くの観光客をひきつけている。

さて、そんな『眼帯の髑髏』も展示されている、ニューヤーカー国立博物館の最奥、『特別展示室』の間。

そこを今、ソロソロと忍び歩く、あまりにも怪しい人影が三つあった。

人呼んで〝ドロンボー一味〟。

世界的に有名——というほど有名ではないが、一部では知られた、局所的知名度のある、男女三人組のドロボウ集団である（まぁその他、詐欺に恐喝、器物損壊に公務執行妨害と、殺人以外の悪さはだいたい行っているが……）。

発明の天才、ボヤッキー。

腕力担当の肉体派、トンズラー。

そしてその二人を束ねる希代の女ボス、〝悪の華〟ドロンジョで構成されるその小悪党達は、一切の気配、物音を立てないように注意しつつ、堪（こら）えきれないような満面の笑みを浮かべながら、『特別展示室』をこそこそと進んでいた。

ちなみに、言い忘れていたが、現在、時刻は午前三時。

開館時間はとっくに終わり、館内、ましてや、天文学的価値のある『眼帯の髑髏』の置かれた『特別展示室』に、人など居ていいはずのない、そんな時間である。

「やれやれ。笑いが止まらないねぇ、お前達」

集団の先頭、顔のほとんどが隠れる黒いマスクに、扇情的な黒衣のレオタードのようなものを纏っているドロンジョが、我慢しきれないように呟く。

「入っちまえば、こうも警備がザルだなんて」

ちなみに今日は、マスクの上に、さらに巨大な赤外線ゴーグルも装着している。それで灯りの無い館内を視認し、さらに、幾重にも張り巡らされた警備用の赤外線の糸を、するするとかいくぐっているのだ。

「きひひ、だ〜から申し上げたでしょうドロンジョ様。アタシとトンちゃんが調べ上げた今回の計画は完璧だって」

後ろに続く、小狡（ずる）そうな男、ボヤッキーが得意満面に言う。

「今日は、急遽開かれる館内スタッフ全員集めての大宴会とやらで、えっらい警備が手薄な日なんでございますことよ」

身体をクネクネと動かしながら、ドロンジョの機嫌を窺うよう下手下手から話すこの男は、しかしその外見から想像ができないほどの、本物の発明の天才だった。

現に、今三人がつけている赤外線ゴーグルも、ドロンジョに言い渡された無茶な予算内で、ボヤッキーが夜なべして作った手製のゴーグルである。

まぁこの三人にとっては、それが当たり前の光景なので、誰も改めてその凄さに注目する者はいなかったが……。

「せやせや。やっぱ日頃の行いがええんやな、ワイらは。ドクロベエ様から指令があった次の日が、こんなドロボウ日和な警備態勢の日やなんて。今日こそ指令達成の予感でっせ！」

その後ろで、妙にウサン臭い関西弁で威勢よく応じるのはトンズラー。

髭面に、ずんぐりむっくりな体型のこの男は、ボヤッキーのような特殊技能はなかったが、その屈強な肉体と憎めない性格で、チームのムードメーカーのような存在でもあった。

「指令達成か」

そんなトンズラーの言葉に、先頭のドロンジョはウットリと頷く。

「そうだねぇ。もし達成したら、あのお方からどんなご褒美がもらえるのかねぇ」

夢見るような声で、ドロンジョは言う。

今回はノベライズなので時間がなく、詳しくは説明しないが、あのお方というのは、ドクロベエ。

ドクロストーンと言う石を探す為、この三人に、いつもどこからともなく〝悪の指令〟を出す、三人のボスのような存在である。

今回も、三人は「ニューヤーカー国立博物館に、『眼帯の髑髏』という秘宝があるだべぇ。それこそが、私が探し求めるドクロストーンに違いないべぇ、盗ってくるだべぇ」と指令を受け、ここに来ていたのだった。

「ご褒美、やっぱ大金塊かねぇ……」

「アタシは、誰か女子高生を紹介してほしいかしらねぇ」

「ボヤやん、そればっかやな。ワイは、なんかウドン食べ放題のチケットとか欲しいでんなー」

まだ任務達成もしていないのに、すでに報酬を夢見て、恍惚とした表情を浮かべるドロンジョ達。

取らぬ狸の皮算用、×三。

ドロンボー一味、いつも通りの光景である。

※

一方。今ではない時、ここではない世界。

そして、ドロンジョ達が居る世界、とも違う世界——。

どこか大きな城の、人気の無い、屋上のような場所。

「いよいよこの時がやってきたわけじゃな……！」

そこでは今、ある一人の少女が、手中の手鏡を眺めつつ、自身の運命を大きく変えようと意気込んでいた。

奇妙ないでたちの少女だった。

背丈は完全に子供。恐らく年齢は一二、三歳。凛とした声や眼差しは、どこか高貴なものを感じさせる少女だったが……

その身に纏うファッションは、どこからどう見ても、高貴とはかけ離れたものだった。

目と口だけが露出した、黒い革で作られたと思(おぼ)しきマスク。

その幼児体型には絶望的に似合わない、同じ素材で作られた、ハイレグ水着のようなボンテージ風ドレス。

首から下げている、大きな青い宝石のついたペンダントだけが、かろうじて違いを強調しているが、基本的にはまさに今、別の世界でドロボウを働こうとしている、とあるオンナドロボウと妙に似通ったファッションだった。

「しくじるでないぞ、ドロンジョ……！　そして、妾(わらわ)よ……！」

そしてその少女は、手元の手鏡を覗き込みながら、ドロンジョの名を呟いている。

視線の先。手鏡の中には、ニューヤーカー国立博物館内を進む、ドロンジョ達の姿が映し出されている——！

※

そんなどこかの世界の誰かの物語のことなど露知らず。

ドロンジョ達は、特別展示室内を順調に進んでいた。

そして、ややおめでたいところがあるとはいえ、なんだかんだ三人は百戦錬磨のドロボウだった。

「よし、こっちはこれでオッケーだね。ボヤッキー、そっちはどうだい？」

「準備オッケーでございますですわよ」

五分後。三人は、特別展示室内の『眼帯の髑髏』の前へたどり着き、その入手準備を完了していた。

もちろん、言うまでもないことだが、『眼帯の髑髏』には、二重三重の防犯措置が施されている。

まず『眼帯の髑髏』は、台座の上の、幅三〇センチ程度の立方体ショーケースの中に格納されていて、そのショーケースは、銃弾を通さない。

そして、その台座の回りには、幾重にも赤外線の糸が張り巡らされ、閉館中は容易に近づけないようになっていた。

しかし、この三人は、これくらいのセキュリティは、もう数え切れないほど経験している。この三人がドジを踏むのは、この場面ではない。別の局面なのだ。

「よし。ボヤッキー！　警報装置、解除！」

「アラサッサー！　全国警報装置解除メカ協会推薦のアタシのマシンの威力、思い知るのよ！」

お馴染みの独特の掛け声と共に、やはり低予算で作ったと思われる、怪しげな機械のツマミをぐりぐりと回すボヤッキー。

「グリッとな」

その瞬間。

ブツンッ……。どこかで何かがダウンし、『眼帯の髑髏』の回りに張り巡らされていた赤外線の糸が、瞬く間に全て消失した。

「よし、第一関門突破！　トンズラー！　次はお前のご自慢の怪力の出番だよ！」

「ホラサッサァ！」

その瞬間、こちらもいつもの掛け声と共に力瘤を作って構えるトンズラー。

そしてどこからともなく、自分の背丈ほどもある鋼鉄製のハンマーを取り出したかと思うと――

「ドッカーン！」

ただただ膂力に任せ、それを『眼帯の髑髏』のショーケースに振り下ろす！

当たり前だが、このショーケースは、銃弾は弾くが、鋼鉄製のハンマーを、しかも至近距離から力任せに叩きつけられることは想定して作られていない。

ハンマーを喰らったショーケースは、一瞬、ゴムのように湾曲してその衝撃に耐えたかに見えたが、次の瞬間、

バッコォォォ！

破裂する水風船のように、三人の前で四散した。

そして、四散したショーケースの欠片が、雪のように積もった台座の上には、もう遮るものが何も無い、黄金で出来た髑髏の彫像の姿……！

「ようし、よくやったよトンズラー！　ボヤッキー！」

歓喜の声をあげるドロンジョ。

「これがドロンボー一味の実力だよ、どんなもんだい！」

「へ？　ドロンジョ様、なんもしてへんような……」

「ちょ、トンちゃん、やめときなさい！　殴られるわよ！」

労働量にかなりの格差はあったが、ともかく、

「これが『眼帯の髑髏』かい……！」

瞳を少女のように輝かせて、ドロンジョは台座から『眼帯の髑髏』を持ち上げた。

変わった形の髑髏だった。

ずっしりとした重量を感じられる黄金で出来ており、眼窩の片方には、様々な細工が施された黒い眼帯が巻かれている。

そしてもう一つの眼窩には、赤い……中に、何か生き物……竜……いや、タツノオトシゴのような紋章が入った、不思議な宝石がはめられていた。

「これこそが、ドクロベエ様が探していたドクロストーンなんだね……！」

実は三人は、ドクロベエの命令を受けドクロストーンを探しているが、ドクロストーンとは何なのか、深くは知らない。そして深く知る気もなかった。とにかく、その結果、何かご褒美がもらえるならそれでいいのだ。恐ろしいほど気楽な三人である。

「ようし、これさえあれば、もうこんなところに長居は無用だ。トンズラー。ボヤッキー。とっととアディオスするよ！」

「アラサッサー！」

「ホラサッサー！」

目的のものは入手した。

颯爽とその場から退却するドロンボー一味。

ドロボウパートまでは、やたらうまく事が運ぶ。

これもまた、ドロンボー一味、いつも通りの光景である。

※

一方その頃……黒衣を纏ったマスクの少女は、手鏡を見ていなかった。

手鏡を足元に置き。

目を閉じ、両手を胸の前で組み、なにやら、ただならぬ様子で集中力を高めている……。

「決戦の時は近い……！」

そしてシリアスな口調でふとそう呟き。

「これが妾にとっては生涯最後の祭りじゃ。どうかうまくいってくれ……！」

厳かな雰囲気の中、意味深な台詞（せりふ）を、少女は集中しきった表情で呟いている……。

※

さて、一方ドロンジョ達。

実はドロンジョ達は、一直線に、ある場所へと向かっていた。

それは、〝お約束の展開〟という場所。

もちろん本人達は、自分達がそんな場所を目指してひた走っていることなど想像もしていない。むしろ、それから逃れる為に走っているとすら思っているだろう。

しかし、〝お約束〟……もしくは〝様式美〟〝テンプレ〟もっと言えば、〝運命〟というやつの力は、そんなドロンジョ達の思惑を軽く無視するほど、強固で、頑固で、堅固な力なのだった。

ちなみに……そのお約束には、もう一つだけ、別の名前も存在している。

その名も、正義の味方〝ヤッターマン〟。

「待ってろ、ドロンボー一味……！　今日こそ絶対一網打尽にしてやるからな⁉」

「そうよそうよ！　行きましょ、ガンちゃん！」

同時刻。

ドロンジョ達と、数々の名（迷？）勝負を繰り広げてきた、揃いのツナギに身を包む絶対的英雄カップルが、愛機ヤッターワンと共に、ニューヤーカー国立博物館の正面玄関に到着していた……！


「ようし、あと少しだよお前達！」

そんな自身達の運命など露知らず、脱出を開始していたドロンジョ達は、まんまとニューヤーカー国立博物館、『正面玄関ホール』に到着していた。

つまり。たった今宿敵ヤッターマン達が到着した場所と、玄関扉を挟んだ内と外。目と鼻の先に、ドロンジョ達は、自分から駆け込んできているのである。

馬鹿。

愚か。

マヌケ。スカポンタン。飛んで火に入るなんとやら。

そんな罵声をドロンジョ達に浴びせたくなる者もいるだろう。

しかしこれが悪党の運命。どこへ行こうと、どんな作戦を立てようと。結局ドロンジョ達は、ヤッターマンと対峙する星の下に生まれてしまっているのである。

そうなると、ドロンジョ達に待っているのは、いつも通りの展開。

即ち、
・ドロンボー一味、ヤッターマンと会敵。ヤッターマンは名乗りを上げ、ドロンジョ達は不快感をＭＡＸにする……！
・そして始まる白兵戦。男性ヒーローヤッターマン一号は、ボヤッキーとケンダマなどを交えた中距離戦を。
・女性ヒーローヤッターマン二号は、トンズラーと、ステッキ等を交えた意外に本格的な近距離戦を行う。
・なんだかんだ、正義のチカラの前に追い詰められるトンズラーとボヤッキー。そこでいよいよ、女ボス、ドロンジョが叫ぶ。
「ええい、メカ戦だよお前達！」

メカ戦……つまり、ドロンボー一味とヤッターマン陣営が、その時作ってきたメカとメカをぶつからせ、勝負の決着をつける一番盛り上がる時間帯。

ここらは概ね、メカ戦前半では、ドロンボー一味が、その新型メカの性能を遺憾なく発揮し、ヤッターマン達を追い詰める。
・しかしそこで、ヤッターマン達は、パワーアップアイテム『メカの素』を自機に投入！

結果、自機は覚醒状態になり、ドロンジョ達のメカは完全粉砕。
・敗北を喫するドロンボー一味。
こうして今日も、ドロンジョ達は、ドクロストーンの入手に失敗するのだった…………～

ｆｉｎ～。


過程の展開は多岐にわたるが、両陣営の戦いの始まりと終わりはいつもこんな感じだった。

悪事を働こうとしていたドロンボー一味は絶対にヤッターマンと遭遇し、善戦するが、結局戦いに破れる。数え切れないくらい、この面々は、この展開を繰り返してきたのである。

だからこそ、この先も、自分達を待っているのはそんな〝いつも通りの展開〟であることを、誰も、疑ってはいなかった。

勝率一〇〇％のヤッターマンは勿論、常に勝利を目指しているドロンジョ達ですら、心の奥底では、今回も自分達を待っているのはそういう展開だと予感していただろう。

今日もまた、覆ることのない、いつもの日常がやってくる。

この世界の誰もがまだ、この時点ではそう思っていた――！

※

しかし。ただ一人、そのお約束をよしとしない者……いや。もっと言えば、空気を読まない者が、ある世界に存在していた。

そう、黒マスクの少女……！

「来たな……！」

少女が立っている、巨大な城の屋上。

頭上にはとてつもなく分厚い雲、そして神の怒りのような雷鳴が轟く、不吉な夜空が広がっている。

そんな中、何かが満ちたのを感じたように、少女はパチリと眼を見開き、手鏡を拾った。

「ドロンジョ、喜べ。高貴なる妾が、今、手助けするぞ？　生まれた世界は違えど、妾も心は、ドロンボー一味……！　どうか妾の助太刀の一撃、役立てるがよい！」

ゴウッ！　そして、自身の黒い服を突き破らんばかりに全身から漆黒の闘気を放つと、

「〝ドロンボーがいる限り、この世に正義は栄えない〟……ヤッターマン！　我らが積年の怒りを喰らえ！」

シリアスな台詞を吐くと共に、闘気を一気に右手に収束させ、その右手を――そのまま手鏡の鏡面に押し付ける。

「ゆけ！　禁術――〝黒竜(インビジブル・ドラゴン)〟！　妾が仲間の命を助けよ！」

決然とした声で叫ぶ黒衣の少女。

その瞬間、カッ――！

少女が首から下げていた青いペンダントが眩く輝き――！

「グァァァァァ！」

刹那。お約束を薙ぎ払うような、凶悪な咆哮がどこからともなく轟き、そして――！

「う……うわああああああああああ⁉」

次の瞬間――

ドロンジョ達は、信じられない光景を目にしていた。

「へ？　ど、どうなってんだい……⁉」

ニューヤーカー国立博物館の玄関ホール。

そこに、ドロンジョ達を困惑させる光景が広がっていた。

※

数分前。案の定、ドロンジョ達は、ヤッターマン達と遭遇。

そこからしばらくは、いつも通りの展開だった。

爽やかに現れるヤッターマン陣営。

毒づくドロンボー一味。

白兵戦。互角の戦い。しかし次第にバランスが崩れ、ボヤッキーとトンズラー、後退……！

「ええい、何やってるんだいお前達⁉　こうなったらメカ戦だよ！」

勿論、その後に待っていたのは、ドロンジョのその台詞だ。が。

なにやらいつもと違う展開が待っていたのは、その直後だった。


「**グァアアアア！**」

ドロンジョが「メカ戦だ！」と叫ぶや否や。

唐突に、ドロンジョの頭上に、黒い無数の光が集まっていき……やがてそれは、黒い鱗に、二枚の巨大な翼。ドロンジョ達のメカや、ヤッターマン陣営のヤッターワンなど比べ物にならない大きさ、凶暴さを感じさせる、体長二〇メートルはあろうかという巨大な〝竜〟になった。

そしてその竜は、ギロリとホールにいる両陣営、つまりドロンボー一味とヤッターマン陣営を一瞥した後。

「ガァァァァ！」

ある一方に向かって、その口から炎を吐き出したのである。

そして、その矛先は、こういう時、絶対悲惨な目にあう、ドロンボー一味ではなかった。

炎を向けられたのは、正義の味方、ヤッターマン……！

ドロンジョ達は、そんな光景を、ポカンと見つめているのだった。

「えーと……？」

自分達のピンチに、どこからともなく黒い竜が現れて、ヤッターマン達を攻撃している。

あまりに馴染みがなさすぎる新展開に、一瞬言葉が出てこないドロンボー一味。

「ボ、ボヤッキー。あれ、アンタが作ったのかい？　す、凄いじゃないか！　今までのダメメカはなんだったんだい⁉」

混乱しているのか、ドロンジョはボヤッキーにそんな言葉をかけている。

「い、いいえ、今回は、赤外線ゴーグルで予算がなかったので、いつも使ってる〝三輪車〟をモチーフにした、正直手抜きメカだったんですが……？」

「ほ、ほったら……」

三人は顔を見合わせる。

「あのドラゴン」

「一体」

「どちらさんのドラゴンでまんねん？」

困惑するドロンジョ達だったが。

「グアァァァ！」

その間も、竜はまるでヤッターマン達をいぢめるように、お尻めがけて、灼熱のブレスを放射している。

「く、くそう、卑怯だぞドロンジョ！　こんなすごいメカを作っていたなんて⁉」

それに対し、たまらないようにヤッターマン一号は叫んでいた。

「そ、そうよそうよ！　今までの格好悪いメカはなんだったのよ！　もしかしてわざと手を抜いていてわたし達を内心馬鹿にしていたの⁉　ヤッターアンコウやヤッターペリカンなんか相手にならないって！」

ヤッターマン二号にいたっては、勝手に傷つき勝手に涙している。

どこも考えることは一緒だった。

「い、いや、ちょ、そう言われても……」

ドロンジョには困惑しかなかったが、

「く、くそう……一旦退却だ！」

その結果――

ありえない台詞が二人から放たれる。

「お、覚えてなさいドロンボー一味！　ヤッターマンは絶対負けないんだから！」

「そ、そうだそうだ！　次に会ったらただじゃおかないんだからな⁉」

「ワオーン！」

ヤッターマン達は、炎に包まれたニューヤーカー国立博物館の玄関ホールから、まるっきりいつもドロンジョ達が口にするような〝ザ・負け惜しみ〟を残しつつ、愛機〝ヤッターワン〟に掴まって一目散に退散していく。

残されたのは、『眼帯の髑髏』を抱えたままのドロンジョ、ボヤッキー、トンズラー。

「…………へ？」

数十秒後。三人は顔を見合わせた。

「これ、もしかして……」

「アタシ達……」

「勝ってもうたんでっか……？」

※

「やった……！」

そんな光景を見ていた鏡の前の少女は、興奮を抑えきれないように胸の前で小さくガッツポーズを取っていた。

「役に立てた……！」

まるで、百年前から企てていた悲願が成就したような、興奮気味の笑顔で少女は言う。

「これがチーム……！　これがドロボウ……！　そしてこれが自由か……！　なんというカイカン……！」

恍惚の表情でしばし少女は、何かの余韻に浸っていたが……。

「よし……第一段階はこれで終わりじゃな」

笑顔で自らその余韻に終わりを告げると。

「では第二段階に移行しよう。あ、じゃが……その前に、〝黒竜（インビジブル・ドラゴン）〟を戻さんとな」

その笑顔のまま、トントンッ。胸元のペンダントを、ノックするように二度　指で叩く。

……………………。

途端に訪れる、どうしようもない静寂。

「…………。む？」

そこで少女は首を傾げる。

「？　何故〝黒竜（インビジブル・ドラゴン）〟が、反応せんのじゃ……？」

そこから少女の〝計画〟がどんどん狂い始める……！

※

「な、なんか分かんないけど……大チャンスだよ、お前達!!」

そんな少女の困惑など知らず、ドロンジョ達は転がり込んできた棚からぼた餅な状況に浮かれきっていた。

「どっかの誰かが遣わしてくれた、あのドラゴンのお兄さんが、憎いヤッターマン達を追い払ってくれたよ⁉」

ヤッターマンを追い払った途端、置物のように静かになった黒竜を見やりながらドロンジョ。

ヤッターマンはもういない。あとは、このドクロストーンをドクロベエのところまで持ち帰れば、自分達史上初の、完全勝利……！

「けど、ドロンジョ様、結局あのドラゴンはどこの誰だったワケ……？」

首を捻るのはボヤッキー。

「せや。ワイもそれが、なーんか歯と歯の間にひっかかったタコ焼きのタコみたいで」

トンズラーも頷くが、

「このスカポンタン！　んなこたどうでもいいじゃないか！」

ドロンジョは、つかつかと黒竜の足元まで歩み寄り、

「これはきっと、いつも不当な目にあってるアタシ達に、天の神様がよこしてくれた季節外れのクリスマスプレゼントなんだよ！」

バシバシ、黒竜の足の甲を叩きながら力説する。

「そ、そういうものかしら……？」

「ま、まぁ、ドロンジョ様がええなら、それでええけど？」

「いいったらいいんだよ！　さ、お前達！　そうと決まったら悪は急げだ！　さっさとここからズラかって、アジトに帰るよ！」

有無を言わさぬ口調で命令するドロンジョ。

本当のところ、ドロンジョもこの黒竜の正体は気になってはいたが、しかしそんなことより何より、突然舞い込んできた〝任務を完全達成する〟という大チャンスを、是が非でもものにしたかったのだ。


「というわけで、準備はいいね⁉」

「ア、アラサッサー！」

「ホラサッサー！」

ツキが逃げないうちにと、サッサと勝利の瞬間へなだれ込もうとするドロンジョ達。

『待テ……！』

しかし、当然だが、そうはスムーズに行かないのが、ドロンボー一味……特にドロンジョという女が生まれた星の下だった。

「『オ前ヲ行カセル訳ニハイカナイ……！』」

いつものお約束とは違う、新たな受難が、ドロンジョに押し寄せようとしていた……！

※

「ま、まさか………！」

その光景を鏡越しに見ていた別世界の少女は、呆然としていた。

「妾は。先刻、〝黒　竜（インビジブル・ドラゴン）〟に、どんな命令を下した……？」

思い出すまでもなかった。

『妾が仲間の命を助けよ』。少女は、そんな叫びと共に、黒竜を鏡の中に送り込んでいた。

ということは――。

「命を助ける…………」

少女はごくりと唾を飲み込む。

「それは……〝黒竜（インビジブル・ドラゴン）〟にとって、どうなったら〝命を助け終わった〟状態になるのじゃ……!?」

※

「ハァ……?」

突然話しかけられたドロンジョは、驚きより先に怒りを覚えていた。

「『行カセル訳ニハイカナイ……!』って……冗談じゃないよ、なんでアタシがアンタの命令に従わなくちゃいけないんだい!?」

雇われボスとはいえ、プライドの高さはアベノハルカスより高いドロンジョである。煙管（キセル）からドクロ型の煙を吐き出しながら、貫禄たっぷりに反論する。

「『理由ハ明快ダ。オ前ニトッテ、此ノ世界ハ危険スギル……!』」

それに対し、黒竜は、意外なほど知性を感じさせる声で答えるのだった。

「『短イ時間ダッタガ色々理解シタ。

正義ノ味方、ヤッターマン。

足ヲ引ッ張リソウナ部下。

オ前ニ苛烈ナオシオキヲ強イテイル上司。

此ノ世界ハ、オ前ニトッテ、命ノ危険ガ多スギル……』」

けっこう、的確な分析を口にし、

「『ダカラ我ハ、我ガ主ノ命ニヨリ、オ前ヲ運ブ事ニシタ。世界デ一番安全ナ場所。我ガ主ノ城、〝モンパルナス城〟へ――』」

そこまで言うと、いきなりだった。

シュルルル……！　さっきまで置物のように静止していたのがウソだったように、黒竜は、俊敏な動きでドロンジョを尻尾で巻き取る。

「え⁉　ちょ⁉　なんだいなんだい⁉」

いきなりのことでドロンジョは全く反応できなかった。丸太のような太さの尻尾に搦め捕られ、ゴトッ。思わず抱えていた『眼帯の髑髏』も取り落としてしまう。

「ボ、ボヤッキー！　トンズラー！　なんとかしな！」

ドロンジョは叫ぶが、

「『無駄ダ。少シダガ、時ノ流レヲ塞キ止メサセテモラッタ』」

ボヤッキーは、あんぐりと開いた口に手を当てたまま、トンズラーは、驚いて後ろにひっくり返りそうになっているという、マヌケなポーズで制止したまま、ドロンジョの声に何の反応も示さない。

「こ、こぉのスカポンタン！　肝心な時に役に立たない手下達だね！」

「『行クゾ』」

そしてそこからは瞬く間だった。

「『少シ人間ニハ辛イカモシレンガ我慢シロ。〝モンパルナス城〟へ飛ブ』」

ヴァサァッ。両翼を翻し、玄関ホールの中で飛翔する黒竜。

「どわっ！　ちょ、待っ――」

「『待タナイ』」

短く言い捨てると、黒竜は天井に向かってカパッ、と口を開き――カッ‼　天を貫くような閃光を口内から放射し――！

※

「なっ…………」

呆然と、その成行きを鏡で見守っていた少女。

すると次の瞬間、キィィィィ……！

次第に、少女の手の中の鏡が、暴力的なまでの眩さに白く白く発光――！

「ハッ……！」

それを見て、何かに気づいたように、パッと鏡を放しその場から飛びのく少女。

するとその瞬間だった。

ぱりぃん！　鏡の表面が木っ端微塵に吹き飛んだかと思うと、同時に、
カッ――‼

鏡の中から、少女のいる世界の天空へ向かって、巨大な光の柱が出現――！

「馬鹿な……！」

まさかの展開に目を疑う少女の前に、さらに――

「…………ぁぁぁああああああああああああああああああああ⁉」

絶叫するドロンジョを、尻尾でしっかり搦め捕っていた、体長二〇メートルはあろうかという黒竜が、光の柱の中に姿を現し……ザパァッ！

次の瞬間、滝から飛び出した魚のように、光の柱の中から出現。

「〝黒竜(インビジブル・ドラゴン)〟……！　お主……！」

「うわあああああ⁉」

そしてその黒い竜は、叫ぶドロンジョを気にする様子も見せず、

「『任務完了ダ』」

少女の前でホバリングしたまま、ドロンジョをポイッと放り出し、厳かに告げた。

「『契約完了。我ハ眠ル。三〇〇年ホド』」

「なっ、違う、待ってくれ、〝黒竜(インビジブル・ドラゴン)〟！」

「『チナミニコノ女ノ無理ナ次元移動ノ結果、〝同類鏡(ドッペルミラー)〟ハ、モウ使イ物ニナラナイダロウ。

ソレハ我ノセイデハナイ。

後ハオ前ノ好キニシロ、ドローリア』」

そこまで言うと、スゥ……。まるで吸い込まれるように、黒竜は少女の胸で輝く青いペンダントの中へ消えていく。

雷鳴轟く、夜空の下の屋上に残されたのは――

「痛たたたたたた……お尻打った。なんだいなんだい、どうなってんだい……⁉」

お尻を押さえながら辺りを見回すドロンジョと。

「そんな……！　まさか……こんなことが…………！」

その女を見ながら、雷に打たれたように固まっている、黒い竜にドローリアと呼ばれた少女。

ドロンジョと、ドローリア。

出会うはずのない〝二人のドロンジョ〟の、まさかの物語が始ろうとしていた——！

二章・とある王女と黒い豚

今ではない時、ここではない世界。

とある惑星に、どこまでも——まるで世界全てを呑み込んでしまったような、どこまでも広がる殺風景な砂漠があった。

見渡す限り、生物の姿はどこにも見当たらない。

あるのは、鉄が崩れて出来たような、鉛色の砂だけである。

ピコンッ——。

しかしその時。

砂漠の一角で、何かが光る。同時に風が吹き、風が、光の発信源となっていた物に覆いかぶさっていた砂を全て吹き飛ばした。

すると、そこに現れたのは、一枚の、人間くらいの大きさの、真っ白な石盤。

ピコンッ——。

ピコンッ——。

その石盤の表面はしきりに明滅し……ザーッ……その後、そこに雪崩(なだれ)のように大量の文字が下から上へスクロールしていく。

やがて、瞬く間に文字群は流れきり、ほどなく、全ての文字を流しきった石盤に、ゆっくり大きな文字が浮かび上がった。

そこにはこう書かれている。

『〝■■の■■〟の力の発現を確認――』

『懲罰端末兵器〝髑髏兵〟を起動――』

『起動開始まであと、五時間、五九分、五九秒――』

静かに動き出す何らかのカウントダウン。

『〝ＯＳＨＩＯＫＩ〟だべぇ……!!』

そして不気味な声が、どこからともなく石盤の周囲に響き渡っていた――！

※

（ど、どうなってんだいコリャ……⁉）

一方、ドロンジョは、自分が置かれている状況が全く理解できず混乱していた。

眼前に広がる光景は、明らかに〝ニューヤーカー国立博物館〟ではない。屋外、どこかの屋上のような場所に自分は転がっているらしい。風が強く吹いていた。

頭上には不吉そうな夜空が広がり、周囲を見渡すと、四方には、暖かみを感じさせる橙色の灯りがどこまでもどこまでも続いている。

民家――そして、今自分が居る場所は、その中央にある、城の屋上のような場所らしいことをドロンジョはなんとなく理解した。

（ただ、よく分かんないのが……）

そして周囲を見渡した眼を、ドロンジョはそのまま、屋上のある一点に向ける。

そこに、一人の少女が立っていた。

よく分からない少女だった。

黒い仮面をつけ、革製と思(おぼ)しきボンテージファッションに身を包んでいる。

それは、どこからどう見ても、ドロンジョのファッションを意識した格好に見えた。

が、反面、それを身につけている人間のキャラクター性は、ドロンジョと全く違う。

マスクからハミ出た癖の強い金の巻き毛や、やや鋭く釣り上がった青い瞳は、ドロンジョと共通点がなくはなかったが、ある部分が決定的にドロンジョと違う。

それは、年齢。

あまり有効活用できていないとは言え、しっかり大人の色香を持つドロンジョに比べて、その少女は圧倒的に幼かった。

恐らく年齢は一二～一三歳。下手したら幼女と呼んでも差し支えのない見た目だ。なのに、ドロンジョが身に纏う、セクシーさをマストとするボンテージファッションに身を包んでいるのだから、絶望的に似合っていない。

「なんということだ……！」

そして、その少女は、ドロンジョのほうを見ながら目を見開き、ワナワナと震えていた。

「同一存在ということが仇(あだ)になったというのか……⁉　〝黒竜(インビジブル・ドラゴン)〟があんな命令の解釈違いを起こすなど……⁉」

年齢の割には偉そうな口調で一人呟き、

「まずい……非常にまずいぞ……！」

さらにハッと何かに気づいたように、慌てて周囲を見渡す。

「決して故意ではないが…………明らかにこれは〝違法行為〟。下手すれば何らかの罰が下るのではないか……⁉」

頭を抱えながら呆然と少女。

（一人で何ブツブツ言ってんだいこのガキンチョは……⁉）

そんな少女の姿に、ドロンジョは怪訝そうに首を傾げるが、

「どうしてくれる……⁉」

そんなドロンジョに、少女は、元から鋭い目つきをさらに鋭くして、呼びかける。

「お主のせいじゃぞ……⁉」

少女は目尻に涙を滲ませながら、

「お主が好き放題するから……大変なことになってしまったではないか⁉」

ビシッ！　ドロンジョに指を突きつけ、いきなり何かの責任を押し付けてくる。

「はあ………？」

当然、ドロンジョはまったくもってワケが分からなかった。

「何言ってんだいこのジャリンコは……⁉」

ワケは分からないが、しかしなんか生意気な口を叩かれたのでドロンジョはつかつか歩み寄り、少女の両の頬を両手で挟んで押しつぶしながら、

「とりあえずアンタ誰なんだい？　ここ、どこなんだい？　んでもって、なんだってアタシゃ、こんなトコにいるんだい？」

おしおきがてら、軽い調子で詰問。

「んむぅぅ〜〜⁉　は、離しぇこの年増！　何をする⁉　妾にこんなことしてタダで済むと思っているのかうみゅうぅ⁉」

そしてこの状況でも少女が偉そうな態度を崩さず、ジタバタしながらドロンジョにそう言い放つと、

「ほう？　年増ね。いい度胸じゃないか」

そんな少女に、ドロンジョは余裕たっぷりの口調、が、反面顔面は大人気なく怒ってることがバレバレな引きつりまくった笑顔で、

「だったら、どうタダじゃ済まないか教えてもらおうじゃないか？　ただし……ボヤッキーとトンズラーも裸足で逃げ出すこのドロンジョ様特製おしおきを生き延びられたらねぇ⁉」

さらに頰を圧縮しようと気勢を上げるが、

「オ、オイオイ、その辺でやめとけ……」

――その瞬間だった。

「口論の内容がスマートじゃねぇし。見苦しくて見てらんねェよ」

ドロンジョとドローリアが立つ屋上。

そこに、妙にけだるげな声が響き渡った。

「ん……？」

不思議に思い、少女から手を離し、声のしたほうへ視線を向けるドロンジョ。

するとそこに、一人の男、いや。

一匹の、奇妙な生物、が立っていた。

豚。

その外見を見て、最初に浮かぶ言葉は、年齢国籍性別を問わず誰だってその一言だろう。

顔の正面についた、巨大な二つの鼻の穴。蹄のついた両手両足。人間の子供くらいの大きさで、肌の色はほのかにピンクが混じった薄橙色。誰がどうみてもそれは一見、豚だった。

が。よく見ると、それが普通の豚でないことがすぐに分かってくる。

まずその豚は、豚にもかかわらず、二本の後ろ足で地面に直立していた。

しかも服を着ている。まるで古臭い探偵小説の探偵のように、着古してヨレヨレになっているグレイのスーツとハットを被り、サングラスまで装着しているのだ。

そして何より、

「オイオイ、やれやれ……」

どう考えてもただの豚と思えないのは、

「人の格好をジロジロと……人の顔になんか文句あんのかい？　アンタら？」

バリトンの効いた……妙にくたびれた声で、人間の言葉をペラペラと喋ってくることだった……。

「な、なんだいアンタは……!?」

あまりにトリッキーな生命体の登場にますます困惑するドロンジョ。黒竜の次は、自分のミニチュアのような少女。そして人語を解する二足歩行の豚。いつものお約束の世界と展開が違いすぎる。

「豚？　人間？」

「やれやれ、礼儀がなってねぇな。人に名前を尋ねる時は、先に自分から自己紹介するのがマナーってもんだろ」

その〝豚〟はドロンジョに呆れるように大げさにかぶりを振り、

「ま、いいけどな。事態が事態だからな。サクサクいこう」

ハットのつばを上げドロンジョを見ながら、

「俺の名前は、管理員IDナンバー四九八九『ダラケブタ』。ま、この地区担当の次元管理局の者なわけだが……」

「次元管理局……？」

ダラケブタというフザけた名前はまだしも、〝次元管理局〟という言葉は、ドロンジョにとって全く聞き覚えのない言葉だった。

「やはり……！」

その時。

ドロンジョの腰の辺りから、声。

「やはり来たか……！　来てしまったか……！」

豚……自称〝ダラケブタ〟が現れて以降、一言も口を開いていなかった少女の声だった。

「〝次元管理局〟……　〝処刑人〟…………！」

そして、ドロンジョと対面した時、既に青ざめていた顔をさらに青くしながら、苦しそうな表情で呟いている。

「やれやれ、ズイブンなご挨拶だな」

そんな少女の声に、ダラケブタはさも傷ついたように嘆息。

「こっちは世界規模の公務員……もっと言えば、この世界全体を良くする素敵で爽やかな団体のつもりなんだが？　呼ぶならせめて神……いや、天使とでも呼ぶのが妥当なトコだろうが」

「よく言う……！」

そんなダラケブタに、少女は不愉快な気持ちを隠そうともせず、

「貴様らの厳しすぎる取締りのことくらい、妾はとうに知っているのだぞ……！」

「やれやれ。そりゃスマートだな」

それに対しダラケブタは大げさに感心したように言い、

「だったら、俺が今、何しにここへ来たか当然心当たりはついているな？　そして勿論、何故こんな事態になったのか」

「ウッ……！」

それに対し、痛いところをつかれたように押し黙る少女。

「事態？」

話を聞いていたドロンジョは、首を傾げ、

「なんだいなんだい。なんかやたら深刻な感じだね」

ただただ興味本位で口をつっこむ。どうやらこの豚は、この少女に会いに来たらしい。

「実際、深刻なんだよ」

そんなドロンジョに、ダラケブタはハットに手をやりながら嘆息混じりに言い、

「ついでにアンタも聞いていくか？　コイツが犯しためんどくせぇ、罪と罰のハナシを。そして……それから今後、こいつがどうなっていくかを」

かったるそうな調子でそう続ける。

「ふむ……？」

一瞬考えるドロンジョだったが……。

もしかしたら、その話が、自分が何故こんなところにいるのか理解する助けになるかもしれない。なんせ自分は今、何の情報も持っていないのだ。

「ふん、ま、好きにしな」

なのでドロンジョは言い放つ。

「今は何でもいいから情報ほしいし。特別に聞いてやるよ」

「あっそ。んじゃ、チトめんどくせぇけど……イチから話すとするか。こいつの置かれてる、クソめんどくせぇ状況をな」

それを聞いて、けだるげな調子で口を開くダラケブタ。

ここでこうして話を聞くことが、ドロンジョの、そして、ある世界の命運を変えることに繋がっていくのだが………。

そんなことには誰も気づかないまま、ダラケブタの話は始まる。

※

「どこから話したもんか……」

遠景に優しい灯りが見える、城の屋上と思しき場所で。ダラケブタは人差し指と中指の間に挟んでいたモノ……煙草かと思いきや、煙草型の菓子だった……を口にしばし咥えながら、頭を整理するように考えに耽る。

そんな豚を前に、件の少女は、やはり青ざめた顔で俯き微かに震えている。まるで何かの審判を待っているような表情だ。

（なんなんだろうね、この、真面目腐った雰囲気は……？）

そういう、いつもの自分達の日常にはあまりない、微妙にシリアスな空気にドロンジョはどうも慣れない。いつもならそろそろボヤッキーかトンズラーが何かおふざけをする頃合いなのだが……。二人は勿論、ここにはいない。

「まず、事実確認からいくとするか」

すると、そんな中、ようやく考えが纏まったように、ダラケブタが煙草型の菓子をポケットから取り出したケースに仕舞い、口を開いた。

「ドローリア・ミラ・モンパルナス。十数分前。お前はこの世界で、次元管理局が定める、使用に制限がかかっている禁じられた特殊技能――『禁術』の一つを使い、次元管理局の許可を得ず、他の世界に干渉したな？」

淡々と、けだるげな口調でそう切り出すダラケブタ。

「…………」

それに対し、少女は、青い顔で押し黙っている。その表情、沈黙から、ダラケブタの言っている言葉に間違いがないことが逆に強調されていた。

（ドローリア……？）

そんな中、ドロンジョはようやく、少女の名前を意識する。

（なんか冴えない名前だねぇ……）

ドロンジョがそんな大きなお世話なことを考えていると、

「沈黙は肯定と受け取るぞ」

ダラケブタは屋上の欄干のような場所にもたれかかりながら、ゆったりとした口調で告げる。

「しかも、お前は。禁術を使用して他次元に干渉するだけでなく……故意か事故かは分からないが。結果として、異なる次元、異世界の人間をこの世界へ連れ帰ってしまった……これは次元法が定めるところの、次元誘拐の罪にあたるよな？」

（ふむふむ、異なる次元の人間を誘拐ね………）

しきり頷きながらドロンジョ。かなり壮大なスケールの話だが、月に行ったり地底世界に行ったり、日常でなんだかんだそれなりのスペクタクルも経験しているドロンジョにとっては、案外スンナリ受け入れられる話だった。ただ、問題は、

（しかし、誰を誘拐したんだい……？）

そこでふと、ひっかかる。

あのドローリアとか言う少女が禁術？　とやらを使い、誰かを誘拐したというなら、今そのドローリアの傍に、誘拐された人間がいるはずだ。

そして今、ドローリアの近くにいるのは、ドローリア本人。ダラケブタ。そしてドロンジョ。そのうちダラケブタは、ドローリアが誘拐したのを確認してから来たので除外すべきだろうし、ドローリア本人は言わずもがなだ。となると残りはドロンジョしかいないわけで、

「………………。ん⁉」

そこでドロンジョはふと気づく。

「え？」

トンズラーでも分かる、簡単で単純な問題。

「あれ⁉」

ドロンジョは驚いて叫ぶ。

「もしかして、異世界から誘拐された人間って…………ア、アタシ⁉　なのかい⁉」

衝撃の真実に思わず叫んでしまうドロンジョ。

他人事（ひとごと）だと聞いていたら、これ以上ないほど自分事だった⁉

「ってことは……ここ……異世界⁉　なのかい⁉」

世界中、様々な秘境へドクロストーンを探しに行ったドロンジョだったが、異世界は初めてである。どうりで、いつの間にか、まったく見覚えのない光景が広がっている！

「おい！　スマートじゃねぇぞ素人！」

が、そんな驚いてしかるべき状況にもかかわらず、叫ぶドロンジョはダラケブタに強く叱責されるのだった。

「え？」

「お前は昭和な人間だから知らねぇだろうが！　異世界転移や転生なんざ、今時ありふれた現象なんだよ！　どうってことないんだから、お前はドライな感じで大人しくしとけ！」

「えぇぇ…………⁉」

異世界に来たというのに、驚くことすら許されないのか……⁉　理不尽な叱責に到底納得がいかないドロンジョだったが、

「どうだ？」

そんなドロンジョを無視して、ダラケブタはドローリアに話を続ける。

「ここまでの事実確認に、何か間違っていることはあるか？」

そんなダラケブタにドローリアは、やはり何も答えない。ますます深く俯き、表情は全く見えなくなっていた。

「……肯定と取る」

そんなドローリアに、ダラケブタはため息をつき、

「さて、問題はここからだ」

先ほどまでより、少し言いにくそうに口を開いた。

「無許可の次元干渉。そしてなにより……次元誘拐。これらの違反を犯した人間には、次元管理局から罰（ペナルティ）を与えられる事になる……知っているな？」

静かな声でダラケブタ。ドローリアは何も答えないが、肩がピクッと反応する。

それを見て、ダラケブタは、ますます静かな暗い声で、

「……無許可の次元干渉は重罪だ。なにより……次元誘拐は、今の次元法では、異世界侵攻に繋がる超問題行動として、最高ランクの重罪に定められていてな」

一度息をつき、腹をくくったように、

「というわけで、判決を言い渡す。次元被告人、ドローリア・ミラ・モンパルナス。次元法重大違反の罪により、六時間後、懲罰端末兵器『髑髏兵』を以って〝強制消滅〟……つまり〝死刑〟とする。以上……次元管理局の決定に不服はないな？」

「な……はぁ⁉」

それは、ドロンジョからしたら、顎が外れるくらい、ありえない〝判決〟。

しかしドローリアは、何かを迷うように、じっと押し黙ったまま、何も反応しない。

「……決まりだな」

するとその瞬間、ダラケブタはヤレヤレと首を振り、

「んじゃ、これから最終手続きに入るから、次元被告人としてこの書類にサインを……！」

スーツの内ポケットからゴソゴソ紙を取り出し、固まったままのドローリアにサインを迫るが、

「ちょ、ちょょっと待った！」

その瞬間だった。

「ジ、ジャリンコ。アンタ、本当にそれでいいのかい⁉」

見るに見かねて、つい口を挟んでしまうドロンジョ。

「何かよく分かんないけど、アンタ、死刑だって言われてんだよ、このケダモノに⁉」

「誰がケダモノだ……高貴なるブタ族の末裔だぞ俺は……⁉」

不満そうなダラケブタを無視し、

「どんな事情があるのか知らないけど、不満あるなら、サッサと口にしな！　じゃないと、世の中、悪い奴にどんどんいいように……！」

「簡単に言うな……！」

すると、その瞬間だった。

押し黙っていたドローリアが、キッと顔を上げ、

「簡単に、言うな……！」

ドロンジョに対し、憎々しげにいう。

「お主みたいに……お主らみたいに、好き勝手生きてる悪党どもに、何が分かる⁉」

そして自身の顔にはめていたマスクを、八つ当たりのように、地面に叩きつける。その下から出てきたのは——癖の強い金髪の、いかにも生意気そうな目つきの少女。

「そもそもは、お主らのせいじゃないか……！　妾と同じ名前を持つお主が、好き勝手やってるから、妾はあんなことをしてしまったんだぞ⁉」

感情を爆発させるように、ドロンジョに指を突きつけ、ドロンジョを糾弾する。

「ア、アタシらのせい……？」

そういえば、最初に出会った時も、同じようなことを言っていたが、ドロンジョには理解できなかった。

「ヤレヤレ……」

すると、その瞬間だった。

「仕方ねぇ。めんどくせぇけど……サービスで、その辺の説明もしてやるよ。じゃねぇと話が変にこじれちまいそうだからな」

後頭部を蹄で器用にかきながら、面倒くさそうに呟いたのはダラケブタ。

そしてダラケブタはドロンジョのほうを見ると、

「いいか、ドロンジョ。このガキ……ドローリアは。お前らドロンボー一味が、昔から、憎くて憎くて仕方なかったんだよ」

まさかなことを言い出す。

「は、はあ？　憎い……⁉」

それはドロンジョにとって、まったく身に覚えの無い、理不尽極まりない情報だった。

※

「まず、こいつ。ドローリア・ミラ・モンパルナスは……！　ここ、モンパルナス王国の第一王女だ」

三人しか居ない、静かな城の屋上の上。

ダラケブタは、ドロンジョのコスプレのような格好をしているドローリアを差しいきなり言った。

「だ……第一王女ォォ⁉」

それはドロンジョにとって、まさかの肩書きだった。

まさか、このクソ生意気なチビが、王女サマ……⁉

「そうだ。そうだろ、王女サマ？」

ダラケブタは淡々と頷き、ドローリアに水を向ける。

「ふんっ、今更気づいたか……」

それに対し、ドローリアは、不服そうに胸を張り、

「そんな紹介など無くても一目瞭然ではないか。この気品溢れる佇まい。溢れ出る大人のカリスマ性。どう見ても王女そのものであろう」

「いや？　アタシゃてっきり、幼稚園のハロウィンパーティーでアタシの格好してみんなをホッコリさせてるおませな年長サンかと……」

「だ、誰が年長サンじゃ⁉」

「ヤレヤレ」

再び勃発する二人の不毛な争いにダラケブタは嘆息し、

「スマートじゃねぇから、無視して話進めるぞ。

さてドロンジョ。ドローリアの素性が知れたところで……テメェは、王族がどういう人生送ってるか知ってるか？」

唐突にドロンジョにそんな質問を投げかける。

「人生？」

「そうだ」

「どういうって」

ドロンジョは、まじまじと、マスクを脱ぎ捨てたドローリアを見ながら、即答する。

「一年中衣食住に困らない、温室の中みたいな人生だろうねぇ。羨ましい」

その答えにドローリアはまた憤怒、つかつかドロンジョに歩み寄ろうとするが、

「くっ、これだから、コソ泥は……………！」

「不正解」

その前にダラケブタがサッサとクイズを終わらせた。

「正解は、〝生まれつき色んなもの背負ってて、生まれつき、国の為だけに生きることを強要される〟。そういう人生なのさ」

少しだけ、どこか皮肉っぽい調子でダラケブタは続ける。

「クニの為……？」

「ああ」

ダラケブタは頷き、

「お前の言ったような面も、無くはないだろうが……。大抵の王族。しかも、コイツみたいに、両親が病気がちなせいで、一〇代前半で〝国王〟になることが決まってるような生い立ちの王族は……そりゃまぁ、不自由な暮らしが強いられるもんだ」

肩をすくめ、

「例えば、同い年の連中が眠っている間も、自分は帝王学の勉強。同い年の連中が遊んでいる間、自分は〝禁術〟や〝護身術〟の修業」

すらすらと例をあげる。

「人付き合いだって、そこに選択肢はねぇ。付き合う友達も、見合いする相手も、将来結婚する人間も、全て自分の欲望じゃなく、〝将来国の為になるか？〟、その点で選んで付き合っていかなきゃなんねぇ」

さらにダラケブタは例をあげるが……。

その時だった。

「ん？」

ダラケブタとドロンジョが、同時に気づいた。

一緒に話を聞いていたドローリアが、ぽかん……と、不思議そうにダラケブタを見つめていることに。

「……なんだその顔は……」

その視線に、若干困惑したように言うダラケブタ。その声にドローリアはハッとなり、

「べ、別に」

慌てていつもの不満そうな表情を作り、無駄に威張った物言いをする。

「ただ、初対面の癖に、いやに妾の……王族の人生について詳しいな、と思っただけじゃ」

(確かに……)

そこでドロンジョも、ふと気づく。

やたらすらすら説明しているけど。このダラケブタは、何故こんなにドローリアに詳しいのだ……？

「……フンッ。なんだそんなことか」

ダラケブタは呆れるような声で言い、

「当たり前だろ。こっちはそれが仕事だ。俺みたいな三級次元管理官は、自分の担当次元の、禁術使いの動向を監視するのが一番メインの仕事なんだよ」

突き放すような口調で説明。

「だから勘違いすんなよ。俺は別に、お前に個人的な感情持ってるわけじゃねぇ。仕事として、監視対象として、めんどくせぇけどひたすら監視してただけだ」

ドローリアに釘を刺す。

「ふん、そんなこと、分っておるわ……！」

そんなダラケブタに、ドローリアは言う。

「お前達は〝処刑人〟。どうせ妾と、実験動物の区別もついてないのだろうからな」

不満げに、皮肉げにドローリア。

(仲悪いねぇコイツら……！)

それを傍で聞いていたドロンジョは呆れたように肩をすくめる。ただ、事情は理解できた。

詳しくは分からないが、ダラケブタは、もともとドローリアをずっと監視していて、だから詳しいらしい。

「くだらねぇこと言ってねぇで、サッサと話進めるぞ」

そしてダラケブタは、そんなドローリアの皮肉に付き合わず、ドロンジョに向き直る。

「で、だ。というわけで、そんなくそ真面目な生き方を余儀なくされてたドローリアだが……そんなドローリアが、ある時、この国の宝物庫から、一枚の鏡を発見してな」

「…………〝同類鏡（ドッペルミラー）〟」

補足したのは、相変わらず不機嫌に、ドロンジョと目線を合わせようともしないドローリア。

「我がモンパルナス王国に代々伝わる、伝説の秘宝じゃ……！」

言いながら、視線を足元に落とすドローリア。

そこには、鏡面の割れた手鏡が一枚無造作に転がっていた。

「ほう。お宝……？」

急速に興味津々になるドロンジョ。

「どんなお宝なんだい？」

「〝同類鏡（ドッペルミラー）〟は……。まぁ言ってみりゃ、〝他の世界の人間〟を映す鏡だ」

「他の世界の人間を映す……？」

なんかあまり高く売れそうに無いお宝だ。急速に興味を失うドロンジョだったが、

「まあ聞け。こっからが肝心だ」

そんなドロンジョに、ダラケブタは続ける。

「…………この〝同類鏡(ドッペルミラー)〟。効果は〝他の世界の人間〟を映すことだが……映る人間は、最初から鏡に決められている」

「鏡に決めらてれる？」

「ああ。鏡に映る人間の条件は一つ。〝他の世界で暮らす、ある人間〟……具体的に言うと、〝他の世界で暮らす、もう一人の自分〟だ」

「〝他の世界で暮らす、もう一人の自分〟？」

怪訝に首を傾げるドロンジョ。

「何だいそれ。それってつまりどういう…………」

さらにダラケブタに聞こうとするが……ドロンジョはそこでハッとなる。

どちらかというとニブいドロンジョだが……この時ばかりは、確信に近い感覚が身体を貫いていた。

「まさか…………」

そこでくるりと、視線をダラケブタではなく、少女……ドローリアに向ける。

ドロンジョが思い出すのは、この屋上へ来た時。目の当たりにした、何故か自分そっくりの格好をしているドローリアの姿。

「まさか…………？」

「そうだ」

そんなドロンジョに、ダラケブタは言うのだった。

「そいつの名前は、ドローリア・ミラ・モンパルナス。

ただし……王家の決まりに従い、もう一つの名前も継承している。

それが『ドロンジョ』」

屋上に響き渡るダラケブタの声。

「つまりドロンジョ。お前とこいつ……このドローリアは、他の世界で暮らす、もう一人の自分……実質、同一人物ってわけだ」

「ど……同一人物ゥゥゥ⁉」

納得いかないように絶叫するドロンジョ。

いつものお約束の展開から、どんどんドロンジョは遠い展開に巻き込まれていく……！

※

「ど、どういうことだい……⁉」

ダラケブタの話を聞いて即、声をあげたのはドロンジョだった。

「そんなもんがいるなんて、アタシゃ聞いてないよ⁉」

ドローリアのほうを見ながら不満そうに言うドロンジョ。

「だろうな」

ダラケブタはあっさり頷き、

「お前達の次元の科学力では、まだ観測は難しいだろう。だが現実問題、この世界には、そういう〝並行世界〟が山ほど存在してんのさ」

面白くもなさそうにそう説明するのだった。

「へーコー世界……？」

だがそんな複雑な理念、昭和のオンナたるドロンジョに理解できるはずもなく、ますますドロンジョは混乱。

「ああ。世界ってのは、時としてわけもなく〝分岐〟する…………！」

するとダラケブタは、どこからともなく取り出したチョークで、ドロンジョの足元に一本の線を描き説明。

そしてその先端を二股に分け、アルファベットの〝Y〟の形にし、

「例えば、お前ら二人の世界で説明すると。お前らの世界は、お前らが生まれる遥か前に分岐し……片方ではドロンジョ、お前が、コソ泥をやってるお馴染みな世界になった」

一方の先に〝ドロンジョ〟と書き記す。

「そしてもう一方……分岐したもう一つの世界は、似たような歴史を辿りながらも、最終的に〝ドロンジョ〟という存在が、世襲制のスーパーヒーローのような存在になってる世界に分岐した……！」

もう一方の先に〝ドローリア〟と書き、説明。

「ん？　ス、スーパーヒーロー？」

意味が分からず聞くドロンジョ。

「ど、どういうことだい⁉」

ドローリアを見ながら、

「ドローリアは、この国の王女サマなんだろ⁉」

「それは昼の姿だ」

「昼の姿……⁉」

「お前のドロンジョが、本名なのか、芸名みたいなモンなのか知らんが……。こっちの世界の『ドロンジョ』は、代々王家の人間が勤める、正体を隠して悪をくじく、正義の十字架を背負った義賊の名を指す。むしろドローリアは、王女業より、そっちのほうが忙しいくらいなのさ」

「正義の義賊………⁉」

唖然と呟くドロンジョ。自分とまるっきり真逆の存在じゃないか……！

「まぁ、並行世界ってのはそういうものだ」

そう言うと、ダラケブタはそのまま、地面の〝Y〟にどんどん線を描き足し、一本の線に大量の線がくっつく〝竹箒〟のような形にし、

「確認してねーが、他の世界では、また違った形の〝ドロンジョ〟が、無数に存在しているはずだ。そこではお前らの同一人物が、また全く違う人生を謳歌してる」

「は、はぁ……！」

もうあまりにスケールが大きすぎて、だんだん思考がマヒしかけるドロンジョだったが、

「で、だ。お前らが同一人物ってことは分ってもらえたと思うが……〝同類鏡〟で、ドローリアは、そんな異なる世界に生きるドロンジョ……つまりお前を見たってわけだ」

ダラケブタの言葉に、かろうじて正しい思考を取り戻す。そういえば、話の根幹は、何故ドローリアが、自分のことを憎んでいるのか、だった。

「そこでドローリアが、ドローリア……この次元のスーパーヒーロー『ドロンジョ』は唖然としたわけさ」

視線をドローリアに向け、嘆息しながらダラケブタ。

「なんせ、違う世界の自分は、自分とあまりにかけ離れた人生を生きてるわけだからな」

「なるほどね……！」

ドロンジョにも、だんだん事情が理解できてきた。

散々制約のある暮らし、しかも夜はヒーローまでやらされてる超ストイック生活。

それに比べて、ドロンジョ達は、ドクロベエのおしおきやヤッターマンとの対決があるとはいえ、基本気楽に、食べたいものを食べ、盗みたいものを盗み、騙したい奴を騙す、制約どころか法令順守の精神すら存在しないノン・リミット生活だ。

「分かったよ。それでアタシ達に腹を立てて……アタシ達に〝おしおき〟したくて、あの黒い竜をアタシ達の下に送り込んだわけだね？」

大いに納得しながらドロンジョ。

「そしたら、なんか誤算があって、あの黒い竜がアタシを誘拐しちまった……！　そしたら、それが重罪になっちまった……。

なるほどなるほど。ま、それを、アタシのせいって言っちまうのも無理ないか……若干筋違いな気もするけど……」

一定の理解を示すドロンジョ。完全な擁護は出来ないが、心情としては理解できた。

なのでドロンジョは、

「でもそういう事情なら、ダラケブタ、アンタらも、もうちょい情状酌量の余地ってヤツを汲んでやってさ………」

少しドローリアに助け舟を出してやろうと、ダラケブタに交渉を持ち掛けるが………。

「…………」

そこでようやくドロンジョは気づく。

何やら。いつのまにか。場に微妙な空気が漂っていることを。

「ん？」

意味が分らず首を傾げるドロンジョ。

「なんだいアンタ達？　妙なカオして」

「あ、あー……」

それに対し、若干困ったような声をあげたのはダラケブタ。

「なるほど、そう受け取ったか…………」

ダラケブタは反省するように少し俯き、

「いや、まぁいいんだが。ほぼほぼ解釈も合ってるし。わざわざ訂正するほどのことでもねぇんだが…………」

「？　訂正？」

そこでドロンジョが、ドローリアのほうを見ると、ドローリアも……何故か、そわそわしたような、居心地の悪そうな表情で挙動不審になっている。

「訂正って何をだよ」

「あ、ああ。いや、今の解釈でほぼほぼ合ってるんだが……ドロンジョ。お前の理解に、一点だけ、事実と異なる点があるんだ」

「なんだい。どこだい。アタシゃそんな素っ頓狂なことは言ってないつもりだけど？」

困惑するドロンジョ。

そんなドロンジョに、しかし、ダラケブタは、これまでの率直な解説はどこへやら、うむ、とか、いや、とか言いながら、なにやら歯切れ悪く呻(うな)っている。

「なんだいなんだい！　男らしくないね⁉」

痺れを切らしたようにドロンジョ。

「こっちもアンタの長い話聞いて、がんばって理解したんだ。どうせなら一〇〇点の理解したいんだから、もったいぶらず、サッサと話したらどうなんだい⁉」

いつもの調子でダラケブタに詰め寄るドロンジョ。

その追求に、ようやくダラケブタも折れた。

「そ、それもそうだな……」

そしてダラケブタは、最後に一瞬ドローリアを一瞥した後。

「事実と異なる点っていうのは……ドローリアが。異世界のお前を見た後、あまりの違いに腹を立てて、お前らに〝おしおき〟すべく〝黒　竜(インビジブル・ドラゴン)〟を送り込んだって点だ」

ドロンジョにとって、思いがけないことを言いだす。

「は？」

呆気にとられたようにドロンジョ。

「なんだいそれ。じゃあドローリアは、どういうつもりで、あの黒い竜を送り込んだんだい？」

「そ、それは……」

その追求に、またも歯切れが悪くなるダラケブタ。

しかしその時だった。

「え、ええい……もうよい！」

いきなりだった。いきなり、ドローリアが、我慢の限界を超えたように叫び、

「武士の情けのつもりか知らんが、生殺しのような気分で、余計屈辱じゃ！　妾をこれ以上嬲り者にするでない！」

真っ赤な顔をしてダラケブタを叱責している。

「う、うむ……！」

そのドローリアの声に、ダラケブタはおずおずと頷き、

「はあ？　嬲り者？」

ドロンジョは意味が分からない。

「え？　何？　何でそこでアンタが赤くなるんだい？」

「なんという奴じゃ……妾にそんなことを言わせるとは……まさに悪鬼羅刹……！」

そしてドローリアは勝手に、恨みがましい目つきでドロンジョをしばし見ていたが、やがて諦めたように、

「………………じゃ」

ボソッ、そう呟いた。

「は？」

普通に聞き取れずドロンジョ。

「何？　何だって？」

「だ、だから……れてほしかったんじゃ」

なので、ドローリアは続ける。ドロンジョにそっぽを向きながら。

「は？」

しかしそっぽを向いているので、ドロンジョにはドローリアの声が聞き取りづらい。

「聞こえないよ。めんどくさい奴だねぇ⁉」

そこでドロンジョも堪忍袋の緒が切れる。

「何かを白状する時は、一回で聞こえるように、ハッキリクッキリ口にしな！　相手がドクロベエ様なら、アンタとっくにおしおきされてるよ⁉」

「んむぅぅぅ！」

その叱責に、ドローリアもようやく覚悟が決まったらしい。

「だから！」

そこでようやくドロンジョの方に向き直り……叫ぶように、ハッキリ言うのだった。

「入れてほしかったんじゃ！　妾も！　ドロンボー一味に！」

城どころか、国全体に届きそうな大声で叫ぶドローリア。

「こんな窮屈な暮らしでなく……自由で……気ままで……楽しそうなドロンボー一味のドロボウ活動……！　妾もその一員に入れてほしかったんじゃ！　だから妾は〝黒竜(インビジブル・ドラゴン)〟を送り込んだ！

妾はおしおきがしたかったのではない……妾は……ただ、お前らと一緒にドロンボー一味がやってみたくて、〝黒竜(インビジブル・ドラゴン)〟を送り込んだんじゃ！」

絶叫するように言うドローリア。

「…………は？」

そのまっすぐな告白に。

ドロンジョは人生最大級に硬直する……！

※

ハァ、ハァ、ハァ、ハァ……。

目の前には、一世一代の難行をやりきった後のように、荒い呼吸を繰り返すドローリア。

「は？　えーと…………⁉」

そのまん前で……ドロンジョは固まっていた。

「……アタシらと一緒にドロンボー一味がやりたかった？」

今度はドローリアの声は聞こえたが、しかし逆に、内容が頭に入ってこなかった。

「そうじゃ！」

そんな反応の鈍いドロンジョに、ドローリアは、もはや羞恥のあまりか、半泣きになりながら、

「まだ分からんか⁉　まだ言わせたいか！　なんという奴……お主の血は何色じゃ⁉」

なんかドロンジョに突進してポカポカ殴ってくるが、

「い、いやいや、ちょ、何これ……⁉」

その顔面を押しのけ、なんとか引き剥がし、

「じゃなくて……どういうことなんだい⁉」

ようやくドロンジョは叫ぶ。

「まだ言わせたいとかじゃなく……話が全然繋がってないだろう⁉」

ドローリア、そしてダラケブタに憤慨するドロンジョ。

「アンタら、さっきまでこう言ってただろ⁉　ドローリア、アンタは〝アタシのことを憎んでた〟って！」

「それはスマン。俺のミスだ」

　ダラケブタは素直に帽子を取って詫びる。

「ちょっとハードボイルド風に、ドローリアをからかう意味もこめて、〝昔からドローリアはお前のことが憎くて憎くて仕方なかったぜ〟（本当は好きで憧れてたけどな）と表現したんだが……詩的すぎたか？」

「詩的とかじゃなく！　普通に分かりづらいよ、このスカポンタン⁉」

　ダラケブタをどつきながらドロンジョ。

「それに！　ドローリア！　アンタも言ってたろう⁉」

　そして今度は不満げな視線をドローリアに向ける。

「〝アタシらが好き勝手やるからこうなった〟、〝こうなったのはアタシのせい〟とか！」

「そ、それがどうした？」

　ドローリアは赤面しながら頷き、

「身分の低いお前らが好き勝手するから……あんなに自由で愉快で楽しそうな悪党生活するから、妾は羨ましくて羨ましくて、仲間に入りたくて、手助けしたくて、〝黒竜（インビジブル・ドラゴン）〟を送り込んでしまったのだ⁉　つまり、こうなったのは、お主のせいではないか⁉」

　開き直ったように激怒しながら言う。

「えぇぇぇぇ………⁉　いやもう分かりにくいよアンタら全員………！」

頭を抱えるドロンジョ。

「何だいこれ……！　どういうことなんだよ……！　ドロンボー一味に入りたいぃ……？」

そんなことを言われたのは、人生初だった。混乱したままドローリアに聞く。

「なんで……？　言っとくけど、ドロボウ生活も、そんな楽しいばっかりじゃないんだよ⁉」

かなり実感のこもった声でドロンジョは言うが。

「そんなことは分かっておる」

ドローリアは鼻を鳴らし、

「それに妾だって、何も一生、ドロンボー一味に入りたいというわけではない。

ただ……王になる前に。最後に一度だけ………一度だけ自由に……〝悪党〟をやってみたかったんじゃ」

何かを諦めたような声で、ドロンジョにそう言った。

「〝王〟？　一度だけ……？」

「言ったろう？　コイツは両親が病気がちなせいで、一〇代前半で〝国王〟になることが決まってるって」

嘆息混じりに会話を補足してきたのはダラケブタ。

「それが、明日だ。明日、こいつは王女ですらなく……正真正銘、この国を背負う〝王様〟になっちまうのさ」

「あ……明日ゥゥ⁉」

驚いてドローリアの顔を二度見するドロンジョ。

「ア、アンタ幾つなんだっけ⁉」

「一三じゃ」

　ドローリアはあっさりと言う。

「一三んん⁉」

「まぁ確かにモンパルナスの歴史上でも、圧倒的に最年少の王の誕生じゃが……。お父様とお母様にこれ以上無理をさせるわけにもいかんのじゃ」

　そして、妙に達観した声で、

「一応、事前に『ドロンジョ』活動のほうはかなり前から引き継いでおったし、城内の実務もほとんどの面で、最近は妾がやっておった。城内の権力争いも掌握し既に終わらせておる。というわけで、実務レベルでは、特に王をやることに問題はないのじゃが……」

「いや……どんな一三歳なんだよ……⁉」

　夜のヒーロー活動をとっくに引き継ぎ、王としての実務も既にこなし、それどころか、城内の権力争いも掌握している……！

　どうやらこの別世界の『ドロンジョ』は、ドロンジョとは違う意味で〝女王様〟をこなす天才のようだ。

「ただ……」

　と、そこでドローリアは、こぼすように言う。

「気持ちの面で、少しだけ……少しだけ、わだかまりがあったんじゃ」

　ドローリアは視線を移す。屋上から見える、もうすぐ自身が治める予定になっていた、城下町のほうへ。

「王になることは問題ない。迷いもない。むしろ早く正式に王になり、この国の為に力を揮(ふる)

いたいくらいじゃ」

強く吹く風に金の髪をなびかせながら、ドローリア。

「お、おお……⁉」

「ただ……王になるということは、今まで以上に、妾の〝素顔〟の部分が消えるということ。妾の意思はもう関係ない。今まで以上に権力を持つのだから……今まで以上に、妾は、国の為だけに生きねばならん」

ドローリアは遠くを眺めながら、

「その事実を前にした時………少しだけ、思ったのじゃ。だったら……妾の人生は、一体なんだったのだろうと……」

諦めたような、悲しむような、いやむしろそういった感情はとっくに擦り切れてしまったような空虚な声で、ドローリアは続ける。

「妾は物心がつく前から、国の為に尽くしてきた。思い出せる限り、誰かに〝ワガママ〟を口にしたこともないと思う」

「ワガママを口にしたことが無い……⁉」

あんぐりと口を開くドロンジョ。無理もなかった。ワガママしか口にしないオンナ、それがドロンジョという女なのだから……。

「それも国の為と思い受け流してきたが……いざ、王になるとなると。なんだか無性に……一度くらい……一度くらい、ワガママなことをしたくなった……」

ますます遠くを眺めるような目で、

「だってそうじゃろ？　でないと、妾は、一生ただの機械……。妾という人間の心など、あってもなくても、世界に何の影響もなかったようなモノになってしまう……」

それを聞いて、思わずドロンジョとダラケブタは顔を見合わせる。こちらはこちらであまり気が合わない二人だったが、さすがにこれには、二人ともシンクロしたように気の毒そうな表情を浮かべていた。

「そんな時……」

ぼそっ。そこでドローリアが、思い出したように続ける。

「思い出してしまったんじゃ」

どこか悔しそうな表情でドローリア。

「お主らのことを…………！」

「アタシ達のこと…………⁉」

「そうじゃ……」

そこでドローリアはくるりとドロンジョのほうへ向き直り、

「〝同類鏡(ドツペルミラー)〟でずっと見ていた、別の世界で暮らす、もう一人の妾。妾と全く真逆の人生を送る……無茶苦茶で、ふざけてて、ワガママなことしかやらない三人組のことを……」

不満そうに、

「そして、ふと思ったんじゃ。思ってしまったんじゃ。

王になる直前。最後の夜。一度でもあの者達と一緒に活動すれば……妾の一生の思い出になるのではないか。

全次元レベルでもトップクラスにワガママそうなあの連中の悪行に一回参加出来れば……妾も、トータル、人並に、人生でワガママやったことになるのではないか、とな」

「全次元レベルにワガママだぁ……⁉」

それはそれで、ドロンジョにとってはえらい言われようだが、

「これが今回の事の発端の真相じゃ……！」

そこでドローリアは、話は終わったとばかりに、再び怒りをぶり返し、恨みがましい視線をドロンジョにぶつける。

「だから……何度考えても！　どこから考えても！　こうなったのは、お主達のせいなのじゃ、ドロンジョ！」

「何でだよ⁉」

「だってそうじゃろう⁉　お主達さえいなければ、妾は、自由な暮らしや、ワガママを言う生活に憧れたりせずに済んだのじゃ！」

じりじりとドロンジョににじり寄り、

「お主達さえいなければ、妾は、自分の人生に満足できていた。あのままの生活を送っていれば、今もこんな事件は起こっていなかったのに……！　だからこうなったのはお主の責任なのじゃ……！　責任をとれ！」

ドロンジョに掴みかかりながらそう激昂するドローリア。

「責任をとって、この事態をなんとかせい！」

「はあ……」

そんなドローリアを前に、ドロンジョは呆れたように嘆息し、

「アホくさ」

いくら普段理不尽な命令を言われ慣れているドロンジョでも聞けた話ではなかった。

「放しな、このスカポンタン」

冷たい声と共に、ドローリアの額にデコピン一閃。

「あ痛っ⁉」

「そんなのコッチの知ったこっちゃないだろ。どっからどう考えても、結局それ、ただ、アンタが自滅しただけじゃないか」

突き放すような口調で言うドロンジョ。

「だいたい、なんで悪党たるアタシが、そんなことしなきゃいけないんだい？　アタシャアンタと違って正義の義賊でもないのに」

「うう……！」

口では認めずとも、内心では分かっていたのだろう。

ドローリアはドロンジョの指摘に、額を押さえたまま、何も反論しなかった。

「諦めるなら諦める、立ち向かうなら立ち向かうで勝手にしな。……これで良いんだろ、豚」

そしてドロンジョはそんなドローリアから視線を切り、ダラケブタに言う。

「事情は理解した。アタシはもう止めない。だからもう、アタシへの説明はいらないよ」

「え？　あ、あぁ、そうか……」

そこで話を聞いていたダラケブタは頷き、

「話が早くて助かる。要するに……そういう話だったしな」

ドロンジョの横を通り過ぎ、ドローリアの下へ移動。

「では、話を戻そう。というわけだ……ドローリア。どういう経緯が存在しようとも、お前は次元法に重大な違反を犯した。よって、改めて、次元管理局からの処罰を通告する。

判決は、六時間後、懲罰端末兵器『髑髏兵』を以って〝死刑〟とする。以上……次元管理局の決定に不服はないな？」

「…………！」

それに対し、ドローリアはしばし涙ぐんで俯いたまま沈黙していたが、

「……分かった」

数秒後、ドローリアは何かを諦めたようにそう言った。

「次元管理局相手に、妾が何かできるとも思えん……。それに……なんだかもう疲れた」

視線を地面に落としたまま、

「このまままもし自分を救えたとしても、妾を待っているのは、前以上に過酷な王としての生活じゃ……！　たった一度の〝悪党活動〟にも失敗したし……なんだか、もう、このまま消えたほうがマシに思える」

ガックリうな垂れて言うドローリア。

これが、ドローリアの本心らしかった。

だから、先ほどダラケブタが下した決定の不服に関して尋ねた時も、特に反論しなかったのだ。

「……分かった」

一瞬の間の後、ダラケブタは頷き、

「……お前がそれでいいなら、それでいい。ここに書面がある。サインしろ」

そして、先ほど一度出した書類を再びドローリアの前へ差し出す。

「サインすれば、猶予時間をスキップ。直ちに髑髏兵を本格起動して、お前を滅ぼす。安心

しろ、痛みは感じない。何かが光ったと思ったら、次の瞬間お前の全てが消滅している」

その言葉はドローリアの何の慰めにもならなかったが、それでもドローリアは、ダラケブタから、書類とペンを受け取る。

（やれやれ……）

それをドロンジョは、冷めた気持ちで眺めていた。

（死刑宣告されても黙ってそれ受け入れるって……ったく、なんつー軟弱な王様なんだい）

呆れたように嘆息。

（可愛げもないし。生意気だし。なんでもアタシのせいにするし。異世界のドロンジョか何か知らないけど、こんな弱虫、消されちまってせいせいするね）

視線の先で、ペンのキャップを外そうとするドローリアを見ながらドロンジョ。

（だいたい……！　何が〝ドロンボー一味に入りたい〟だよ）

それを見ながら、頭の中でまたその話を蒸し返す。

（ドロンボー一味の生活ってのは、アンタが考える百倍過酷で高度で……！）

そしてぶつぶつ不満そうにますます思考を加速させようとするドロンジョだったが、

「……んん？」

その時だった。

ドロンジョの視界の端に、何かが映る。

「……なんだい？」

それに気がついたドロンジョは、つかつか歩み寄って、ひょい。それを拾い上げた。

「これは……？」

それは――ドロンジョが出会った時、ドローリアが身に付け、そして先ほど悔しげに投げ捨てていた、ドロンジョの物ではない、けれどドロンジョがしている物にそっくりの、〝黒いマスク〟だった……！

「ちっ、汚いマスクだね……！」

遠目に見ている分には、それなりによく出来ているように見えたが、近くで見ると、かなり不細工な代物だった。

そもそもよく見れば素材が革ではなく、フェルトか何かで作っているのか、見れば見るほど安っぽく、耐久性もないようでそこら中ツギハギだらけである。

職人ではなく、ドローリアという不器用な子供が作ったことが丸わかりの出来栄え。が。

「ん？」

その時、マスクを見ていたドロンジョは、マスクの裏側の一部に、何かポケットのようなものが縫い付けられ、そこに、何かメモのようなものが挟まってることに気づく。

「……何だい、コレ？」

無遠慮にそれを開くドロンジョ。

そこには――こんなことが書かれていた。

☆D計画　当日の計画☆
〝黒竜（インビジブル・ドラゴン）〟を召喚する↓向こうのドロンジョ達のピンチを颯爽と助ける↓次元通信で自己紹介する↓涙ながらに感謝される……！

「な、なんじゃこりゃ……⁉」

それは、どうやら、ドローリアがドロンジョ達を今日助けた後、どう立ち回るかを事前にシミュレーションしたメモらしかった。

「誰が泣くって……⁉　あのガキャ」

その行程の、あまりに現実離れした展開に、ドロンジョはますます苛立たつ。

しかし、その先に書かれていた文章に、……ドロンジョは思わず顔色を変える。


それから、三人にお手製の自分のコスチュームを見てもらう↓ボヤッキーとトンズラーに褒めてもらう↓三人のメカも見せてもらう↓一緒にドクロベエ様におしおきしてもらえないか聞いてみる↓できればヤッターマンとも少し話したい↓そして、そのあとで、自分の話も聞いてもらって……

自分もドロンボー一味の特別メンバーだと認めてもらえないか、みんなに聞いてみる。

二度と会えないとしても、そこで仲間と認めてもらえれば、きっとこれからも頑張れるから――――！

「……チッ」

それを読み終えたドロンジョは、即座に舌打ちする。

「なんなんだい、この、勝手で、ワガママな計画は……⁉」

何がお手製のコスチュームを見てもらう、だ。何が特別メンバーと認めるだ。

悪党たる自分達が、何故、そんなことしければならないのだ。

「フンッ……」

ドロンジョは呆れたように呟き、メモをくしゃりと丸め、投げ捨てようとする。

——が。

「…………」

できなかった。

何故だか。

自分でも意外なことに。

どうしても……ドロンジョにはそのメモが捨てられなかった。

「……チッ……‼」

ドロンジョはメモを振りかぶったまま、しばし固まる。

そこでふいにドロンジョの脳裏に蘇るのは——今日聞いた、自分と同じ名前も持つ少女、ドローリアの、色々な言葉達だった。

『こんな窮屈な暮らしでなく……自由で……気ままで……楽しそうなドロンボー一味のドロボウ活動……！　妾もその一員に入れてほしかったんじゃ！』

『ただ……王になる前に。最後に一度だけ…………一度だけ自由に……〝悪党〟をやってみたかったんじゃ』

『自分もドロンボー一味の特別メンバーだと認めてもらえないか、みんなに聞いてみる。二度と会えないとしても、そこで仲間と認めてもらえれば、きっとこれからも頑張れるから――――！』

「チィッ……」

そしてドロンジョは、次の瞬間。結局諦めたように、その腕を振り落ろすと――

「だぁ、もう……⁉」

急に向きを変え。凄まじい早足で、ある一方向へ突進し始める。

その先にあるのは、今まさにペンのキャップを開き、書類にサインしようとしていたドローリアの姿……。

「え？」

「あ？」

そして、そこからは、何もかもが一瞬だった。

「ええい！　貸しな！」

ドローリアに近寄ったドロンジョは、ドローリアが持っていた書類を電光石火の早業で窃盗すると。

ビリビリビリビリ！　そこまでするか、というくらい、徹底的に八つ裂きにする。

「え⁉」

「なっ⁉」

「気に入らないんだよ！」

そして驚愕する二人を無視しドロンジョは、

「アンタ……仮にも、ドロンボー一味に憧れた人間なんだろ⁉　そんな人間が。そんなアッサリ〝おしおき〟を受け入れるんじゃないよ！」

凄い勢いでドローリアに詰め寄る。

「な……⁉」

わけが分からず目を丸くするドローリアの額に、

「本物のドロンボー一味だったら！　そういう時は往生際悪く、見苦しく、限界ギリギリまで！　逃げるなり、避けるなり、ごまかすなり、色々悪あがきし倒すんだよ⁉　それが悪党の美学ってモンだろう⁉」

びしびしびし！　人差し指を突き立てながら、よく分からない説教をまくしたてる。

「うぅ⁉　な、何じゃ、何じゃ⁉」

ドローリアはいきなり説教を喰らいわけが分からず混乱している様子だったが、ドロンジョはそれに構わず、

「まったく見てられない。もういい……分かった」

本気で呆れたように首を振ると、

「アンタのこと放っておいたら、こんなガキンチョに憧れられてたドロンボー一味（こっち）の株まで下がっちまう。こうなったら……こっちはこっちで勝手にさせてもらうよ」

ドローリア、そしてダラケブタに吐き捨てるように言うのだった。

「アンタの死刑、なかったことにさせてもらう。その上で……アンタには、もっかい、キチンとドロンボー一味がなんたるか、再教育を受けてもらう！」

くそ真面目な顔で言うドロンジョ。

「え……？」

「は……⁉」

唖然として固まる二人を、しかしドロンジョは一切顧みることもなく、

「その上で、アンタのお手製コスチュームをしっかり見たり、ボヤッキーとトンズラーに引き合わせたり、メカ見せたり、アンタ自身の話を聞いたり……正式にキチンとアンタをドロンボー一味の特別メンバーに入れる儀式を行う」

そのまま断言。

「そこまですれば、こんな場面であっさり死んじまうような、ドロンボー一味の看板に傷がつく、悪党の風上にも置けないハナタレ小娘もちっとはマシになるだろ？」

そして不機嫌にそう言い捨てる。

「…………………」

「…………………」

そんなドロンジョの説教を受け、ドローリアとダラケブタは、しばし時が止まったように呆然と顔を見合わせていたが……。

「オ、オイ……？」

なんとか正気を取り戻したように口を開くのはダラケブタだった。

「つまり……お前はこう言ってるわけか……？」

未だ、自分が聞いた言葉が信じられないように、

「お前は今日、この次元犯罪人のドローリアに、誤って誘拐された無関係の人間だが。

にもかかわらず、天下の〝次元管理局〟に楯突いて、こいつの〝死刑〟を止める……⁉」

「そうだよ、このブタポンタン」

返答は神速だった。

「だからサッサとその〝次元管理局〟とやらに案内しな！　そこの一番偉い奴に話通して……こんな小娘の死刑なんてふざけた話……このドロンジョ様がかっぱらってやるから」

堂々と言い放つ天下の大ドロボウ、ドロンジョ。

「な……」

「何じゃと⁉」

その傲慢ともいえる決断に。

ドローリアとダラケブタは血相を変えた……！

三章・急造チーム結成

「ふむふむ……！」

〝死刑強奪〟宣言から数分後――。

モンパルナス城屋上に、妙にリラックスした声が響いていた。

「行き先は〝次元城〟と。それで、その〝ドロクレア〟って奴が一番偉い奴なんだね？」

確認している声の主は、誰がどこから出したのか、南国のビーチに並んで置かれているような、簡易的なベンチに寝転がって目を閉じているドロンジョだ。

「あ、あぁ……！」

そんなドロンジョに、戸惑ったような声をあげているのは、ウサン臭い探偵のようなファッションに身を包んでいる二足歩行の豚、ダラケブタ。

「この周辺次元で一番偉い管理官で、一応、今回ドローリアの〝死刑〟を正式に決定した人物で、現時点でドローリアの死刑撤回の権利を唯一持ってる人間だが……」

「オッケー、覚えとくよ、ドロクレア、ドロクレアね。なんだか冴えない名前だねぇ」

呟きながら、チュー、と手にしていたトロピカル風のドリンクを啜りながらドロンジョ。

「ゼェ、ゼェ、な、何故妾(わらわ)がこんなことを……!?」

その後ろ。ドロンジョが寝そべっているベンチの後ろには、そんな優雅なドロンジョとは真逆の状態になっている少女の姿がある。

「わ、妾はモンパルナス王国の王女にして、次期国王……さらには『ドロンジョ』の名を継ぐドローリア・ミラ・モンパルナスじゃぞ……⁉　そんな妾が……何故他人の肩を揉まにゃならんのじゃ⁉　ゼェ、ゼェ……」

寝そべるドロンジョの後ろで、ゼェゼェ言いながらドロンジョの肩を揉まされているドローリアだった。

「スカポンタン！　もっと右だよ！」

そんなドローリアに、容赦ない罵声を浴びせるドロンジョ。

「ったく、これくらいで何ブーたれてんだい⁉　アンタはこれからしばらくアタシの〝臨時手下〟一号！　手下だったら、大一番の前にボスの肩くらい揉むのが当然だろ⁉」

恐ろしく慣れた口調で手下を叱責するドロンジョ。

「う、うぅ、何故妾が臨時手下一号に……⁉」

「なんて過酷な労働環境だ……！　ぜってぇああはなりたくねぇ……！」

そんなドロンジョに不満そうな表情を浮かべるドローリアと、戦々恐々とした表情を浮かべるダラケブタ。この状況が作られたのは。

ドロンジョが、〝死刑強奪〟宣言をした直後のことだった……！

「し、〝死刑〟をかっぱらう……⁉」

ドロンジョの〝決意〟を聞いた直後。

ダラケブタとドローリアは、当然大いに驚愕した。

「ハッ、何驚いてんだいアンタら」

そんな二人に、ドロンジョはこともなげに肩をすくめ、

「アタシゃ、世界に冠たる超大ドロボウ一味のオンナボス、ドロンジョ様だよ？　必要なものがあったらかっぱらうのは当然だろ」

「ちょ、ちょっと待て！」

慌ててそれを遮ったのはダラケブタだった。

「ほ、本気で言ってんのか⁉」

一ミリも理解できないというような口調で、

「次元法に違反した人間を不法に庇うってことは……それだけで、テメェも次元法違反に問われかねねぇんだぞ⁉」

ドロンジョにそう告げる。

「そんなことになったら、間違いなく〝あの人〟は、テメェも次元法違反に問う。そうすりゃ、テメェも下手すりゃドローリアと同じく〝死刑〟……良くても、次元の最果てで数十万年島流しの刑……そういう状況なんだぞ⁉　それ、分かってんのか⁉」

ドロンジョに詰め寄り、もう一度ドロンジョに問いただすが、

「ええい！　さっきからゴチャゴチャ五月蝿(うるさ)いね、このブタスカポンタン！」

そんなダラケブタに、ドロンジョは、軽くゲンコツを落とすのだった。

「痛ぇ⁉」

「もしそうなったら、地の果てまでだって逃げるまでだよ！」

憤慨した声で、

「毎回失敗続きなおかげで、〝おしおき〟から逃げるのだきゃ得意なんだよ、アタシ達ゃ⁉

アタシを死刑にしたけりゃ！　百万年追いかけっこ続ける覚悟で追ってくるんだね！」

　格好良いのか格好悪いのか分からない、妙に開き直った啖呵をダラケブタに吐き捨てる。

「くっ……!?　何故だ……!?　何故、こんな穴だらけの理論に言い返せねぇ、俺……!?」

　その勢いに呑まれたダラケブタは、何故自分が負けたのか理解できないボクサーのように自問自答し始めるが、

「ド、ドロンジョ………！」

　一方、ダラケブタとは違うベクトルで困惑していたのはドローリアだった。

「何故急に………!?　まさか………」

　そこでドローリアはハッと息を呑む。

　次の瞬間ドローリアの視線の先にあったのは、――先ほどドローリアが投げ捨て、ドロンジョが一瞬手に取っていた、ドローリア手製の〝ドロンジョ風〟マスク。

　そのマスク内に縫い付けてあったポケットから、一枚のメモが半分以上飛び出していた。

「まさかドロンジョ……お主、あのメモを見たのか……!?」

　それを見て、ドローリアは、真相に気づく。

「そして妾に同情を………!?」

　真相に気づいたドローリアは、複雑な表情で唇を噛む。

「だ、だとしたら……無用な心配じゃ！」

　そして次の瞬間、ドローリアは吐き捨てるように言った。

「確かに妾はなんとかせよと申したが……あれは一時の気の迷い……いきなりこんな事態になってしまい動転してまっていただけで、決して本心ではない」

強がるような口調でドロンジョに向き直ると、

「お主を巻き込んだのは妾。そしてこの事態を招いたのもまた、結局は妾の不徳の致すところじゃ。無関係のお主をこれ以上危険に晒してまでこの命永らえさせようとは………」

神妙な声で、ドロンジョの申し出を辞退しようとするが――。

「だから！　さっきからゴチャゴチャ五月蝿いね、どいつもこいつもこのスカポンタン！」

ドゴッ！　やはりその申し出も、ダラケブタと同じようにドロンジョのゲンコツでめちゃくちゃ物理的に拒絶されるのだった。

「えぇぇぇ……⁉」

当然だが、王族故、父親にも殴られたことのないドローリアは完全にフリーズ。

「ガキンチョがいつまでも中途半端に大人ぶるんじゃないよ！　死にたくないなら！　苦しいなら！　素直にワガママ言えばいいだろ⁉」

フンッ、と鼻を鳴らしながら叫ぶドロンジョ。

「え……」

その言葉に、少し驚いた声をあげるドローリア。

「ドロンジョ……！」

そんな、声や態度は厳しいが、どこか優しいドロンジョの言葉に、ドローリアは一瞬感激しかけるが、

「ちょっと。何勘違いしてんだいアンタ」

次の瞬間、ドロンジョは、ドローリアに声も態度も言葉も厳しいものを浴びせる。

「アタシゃ、自分を犠牲にしてでも、たった一人でアンタを助ける――そんなこと言ってる

ワケじゃないんだよ」

「え？」

「自分を助けるのは、自分に決まってんだろスカポンタン。これだからお姫サマは」

ドロンジョは呆れたように一度ため息をつき、

「アンタは、アンタ自身で自分の死刑かっぱらうんだよ。異世界ドロンボー一味の臨時メンバー……つまり、アンタはアタシの〝手下〟として……汗水たらして、コキ使われて、ヒィヒィ泣きながら、これからアタシと一緒に〝死刑〟かっぱらいに行くんだよ！」

屋上に響き渡るよく通る声でそう宣言する。

「はぁ⁉　て……手下ァ⁉」

目を丸くするドローリア。

というわけで――。


「何故妾がこんなメに…………⁉」

時は戻って現在のモンパルナス城。

ドローリアは〝手下〟として、デッキチェアに横たわるドロンジョの肩を揉むハメになっているのである。

「ちょっと！　チカラが弱すぎるよドローリア！　そんなんじゃまだヤッターマン二号のビリビリステッキ喰らったほうがマシだよ⁉」

「うぅぅ……⁉」

早速コキ使われ面食らうドローリア。

「なんか思ってたのと違う……！　予想以上に大変ではないか、〝悪党〟……！　悪党とは甘くない……それを教えるのがドロンジョの狙いなのか……⁉」

肩を揉みながら、ドローリアは改めて人生の厳しさを知ったようにシリアスに呟くが、

「ちょっとドローリア！　今度はトロピカルジュースが空だろう⁉」

恐らくそんなことなど全く何も考えてないドロンジョは、ただただドローリアをコキ使う。

「喉が渇いたんだよ！　二秒以内に持ってきな！」

「うぅ、わ、分かった」

以上、そういった経緯で。

モンパルナス王国次期国王、悲劇の王女ドローリア・ミラ・モンパルナスは、なりゆきでドロンジョの〝手下〟に成り下がったのだった……！

※

さて、そんな風に、勢いとノリだけで無事〝手下〟まで一人確保し、いよいよ〝死刑強奪〟を開始しようとするドロンジョだったが……。

同時に、モンパルナス城の屋上には、そんな無茶苦茶なドロンジョのことを、一体どう扱えば良いのか決めかねている人物が一人存在していた。

いや、人物というか、豚物。

先ほどドロンジョに言い負かされていた、次元管理局職員、ダラケブタである。

「なんなんだアイツは……⁉」

タイムリミットも刻々と迫っているというのに、悠々とデッキチェアに寝そべり、新たに得た手下、ドローリアをコキ使うドロンジョを少し離れた場所で見ているダラケブタは、困惑していた。

「ドロンボー一味だかなんだか知らんが。並行世界も感知してねぇ文明レベルの次元で生きるコソ泥が、次元管理局から〝死刑強奪〟なんか出来るわきゃねぇだろ……⁉」

モンパルナス城の屋上外壁にもたれかかりながら、ダラケブタは理解できない、と言いたげな口ぶりで呟く。

「アイツらの恐ろしさを知らねぇからそんな悠長なこと言ってられるんだ……！　アイツら相手には、どんな理不尽なこと言われても、ダラダラやり過ごすっきゃねぇんだよ」

なんだか悔しげに吐き捨てるダラケブタ。

その脳裏には、一時間前。

このモンパルナス城へ行くきっかけとなった、ある人物との会話が蘇っていた。


一時間前。

〝次元管理局、第八方面支部、第三次元観測営業所〟――。

その瞬間、ダラケブタは、衝撃を受けていた。

「は？　し、死刑っすか……⁉」

未来的な機械類が並べられた、狭い空間。

何やら、一枚の紙を渡されたダラケブタが、かすれる声でかろうじて声を搾り出し、手元の資料から顔を上げる。

「エート……。でも。ドローリアの罪状は、〝他次元の人間を非意図的に無許可で次元移動させたこと〟程度……っすよね……」

聞きながら、ポカンとした表情で聞く。

そこには、ダラケブタより遥かに背の高い、白いユニフォームのようなものを身に纏った、成人女性が直立不動で立っていた。

「それが問答無用で〝死刑〟……？　しかも、懲罰兵器〝髑髏兵〟まで使って……？　通常なら口頭注意くらいで済むはずですが……⁉」

「――だとしたら何だ？」

するとその女性は、ほとんど感情を感じさせない、冷徹すぎる声で即答。

「通常でないから、そういった決定が下されただけだ。それとも……お前は私や〝上〟の決定が間違っているとでも言うのか？」

相手を凍死させせんばかりの冷たすぎる眼差しで言う女。

「い、いえ。ただ、今回、やたら決定まで早かったな、と思いまして……」

たじろぎながらも、しかしダラケブタは納得しなかった。

「ドロクレア様。ホ、ホントにこれ、上の公式決定………なんすか？」

ドロクレア。女性上司の名前をそう呼びつつ、一か八かのように、そう尋ねた。

「というのも……一応、あんなへぼい次元でも、俺の管轄なんで。それなりに愛着みてぇなもんもありまして……。

しかも、俺、色々背負わされながらも精一杯頑張ってたドローリアの姿も見てきましたし

「……！　ちょっと感じるところもあったっていうか……！」

しどろもどろになりながら続けるダラケブタ。

ドローリアが死刑になる。しかも、何故か、〝髑髏兵〟まで使って。どう考えてもおかしい。ダラケブタは納得ができなかったのだ。

だが。

「――第三級管理官、管理員ＩＤ四九八八九ダラケブタ」

そこで、ダラケブタの頭上から、永久凍土よりも冷たい声が落ちてくる。

「故郷のお袋さんは元気か？」

そして唐突に振られる、家族の話題。

「へ？」

「確か……腰が悪く、できれば病気療養の為、もう少し気候の良い次元へ移してやりたいと言っていたな。だからもう少し給料を上げて、この会社で長く働きたいとも……」

一見日常会話風、しかし、妙な威圧感を湛えるその一言に、ダラケブタは動揺する。

「そ、それはまぁ、そうですが……」

「では……そういうことだ」

それを聞いて、女性は短く言うのだった。

「余計なことは聞くな。お前はただ、私……〝第八方面支部の司令〟である私の命令に従っていればいい。それがみなの為なんだ。お前や……お前のお袋さんのな」

そう言い残すと、カツカツ、ヒールを響かせ去っていく女性。

一人取り残されたダラケブタは、天を仰ぎながら嘆くしかなかった。

「…………め、めんどくせぇ…………………！」

※

それが、約一時間前。ダラケブタがモンパルナス城へ来る直前に交わした会話だった……。

「そりゃ、俺だって、何か変だとは思ってるよ……！」

屋上の外壁に思い切りもたれかかり、天を仰ぐようにしながらダラケブタは吐き捨てる。

「でも、俺は知ってるんだ……〝あの人〟は、自分の〝正義〟を貫く為なら手段を選ばねぇ恐ろしい人だ……実力も凄ぇし……勝てるはずがねぇよ……！」

さらに自分に言い聞かせるようにそう呟くが、

「……………なのに……！」

数秒後。

外壁にもたれかかっていたダラケブタは、天を仰いだまま、ギリッ、と歯噛みする。

「何でだ……!?」

視線を落とし、相変わらずデッキチェアに寝転がり、ドローリアを容赦なくコキ使っているドロンジョを睨みつける。

「何で俺は、あのわけの分からん女に、なんかちょっと……敗北感みてぇな気分、感じちまってるんだ……!?」

自分でも理解できないように頭を抱えるダラケブタ。

「クッ、どうすりゃいい……⁉」

そしてダラケブタは、苦しそうな声をあげながら、今度は視線を、ドロンジョから、忙しく働かされているドローリアに向ける。

「アイツには〝借り〟があるし……俺だって、できれば救ってやりてぇが……！」

ドローリアを見つめながらダラケブタ。

〝借り〟。

今度は、そのきっかけとなった出来事が、ダラケブタの脳裏にありありと思い浮かぶ——！


——四年前。


「な、なんなんだ、コイツは……⁉」

次元管理局本部より、ある少女の監視を命令されたダラケブタは、その時——命じられた監視対象、まだ十歳にもならないドローリアの生活ぶりに衝撃を受けていた。

「どんだけ働くんだコイツ……⁉」

モニター越しに見えてくるドローリアの日常は、ダラケブタにとって信じがたいタイムスケジュールで動いていた。

自由時間は全て、自主学習と、正義の味方『ドロンジョ』活動の鍛錬にあてられ——。

両親からは、常に愛情ではなく、新しい〝禁術〟の訓練方法を教わり——（ちなみに、モンパルナス王国では禁術は代々受け継ぐものらしく、この頃ドローリアは両親から本格的に禁術を相伝され始め、その結果、次元管理局の監視対象になった経緯があった）。

唯一の楽しみは、〝同類鏡（ドッペルミラー）〟に映る、異なる世界で暮らす自分と同じ存在『ドロンジョ』

の活躍を見守ることのみ。

そしてその楽しみも、ただそれを見守るだけで、基本的には〝一緒に活動してみたい〟という想いは心の奥深くに封印している。

「もうちょい楽に、スマートに生きられねぇのかよ……⁉」

そんな生き方は、ダラケブタはにとって、理解しがたいものだった。

なんせダラケブタにとって、基本、人生は〝怠ける〟為にある――。

仕事も適当。遊びも適当。なんにも熱くならず、なんでもダラケながらこなして生きていくことを信条としていたダラケブタには、あまりに受け入れがたい生き方だった。

だがそんなダラケブタに、モニター越しに、ドローリアは真逆の生き方を示し続ける。

「クソめんどくせぇ……」

そんなドローリアに、ダラケブタは、毎日呆れていたが……。

人間（ダラケブタは豚だが）、毎日毎日同じ人間のことを見ていると、自然と影響を受けてしまうものらしい。

「クソ………」

ある日。ダラケブタは、監視業務の途中。ふと、これまでダラケた仕事をしてきた結果、溜まりに溜まっていた書類に目を留めた。

もちろん、それまでのダラケブタなら、そんなものを目にしたところで、何も気に止めず〝めんどくせぇ〟と一蹴していただろうが……。

「………」

ダラケブタは、それをまじまじと見つめた後。

「……たまには俺も。ちょっとくれぇ身ぃ入れて、仕事やってみるか……⁉　アイツみてぇに……」

その時、ダラケブタは、つい、そんな気分になったのだった。

それは、ほんの一瞬だけ、蛍の光のようにダラケブタの心に宿った、吹けば消えてしまうような僅かな〝やる気〟だったが……。

しかしその日、ダラケブタは結局その業務が終わるまで、もくもくと〝めんどくせぇ〟仕事をこなしてしまう。まるで毎日見ているドローリアのように。

その結果、ダラケブタはふと気づく。

「あれ？」

綺麗に片付いたデスクを見ながら、ダラケブタ。

「なんか……思ったより気持ちよくねぇか……⁉」

それは、ダラケブタの中で何かが変わった瞬間。

その後も、ダラケブタは、少しずつ、少しずつ、毎日〝やる気〟を出して仕事をする時間を増やし。

結果、いつの間にか――。次元管理局の上司から〝めんどくせぇめんどくせぇというワリには仕事をキッチリこなす奴〟、という、昔とは真逆の評価を下されるまでに至っていた。

だから……ダラケブタは、ドローリアに感謝していたのだ。

自分に〝めんどくせぇ生き方〟の面白さ、一生懸命仕事をする楽しさを教えてくれたことを。

そんな経緯でダラケブタは、ドローリアには隠していたが、いつしかそんなドローリアに借りを返したい、そして、ドローリアの苦労が報われる日が来てほしい、そんな風に考えるようになっていた。

ドローリアの下に〝死刑宣告〟へ行くよう命じられた、その瞬間までは――――！


「くっ…………！」

そんな経緯を思い返したダラケブタは、胸に苦いものを感じ、思わず呻いた。

「どうすりゃいいってんだ…………⁉」

改めて視線をドローリアのほうに向けながら声をあげる。

「あのわけの分からん女のわけの分からん勢いに乗って、一か八か、借りを返す為にも、俺もドローリアの〝死刑強奪〟チームに加勢するか……⁉

それとも……せっかく仕事も軌道に乗ってきたんだ。

お袋の為にも……すぐさまこの事態、本部に通報して、ドローリアの死刑をスマートに遂行するか……⁉」

パチンッ。

そこでダラケブタは、蹄を器用に指パッチンのように鳴らし、ボンッ。

手品のように、その蹄に収まる程度の小さな端末を出現させる。

「……これで連絡すりゃ、ドローリアと、あのドロンジョを拘束する為に、本部から応援部隊がわんさか来るハズ……！」

その端末に設置された、大きな赤いボタンに、蹄の角を置きながらダラケブタ。

「俺は……！」

ダラケブタの脳内の理屈は、九九％、ドローリアはこのまま死刑。次元管理局には楯突かないことが正解だと告げていた。

しかし……一％。

一％だけ。

何故かドロンジョを無視できず……あの女なら、この理不尽な状況を、それこそ理屈にならないチカラで突破してくれるのではないか……そんな可能性も感じてしまっていた。

「でも……」

だがそれは――結局、ダラケブタにとって一〇〇％のうちの、たった一％。

根拠もなければ何の理屈もない、ただの感覚。

ダラケブタは、本来、極めて理性的な性格である……。

だから、それを信じることは出来なかった。

「……すまん」

赤いボタンにかかる蹄を、グッと押し込もうとするダラケブタだったが――！

「ところでドロンジョ。妾の死刑をかっぱらうって話じゃが……具体的に、どうやってかっぱらうのじゃ？」

その瞬間……モンパルナス城の屋上。

少し離れた場所で忙しく給仕させられていたドローリアが、ドロンジョに訊いた声が、風に乗ってダラケブタに聞こえてきた。

「何か作戦があるのか？」

「むっ……」

その言葉に、思わず蹄を止めるダラケブタ。

確かにそれは……ダラケブタも気になっていた問題だった。

訊かれたので、妙な勢いに圧（お）され、思わずダラケブタはドロンジョに、〝死刑〟を撤回する権限のある司令官が〝ドロクレア〟という名前の女性だということ。そしてそのドロクレアがいるのが、〝次元城〟と呼ばれる、次元管理局のとある基地だ、ということをつい教えてしまっていたが……。

それ以上の情報は明かしていないし、そして今のところ、ドロンジョがその情報をどう活用するつもりなのか全く聞いていなかった。

なので、これから語られる作戦次第では、考えを変えてやってもいい……！

一瞬、そう思うダラケブタだったが。

「はあ？　何言ってんだいこのスカポンタン」

そんなダラケブタの前で、ドロンジョは、平然と言ってのけるのだった。

「作戦？　そんなもんあるわけないだろ！」

自信満々に、デッキチェアでトロピカルドリンクを啜りながら、胸を張るドロンジョ。

「いいかい？　覚えときな。盗みなんてのは、恋と同じ！　現地まで行って、あとは、勘と度胸とアドリブでなんとかする、そういうもんなんだよ！」

一見深いような、しかしその実、とてつもなく浅い格言を口にするドロンジョ。

「な、なるほど？　そういうものなのか？」

そして世間知らずのドローリアはその格言に丸め込まれそうになっているが、

「ア、アホか、アイツら……⁉」

その瞬間だった。

「そんなクソみてぇな考えで……〝次元管理局〟がなんとかなるはずねぇだろ⁉」

きっかけというのは分からないものである……。

作戦次第では手伝ってやってもいいと思っていたはずのダラケブタだったが、ドロンジョの想像を超えるノープランぶりが、逆にダラケブタを焚きつけていた。

「くそ……！」

そしてダラケブタは結局、手の中の端末をそっと地面に置き、ハットのつばを深く下げてから、目を閉じ、腕を組んで必死に頭を働かせた。

いつの間にか、ついついどうやったらドローリアの死刑を〝かっぱらう〟ことが出来るか、真剣に検討し始めてしまったのである。

「……俺ならどうする……⁉」

目標設定自体は簡単だった。

ゴールは、ドローリアにかけられた死刑を撤回すること――。死刑を撤回できればいい。

ただ、そこに立ち塞がる障害がある。

次元管理局。そしてそのトップ――次元管理局第八方面支部司令官、ドロクレア。

「問題はやっぱ〝あの人〟か……！」

そこまで付き合いが長いわけではないが、直属の上司なので、ダラケブタは、ドロクレアの優秀さをそれなりに知っていた。

あまり愛想が良いタイプではないが、優秀な取り巻きにも恵まれ、外部からやってきた人間にもかかわらず、短期間であっという間に出世した人物……。

仕事はいつも正確で、公正で、迅速。

「……何でそんな人が、あそこまでドローリアを〝死刑〟にしようとしてるんだ？」

ダラケブタは、ふと、そこが不思議になった。

〝上〟からの命令とは言っていたが、あれは明らかに、ドロクレアの独断だった。

「もしかして……〝過去〟に、ドローリアと何かあったとか……なのか？」

それは、何の根拠も無い、突拍子も無い思いつきだったが。ドローリアの死刑を強行しようとする理由としては、一応、成立しているようにも思えた。

そして、ダラケブタは、その推論から、もう一つの疑問にたどり着く。

「そういえば……あの人の〝過去〟って謎に包まれてるんだよな……!?」

ダラケブタは思い出す。

異例のスピードで、次元管理局の中でもかなり上位の立場に上り詰めた女性司令官。

ただ、その女性司令官がどこから来て、これまで何をやっていた人物なのか。

ダラケブタはもちろん、相当の情報通の同僚すら、それを全く知らなかった事を。

まるで、徹底的に隠されているように情報が出てこなかったのである。

「もしかして……〝過去〟に何か〝秘密〟……でもあるのか……!?」

そしてその秘密が、ドローリアの強引な死刑とも関係している……!?

ダラケブタは、ふとそんな推論にたどり着く。

無論それは、恐ろしく乱暴な直感だった。外れている可能性も大いにある。

だが、もしその推論が当たっていれば――！　ドロクレアとの交渉に、とてつもなく有効なカードを手に入れることが出来るかもしれない――!?

「となると、狙いは〝あそこ〟か……！」

ダラケブタの考えが纏まり始める。

「あそこで〝アレ〟を入手して、うまく〝交渉材料〟に使えば、あるいは……！」

サングラスの下の瞳をパチリと開き、ダラケブタは静かに呟くが……。

「でぇい……このブタポンタン！」

その時だった。

「さっきから、一人で何ブツブツ言ってんだい⁉」

いつの間にかデッキチェアから立ち上がったドロンジョが、一人で考え込んでいたダラケブタの頭を容赦なくひっぱたいた。

「グッ……⁉」

頭を押さえ、涙目になりながらそのドロンジョを睨みつけるダラケブタ。

その短気すぎる態度に、一瞬、やはり本部に連絡してやろうかと考えるが、

「チッ………」

しかしダラケブタは、かぶりを振って、結局その考えを諦め。

「……考えてたんだよ」

頭を押さえたまま、恨めしげに、ドロンジョとドローリアに吐き捨てる。

「考えた？」

「何をじゃ？」

「決まってんだろ」

そんな二人を見据え、ダラケブタは嘆息混じりに宣言する。

「〝ドローリアの死刑をかっぱらう〟。テメェらのその無謀な作戦の成功確率を一％でも上げる、とびきりスマートな作戦についてだよ……！」

「「と……とびきりスマートな作戦⁉」」

ドロンジョとドローリアはダラケブタの言葉に互いの顔を見合わせた。


「な、なるほどね……！」

そして、五分後――。

ダラケブタは、自身が考えた作戦を、モンパルナス城屋上で、どこからともなく自分が取り出したホワイトボード等を駆使しながら説明していた。

「アンタが言ってた、お偉いサン。ドローリアの死刑を決めてそれを撤回できる権限を持つドロクレアとかって奴――に、何か秘密か弱みがあるかも。そういうことかい？」

「そうだ」

尋ねるドロンジョに、ホワイトボードの前でダラケブタは頷く。

「確証はないが……。あの人の過去には、何か隠されている気がする」

自身にドローリアの死刑を強行に迫った時の態度や、不自然なほど過去を隠している生き方などを思い出しながら話すダラケブタ。

ちなみにダラケブタは、念の為ドローリアに、ドロクレアについて心当たりが無いか確認したが、当然、ドローリアに心当たりなどあるはずもなかった。

「だからまず……俺ら全員で、次元城のここを目指す」

そしてダラケブタは、ホワイトボードに貼り付けていた、ドロンジョ達三人がこれから向かう行き先——次元管理局第八方面支部の総本山、『次元城』の、見取り図の一部を蹄で指した。『情報管理室』。そう書かれている地点を。

「『情報管理室』……？」

「そう。次元管理局第八方面支部の、ありとあらゆる情報が集積されている場所だ」

ダラケブタはカツンカツン、と二度そこを叩き、

「本来俺にはここに入る権限がねぇが、うまく頭を使えば、入れるはず……！

ここに忍び込み。ここのメインコンピューターを駆使して、ドロクレアの過去を徹底的に洗う。そして、〝死刑撤回〟をドロクレアに呑ませる為に好都合な交渉材料……つまりドロクレアにとって不都合な〝秘密〟を探すんだ」

そこでドロンジョが聞く。

「……全然大したことない秘密しか見つからなかったらどうするんだよ」

「せっかく忍び込んだのに、何の交渉材料も得られなかったら、無駄足もいいとこじゃないか」

その言葉に、ダラケブタは、肩をすくめてあっさり言うのだった。

「そう。その時は無駄足。大損。もう、〝死刑撤回〟は諦めるしかねぇな」

頭の後ろをガリガリかきながらダラケブタ。

「はあ⁉」

「仕方ねぇだろ。もともとほぼ一〇〇％無理なことやろうとしてんだ。どっかでこれくらいリスクを犯すしかねぇだろ！」

さっぱりした口調で、

「だから、これは一か八かの賭け。スマートだろ？　うまくいけば〝死刑撤回〟に望みがつくが、運が悪けりゃ収穫はゼロ。まぁ、本来、悪党の作戦ってのはそういうもんじゃねぇのか？　ドロボウさんよ」

「クッ、この豚、生意気な……⁉」

挑発めいたダラケブタの言い草に、ドロンジョは憤慨するが、

「とはいえ、実際この作戦を採用するかどうかはドローリア、テメェで決めるんだな」

ダラケブタはそんなドロンジョをスルーし、ドローリアに告げる。

「もし遂行するなら俺は手伝うが。このドロボウ女も言ってたが、お前の〝死刑〟をかっぱらうのはお前自身だ。この作戦が気にいらねぇなら、お前のやりたいようにやればいい。その場合もまぁ……俺は手伝ってやるよ」

頭をぽりぽりかきながら、仕方無さそうな口調でダラケブタ。

「妾は………………」

その問いを受け、ドローリアは一瞬迷った表情を浮かべ……。

「……一つ聞かせてくれ」

ほどなく、ダラケブタに、静かに聞いた。

「ダラケブタ。お主は、次元管理局の職員なのに……！　何故妾に加担する？」

まっすぐ、ダラケブタの瞳を覗き込みながらドローリア。

「妾の死刑を撤回したところで、お主に何のメリットもない……。逆にこれから妾を助けようとして、失敗したら、下手すればお主も死刑じゃ。良くても会社をクビになったりするかもしれん。なのにお主は一体何故そこまで妾の為に……⁉」

「………」

そのドローリアの質問に、どう答えるか一瞬迷ったダラケブタだったが。

「……借りがあんだよ」

結局、不機嫌に、ダラケブタは真実を答える。

「〝かり〟?」

「ああ……」

ダラケブタはめんどくさそうに頷き、

「うっかりっつーか、なんつーか……。ともかく俺は……かつて、お前に〝あること〟を教えられて……ちょっと人生変えられたんだよ」

そっぽを向きながらダラケブタ。

「人生を変える……⁉　わ、妾が⁉　いつ⁉　どうやって⁉」

事情を理解できずパニックになるドローリア。

「う、うるせぇ、めんどくせぇ奴だな……‼　テメェは一生知らなくて良いんだよ！　ともかく……俺はお前に一つだけ借りがあるんだ。だから、立場は違うが、今度だけはテメェに助っ人してやる、そう言ってるんだよ」

改めて、正面からドローリアに宣言するダラケブタ。

「もちろん、先にテメェを助けるって宣言したテメェのボスが、もうちょい優秀だったら静観するつもりだったんだが……あんまりアホなんでついしゃしゃり出ちまってな」

「なんだってこのブタポンタン⁉」

途端、つかみ合いの争いを開始するドロンジョとダラケブタ。

そんな二人の低レベルなケンカを、ドローリアはしばしビックリしたように眺めていたが……。

「……そうか……」

やがてドローリアは、小さく呟く。

「……分かった……！」

正直……ドローリアには、ダラケブタ、そしてドロンジョ。何故この二人が自分の為にここまでしてくれるのか、本当の意味では理解できていない。

何故ドローリアを助けるのか。二人はドローリアに分かりやすく、懇切丁寧に話すタイプではないからだ。ドローリア自身の、王城外での人生経験の少なさも関係しているだろう。が。

言葉はなくとも、そんな、本来無関係だった二人が、自分の死刑を撤回しようとしてくれているその姿に……ドローリアは、珍しく、自分の心の片隅に、なんだか明るい、爽やかな風が窓から吹き込んだような、そんな感覚を覚えていた。

これまで色々辛いことばかりで、追い詰められ、一度は自分の人生を投げ出しても良いとまで考えてしまったドローリアだったが……。

もう少し、この人生と、向き合ってみてもいいのかもしれない。

不思議と、そんな気分になっていた。

二人の、妙ちくりんすぎる連中が、ドローリアを前向きにしたのだ。

「分かった」

なので ドローリアは改めて頷いた。覚悟を決めた表情で。

「その作戦。妾も乗るぞ。ダラケブタ」

ダラケブタに宣言するドローリア。

「そして、ドロンジョ、お主もそれに乗れ。危険が大きく、尻込みする気持ちも分かるが……竜穴に入らんずんば竜児は入らぬという格言も、妾の国にはある。

勝利する為、三人で、まずは『情報管理室』で、ドロクレアの弱みを探そうぞ！」

迷いを捨てた結果、生まれ持った王族のオーラを全開にし、毅然とした態度で言い放つドローリア。

「⁉　は、ははー！」

「⁉　御意！」

そんなドローリアの物言いに、思わず平伏するドロンジョとダラケブタだったが……。

「って……なんでアタシが頭下げなきゃいけないんだい⁉」

すぐさまドロンジョは正気に戻り、ドローリアの両頰を指でつまんでぐいぐい引っ張るのだった。

「ア、アタシがボスだって言ってんだろ⁉　アンタとダラケブタは、この次元でのアタシの手下なんだよ⁉」

すぐさま地位の回復を図るドロンジョ。

「うみゅぅぅ、そ、そうじゃった⁉　すまん。癖でつい王者の貫禄を発揮してしまった。許すがよいぞドロンジョ？」

頰をモチのようにひっぱられながら、しかし堂々とした口調で言うドローリア。

「その謝り方が、なんか既に上からなんだよ⁉」

「い、いや……その前に、ちょっと待て」

そこで静かにツッコむのはダラケブタ。

「微妙に聞き捨てならないんだが……俺はお前の手下じゃねぇだろ」

慌てて先ほどのドロンジョの発言を訂正する。

「俺は、ただドローリアを手助けするって言ってるだけで。テメェの手下ではねぇ！」

「はぁ？　このブタポンタン！　アタシの手下のドローリアを手伝うってことは、アタシの手下になる以外道理はないだろ！」

「フザけんな！　お前が俺の手下になれや！」

「ま、まぁまぁ。そう熱くなるな？　金持ち喧嘩せずというし。その辺はフレキシブルにいけばよかろう！」

「だ、だから！　手下の癖に、なんか余裕があるその感じが気に食わないんだよ、アンタは⁉」

モンパルナス城に響き渡る低レベルな喧騒。

そして――。


「ちょ……ちょっと待った⁉　ダラケブタ！　本当にこんなもんでその〝次元城〟とやらに行く気なのかい⁉」

十分後。

モンパルナス城、屋上。

ドロンジョ。ドローリア。ダラケブタ。

急造チームを組んだ三人は、モンパルナス城屋上中央に突如出現していた、ちょうど人間三人が掴まれるような大きさの、巨大な〝ペットボトルロケット〟のような形の乗り物の周りで、輪になっていた。

このペットボトルロケットは、ダラケブタが出した、その名も〝次元航行機〟。

いざ、次元城へ移動する、という段になった時、ダラケブタが指パッチンでどこからともなく取り出した、次元城移動の為の、かなりチープな見た目の小型のロケットである。

ダラケブタの説明によると、次元城というのは、どこの次元とも違う、広大な〝次元の空き地〟のような場所にあるらしい。

「こんなもん、発射して五秒くらいで空中でバラバラになっちまいそうだよ⁉」

そのまさかのショボすぎる移動手段に、ドロンジョは全力で不安を訴えるが、

「しかたねぇだろ。俺は所詮三級管理官。こんな旧式しか回してもらえねぇんだよ」

ダラケブタは投げやりに言うと、取り出したマッチを擦って、ペットボトルロケットの下部から伸びる導火線の先端に火をつける。

「まぁ少なくともバラバラにはならねぇよ。この次元航行機。こう見えて、お前ら未開人の想像も及ばないような最新テクが使われてるんだからな。『圧縮縮退炉』、『次元航行ナビ』、『無限斥力シールド』、キリがねぇくらいにな」

「そ、そうは見えないけどねぇ……⁉」

「ともかく、少なくとも、この船なら次元城までは怪しまれず移動できる。これは次元管理局公認の、次元移動手段なんだからな。分かったら……さっさと掴まりやがれ」

そう言うと、ダラケブタは、はしっ！　そのままペットボトルに抱きついた。

「ちなみにこれはコクピットなんかがねぇ、旧式タイプの航行機。移動中は死ぬ気で掴まってるしかねぇ。絶対振り落とされるんじゃねぇぞ。振り落とされたら次元の狭間に落ちて存在そのものが消滅するからな」

「なんなんだいそのリスク高すぎる乗り物はぁぁ…………⁉」

聞けば聞くほど不安になるドロンジョ。

「お、おお……！　これが〝遠出〟というヤツか……！」

一方。対照的に。臨時手下その一、ドローリアのテンションは上がりきっていた……！

「妾、あまりに公務が忙しすぎて、ほとんどモンパルナス城とその城下町から出たことがなかったからな……！　こんな経験は初めてじゃ！　ヒャホー！」

ウキウキした声で、とっくにペットボトルロケットに抱きつき、

「さぁ、はよう乗れ、ドロンジョ！　もう出発してしまうぞ⁉」

喜色満面な笑顔でドロンジョの搭乗を急かしている。

「はぁぁぁ……これだから田舎モンは……」

それを受け、死んだ魚のような眼になりながらドロンジョ。

とはいえ……手下がとっくに乗っている以上、ボスがビビッて乗らなかったでは末代までの恥になってしまう。

「ったく……し、死ぬ気で安全運転するんだよ、ダラケブタ！」

はしっ！　嫌々だが、仕方なく、抱き枕に抱きつくように、ペットボトルロケットに掴まるドロンジョ。

「いや。それは無理だ」

しかし、その瞬間だった。

「この航行機は全自動。定員全員が掴まった瞬間、目的地まで、最高速度で移動するようプログラムされてる」

ダラケブタが説明を補足したその刹那――。

ペットボトルロケットが、激しく揺れ、底面から強烈な炎を噴射したかと思うと――ゴウッ！　次の瞬間、ペットボトルロケットは、見た目からは想像もできない異様な推進力であっという間に音速の壁を突き破り、キィィィィ……！　瞬く間に高度数千メートルまで浮上していた！

「ど……どわぁぁぁぁぁぁあああああ⁉」

目も開けていられない強烈な風圧の中、わけが分からず絶叫するドロンジョ。

「な、なんだいなんだいこの乗り心地は⁉　どこが最新テクが使われてるんだよ⁉」

「が、我慢しろ馬鹿！　誰も乗り心地が良いとは言ってねぇだろ！」

ダラケブタも叫び返す。

「もうすぐ次元の海に潜る！　すぐ着くから死ぬ気で掴まりやがれ！　手放したらバリアの外に出て即死だぞ⁉」

「やっぱり降ろしなこのスカポンタンンン！　これならボヤッキーの作ったメカのほうがまだマシだよぉぉぉぉぉ！」

ドロンジョの絶叫が響き渡る中、

「これが〝遠出〟というやつなんじゃな……！」

ドローリアだけが、ワクワクした声を出している。

こうして、三人を乗せた次元航行機は光速を超え、次元の壁を越え、凄まじい距離を一息で移動し——

やがて、一つの〝城〟の前に、ドロンジョ達を運んだのだった——！

四章・次元城の異変

ドロンジョ、ドローリア、ダラケブタの急造チームがモンパルナス城を出発した直後。

とある城の最上階。

計器類がまばらに置かれた、ドーム型の天井の、だだっ広い部屋の中……。

一人の女性が、回転式の巨大な椅子に静かに座っていた。

白いスーツに、白いヘルメットを被った、全身に〝厳しさ〟を纏った女性――。

その女性は、自身の前にある、机からせり出して映像を映しだしている小さなモニターを見ながら、かすれるような声で呟いた。

「早く来い、ドローリア……！」

広大な部屋に、凛としたその女性の声が、妙に寂しく反響する。

「私とお前で変えるのだ。私達の……いや私の、この呪われた運命を――」

女性が見つめるその視線の先。

そこには、三つの人影が掴まったペットボトルロケットが今まさに、とある〝城〟に到着しようとしている……！

※

一方。

「こ……これが次元城⁉」

全自動で猛烈に加速するペットボトルロケットの上で。

強烈な風圧の中、いよいよ見えてきた目的地にドロンジョは目を見張っていた。

ドロンジョの視線の先に浮かぶ景色。

それは、まるで何かの冗談のような光景だった。

無限に続く宇宙の真空空間の真ん中。そこに、一体どれくらいの大きさがあるのか、ぽっかりと唐突に大陸が浮かんでいる。

その大陸の上に、とてつもなく巨大な建造物が一つ、デン、と存在しているのだ。

それは一言で言うなら城なのだが……ドーム状の、真っ白い〝笑顔〟の髑髏の上に、角のよう無数の塔がくっついてるデザインという——絵に描いたような、〝ラスボスの城〟感満載の建造物だった。

「そうだ」

そんなドロンジョに、ダラケブタが強烈な風圧に顔をしかめつつ頷き、

「次元管理局第八方面支部の本部、通称『次元城』——。今から俺達はあそこに突入する」

「なんちゅう美的センスしてんだいアンタ達の組織は……」

あまり他人のことは言えないはずだが、呆れたようにドロンジョ。

「それで……まずは、『情報管理室』とやらを目指すのじゃな⁉」

そんな中、やはり必死に風に抗いながら、叫ぶようにドローリアが確認。

「そうだ」

ダラケブタは同意。

「ただ、俺は三級管理官だから、今のままの権限ではそこまでは入れねぇ。だから……まずは、城内で〝二級以上〟のセキュリティキーを持ってる奴を探すんだ」

「で、そいつから、そのセキュリティキーをかっぱらうと」

その言葉に、ドロンジョは満足げに口角を上げた。

「いいねぇ。臨時とはいえ、ドロンボー一味は、やっぱりドロボウしないとね！」

「言ってる場合か」

不満げにダラケブタ。

「次元管理局内で、窃盗未遂現行犯で捕まれば、それで十分重罪だ。ドロクレアの弱みどころか、ドロクレアの弱みを探す情報管理室にもたどり着けず、下手すりゃ全員その場で即射殺されんぞ」

「即シャサツって……なんつーバイオレンスな職場に所属してんだいアンタ……！」

「だ、だんだん緊張してきたのう……！」

その情報に、ドロンジョとドローリアは戦々恐々とした声をあげるが。

「それくらい集中していけって言ってんだよ！」

そんな二人にダラケブタはハッパをかけるように言うのだった。

「次元城は甘くねぇぞ。さぁ、ぼちぼち格納庫に着く。覚悟しやがれ、テメェら」

「脅したいのか、やる気出させたいのか、どっちなんだいアンタは……！」

良くも悪くも、ダラケブタのハッパの結果、緊張感に包まれる急造〝死刑強奪〟チーム。

が。

直後、次元航行機、つまりペットボトルロケットは、次元城の、ちょうど〝髑髏の目〟になっている部分から入り、次元城の格納庫に到着するのだが……。

そこで待っていたのは。

ダラケブタが予想していた光景とは、〝やや話が違う〟光景だった——！

※

「……は…………⁉」

ギャギャギャギャギャギャギャギャ！

先端部分を滑走路にこすりつけ、摩擦で火花を撒き散らしながら止まるという、強引すぎる手法で次元城格納庫に着地した、三人を乗せたペットボトルロケット——。

「どわっ⁉」

「おおお⁉」

そんな着地方法だと全く予期していなかったドロンジョとドローリアは、その反動で吹き飛ばされ、

「「ぐえっ⁉」」

つぶれたカエルのようなポーズで、格納庫に無様に着地しているが。

「ど、どういうことだ……⁉」

そんな中、慣れた調子でスタッ、と華麗に着地したダラケブタは、辺りの様子を見渡して、怪訝な声をあげた。

「人がいねぇ…………!?」

三人が今降り立ったのは、だだっ広い、ジャンボ旅客機などが下手すれば数十台くらいは入りそうな、巨大な格納庫だったが……。

そこには、……現在、人影が一つもなかった。

そもそも、格納庫内は、必要以上にガランとしていた。

三人が乗ってきたペットボトルロケットに似た乗り物だけは、三人が着地した脇の辺りに纏めて何十台と置かれていたが……その他の船は一切置かれていない。

「ど、どうなってる？　二級管理官の船や、一級管理官の船はどこ行ったんだ……!?」

ダラケブタの脳裏に、何度か来た時に見た、普段の格納庫の光景が蘇る。そこには、塔のような大きさの、巨大で豪奢な次元航行機や、飛行船をモチーフにした二級管理官用の次元航行機など、様々な次元航行機が夥しい数、置かれていて……。

そしてその結果、この格納庫には、今からそれに乗り込む人間、どこからか帰ってきて航行機から降りてくる人間、そして航行機を整備する人間が入り交じり、いつもとてつもない活気で満ち溢れていたのだが……。

今、ダラケブタの目の前の格納庫には、そのどちらもまるで見受けられなかった。

忽然と。まるで城の中の人間全員が、ここにある航行機を使って夜逃げしたような……それくらい静まり返った光景が、三人の目の前に広がっている。

「痛てて……次元城ってのは、随分辛気臭いトコなんだねぇ」

ようやく立ち上がりながら、首をコキコキ鳴らしながら不思議そうに言ったのはドロンジョだった。

「ここだけじゃなく、まるで、城全体に、誰もいないみたいに静かじゃないか」

「そうじゃのう」

ドローリアものんきに頷き、

「人の城の運営方針にとやかく言うつもりは妾にはないが……もう少し、リラックスした雰囲気づくりを心がけたほうがよいのではないか？　ここの城主は？」

「い、いや……！」

そんな二人に、ダラケブタは言い返そうとしたが……しかし現状、現実的にはまさに二人が言うような光景が広がっているので、何も言い返せない。

「？　な、なんかあったのか……⁉　次元城……⁉」

いきなりな、想定外の光景。

ダラケブタは……なんとなく不気味な予感を感じていた。

もしかしたら、情報管理室に忍び込もうという自分達には都合が良いのかもしれないが……それ以上に、もっと重大で深刻な問題が自分達に迫っているような、そんな予感。

——その時だった。

ガチャッ。格納庫のどこからか、ドアを開いたような音が響き、三人は身体を震わせる。

「⁉　何をやっている、貴様ら⁉」

続けて、三人の背後から、凛とした声が飛んできたのは、その瞬間だった。

※

「？　なんだいアイツ……!?」

「誰じゃ……!?」

自分達の背後。いきなり現れた人物に、ドロンジョとドローリアが目を丸くしていた。

「アイツ……！」

そんな中、ダラケブタは、驚愕の声をあげていた。

そこにいたのは、……一人の女性だった。

年齢は、一〇代後半だろうか。

腰までまっすぐに伸びた、黒に限りなく近い、紫紺の髪――。

服は、次元管理局の制服と思しき、少し軍服めいた、やや男性的なファッション。

腰には、鞘に入った日本刀のようなものを下げている。

力強い眉の持ち主で、それを中心に、どこか頑固さと、武人じみた、行きすぎた生真面目さのようなものを全身から放っている。

「私はトンズレッタ・アリアス――。次元管理局一級管理官であり、同時に、司令官の護衛をやっている者だ！」

そしてその女性は、ツカツカと足早にドロンジョ達に近寄りながら、いきなり自己紹介を始めた。

「トンズレッタ？」

「護衛？」

そのいきなりな自己紹介に、ドロンジョとドローリアは顔を見合わせているが、

「やはりか……！」

その自己紹介に、ダラケブタだけが、一気に緊張感を高めながら呟いた。

「アイツ、……ドロクレアの専属護衛だ」

そしてやや声を殺しながら、ドロンジョとドローリアに打ち明ける。

「⁉　専属護衛⁉」

目を見開くドロンジョとドローリア。

「ああ。俺もそこまで詳しいわけじゃねぇが……トンズレッタ・アリアス。確か、二人いるドロクレアの専属護衛の一人で、狂信的にドロクレアを慕う刀剣の使い手で……異様な剛力を持っていて、一説では、刀で戦艦一隻を輪切りにする力があるとか、ナントカ……」

「戦艦一隻を輪切り⁉」

一体どういう流れがあれば、そんなシチュエーションになるのか、そもそもそこがいまいち分からないドロンジョとドローリアだったが……。

「そう。しかもなんでもドロクレア最優先の性格で……！　業務に支障をきたそうが、ドロクレアから呼び出した相手だろうが、ほんの僅かでも自身が怪しいと思う人間がドロクレアに近づこうとすると、問答無用で斬り伏せてドロクレアを守るらしい……！」

「なんでそんな融通が利かないヤツを護衛にしとくんだよ……⁉」

「そんな奴と妾達は早速接触してしまったのか……⁉」

ほとんど涙目になりながらドロンジョとドローリア。どうやら三人は、今、一番遭遇してはならない人間と遭遇したらしい。

「と、ともかく、この場は適当にお茶を濁して離れるぞ」

そんなドロンジョとドローリアに、いよいよ目と鼻の先まで近づいてきたトンズレッタを見据えながらダラケブタは告げた。

「次元城で何が起こっているのか。なんで専属護衛のはずのアイツが、こんな、司令官室から離れた場所をウロウロしてんのか、全く分かんねぇが……。これからドロクレアの秘密を探ろうってのに、あんな奴とかかわってられるはずがねぇ。素性も適当にゴマかして、うやむやのうちに逃走すんぞ」

その言葉に異論がある人間は、当然ここには一人もおらず、ドロンジョとドローリアも頷く。

「おい！　何をやっていると聞いている！」

そんな三人の目の前に、とうとうその女、トンズレッタは辿り着いた。

「何者だ貴様ら！　こんな状況だというのにこんなところで何をやっている⁉　所属と名を名乗れ！」

突きつけられる質問。

「し、失礼しましたトンズレッタ様」

ひとまず、口を開いたのはダラケブタ。

慌てて脱帽し、トンズレッタに対しぺこりと会釈しながら、

「わ、私は、そうですね……えぇと……二級次元管理官、第五三次元担当の、オダテるブタと申します。トンズレッタ様におかれましては、今日も見目麗しいことこの上なく……」

咄嗟に、微妙にどこかで聞いたことのあるそんな名前を名乗り、早速おだて行為を開始するダラケブタ……！

「アタシャ、伝説の天才占い師、ヨクミエール・ウラナエール・アブラカタブラ二世さ」

ドロンジョは慣れたものだった。いつものインチキ商売の要領で、呼吸するように素性を偽っている。

「⁉　わ、妾は、ド、ドロ、ドロ、ドロロロォ……⁉」

対照的に、全くウソをつきなれてないドローリアは悲しいくらい舌をもつれさせ、一人ドラムロールを開始するが、

「コイツは山田花子！　とんでもないド田舎から出てきたスカポンタンの田舎モンさ！」

慌ててそれをドロンジョがフォロー。

オダテるブタ、ヨクミエール、山田花子。そんな三人、あまりに統一感が無さすぎてどっからどうみても不審なのだが……。

「そうか⁉　まぁ、素性はよく分かった！」

トンズレッタは、あまり頭が回るタイプではないらしい。

そんな怪しすぎる三人の自己紹介を、何故か快活にスルーし、

「みな良い名前だ！　名前は親からもらったものだ、せいぜい大事にするんだぞ！」

それどころかそんなアドバイスまでしてくる。

「は、はぁ……」

「それより！　聞きたいのはこんなところで何をしているのか、だ」

そして、名前を聞いたのはトンズレッタだったのだが、もうそれを忘れたように話を進めた。

「一時間前。姉様——ドロクレア様が、次元城勤務の全職員に強制退避を命令。次元城に職員は一人も残っていないはずだろう⁉」

そして三人に驚くべきことを確認してくる。

「「「は⁉」」」

その言葉に三人は声をあげた。

ドロクレアが――次元城の職員全員に退避命令を告げた……⁉

「⁉　ど、どういうことでしょう……⁉」

かなり混乱した声で、呆然と尋ねるダラケブタ。

「な、何故そんなことに……⁉」

次元管理局の支部から、職員が全員退避する。それは――普通に考えて、かなりの異常事態だった。

「知るもんか！」

トンズレッタは不満そうな口調で答える。

「私には、姉様の考えていることがもうよく分からん！　こちらが教えてほしいくらいだ！　姉様は、一体どうされてしまったのだ⁉」

拗ねたような態度でトンズレッタ。

そんなトンズレッタの様子に、三人は顔を見合わせる。

「え、えーと……ともかく、もうちょい事情を話してくれないかい？」

いくらなんでも情報が少なすぎる。状況を把握する為にも、慣れた調子で、落ち着かせるような声で言ったのはドロンジョだった。

「ほら、アタシ、天才占い師だし？　何か力になれるかもしれないよ」

そんなドロンジョの要求に、トンズレッタは、一瞬迷った様子だったが、

「実は…………」

やがて、重い口ぶりで、一時間前にあったという、ある出来事を語り始めた――――！

※

トンズレッタの話によると。

一時間前。トンズレッタと、もう一人の護衛を呼び出した女司令官、ドロクレアは、開口一番、司令官室で二人に向かって、いきなり告げたのだという。

これより避難訓練を行う、と。

「ひ、避難訓練ですか……？」

「ああ」

困惑する二人を前に、ドロクレアは背中を向けたまま、平然と言ったらしい。

「これより、この次元城で、緊急大規模避難訓練を行う。お前らは何か口実を作り、一時間以内に、この次元城内の職員を全員城外――できれば別次元に強制退避させろ」

その言葉に、護衛二人は一瞬顔を見合わせた。

「こ、これより……⁉　しかも別次元……⁉　し、しかし……」

困惑を隠しきれない声で言ったのは、トンズレッタ。

「じ、事前にそんな予定は周知しておりませんでしたし……現在、手が離せない仕事をしている職員も多くいると考えられますが……⁉」

「だからどうした？」

そんなトンズレッタに、ドロクレアは容赦ない声で言う。

「私に意見とは、……貴様、随分成長したものだなトンズレッタ?」

「い、いえ……」

「最優先命令コード、【D1】を発動させればいい」

そしてドロクレアはあっけなく告げる。

「最高クラスの司令官権限の行使……命令に逆らった人間は処刑もありえるコードですね……!?」

できれば聞き間違えであってほしい、そんな表情で聞き返すトンズレッタ。

「そうだ」

ドロクレアは頷き、

「その状況で命令に逆らう人間は一人もいないはず。急げ。決して城内に一人も残すな」

「「か……かしこまりました……!?」」

こうなった司令官に、話が通じないのはこの二人の護衛が一番よく知っている。

二人は膝をつき、頭を下げ、部屋を後にしようとするが。

「ああ、それから、言っておく」

そんな二人に、司令官はさらに告げたらしい。

「〝全員退避〟というのは――文字通り〝全員退避〟。つまり、お前達も例外ではないぞ」

その言葉に、二人は、先ほどまでとは比べ物にならないくらい血相を変えた。

「ま、待って下さい！　私達にも退避しろと仰るのですか!?」

「わたし達は、姉様の護衛が最優先事項！　お傍を離れるわけには……」

二人は食い下がったが、

「くどい」

もはやドロクレアは、二人のことを見てもいなかった。

「お前達は私についてくると誓ったのだろう？　だとしたら……ただ私の命令に従っていればよいのだ」

冷たく言い放たれた言葉に、二人はもう反論できなかった。

「「御意……！」」

深々と頭を下げ。

結局二人は、職員の避難訓練を開始。強烈な反発や怒号が飛び交う中、なんとか実力行使で全職員を退避させた――。

※

「これが一時間前。私と姉様の間にあったやり取りの全貌だ」

静まり返った次元城格納庫内。

ドロンジョ達の前で、トンズレッタは、そんな話を終えた。

「う、う〜〜ん……!?」

三人はますます困惑していた。

何か、この不可解な事態の謎を解くきっかけが得られるかと思い聞いたのだが、得られたのは、ますます状況をややこしくするような話だった……!?

「ひ……一つ質問よろしいでしょうか」

そんな中、挙手して、ダラケブタが声をあげる。

「トンズレッタ様は、ドローリア・ミラ・モンパルナスの次元法違反の件。そして、その処罰に、髑髏兵を使い死刑を執行することになった、という件をご存知でしょうか？」

「はあ⁉」

その言葉に、素っ頓狂な声をあげたのはトンズレッタ。

「次元法違反⁉　しかも……髑髏兵⁉」

耳を疑い身を乗り出すトンズレッタ。

「じ、次元法に違反したからといって、何故それで被告が即死刑になる？　しかも……わざわざ、髑髏兵を使う⁉　姉様は一体……⁉」

混乱した声でトンズレッタ。

そんなリアクションに、三人は顔を見合わせた。

「ちょっと、ダラケブタ……」

そんな中、ドロンジョが、声を殺しながらダラケブタに言うのだった。

「思ったんだけど。この女を味方につけりゃいいんじゃないかい……？」

「……ああ」

そんな耳打ちを受け、静かに頷くダラケブタ。

「俺も、同じことを思ってた」

最初遭遇した時は、トンズレッタに対し〝最悪の出会い〟かと身構えたダラケブタ達だったが……。

三人は、話を聞いているうちに、トンズレッタに、分かり合える余地を感じ始めていた。

このトンズレッタになら、ドローリアに起こっている理不尽な状況を説明し、素性を明かし、〝死刑撤回〟へ向け協力してほしい気持ちを伝えれば……自分達に協力して、死刑撤回に動いてもらえるのではないか？　三人はそう考えていた。

それに、もしそれが無理でも、トンズレッタは一級管理官。

それは『情報管理室』に入る権限を持っている階級だ。持っているはずのセキュリティキーを貸してもらうだけでも、三人にとってとてつもなく大きな収穫になる。

なのでダラケブタは、覚悟を決めた。

「トンズレッタ様……」

トンズレッタに向けて、一歩踏み出すダラケブタ。

「実は、俺達にはある〝計画〟があります。ですので……トンズレッタ様も、その計画に乗ってくださいませんでしょうか⁉」

「ん？　計画……⁉」

困惑したように目を瞬くトンズレッタ。

そんなトンズレッタに、ドロンジョ、ダラケブタ、ドローリアは、代わる代わる事情を説明し……！

「そうか……！」

数分後……話を聞き終えたトンズレッタは、眉間を押さえながら苦々しく呟いていた。

「姉様が、そんなことを……！」

ドロンジョ達は、トンズレッタに、全てを話していた。

ドロクレアが、ダラケブタに、妙な強引さで髑髏兵を起動し、ドローリアの死刑を断行するよう命じていたこと――。

そして、自分達が、〝オダテるブタ〟達などではなく、ドローリア・ミラ・モンパルナス本人を含む、ドローリアの死刑撤回の為ここへやってきた三人であること――。

そして……このままでは交渉できないので、まずは交渉のカードを手に入れる為、『情報管理室』を目指していて、そこへ入れる権限や方法も探しているということ。

「…………」

それを聞いていたトンズレッタは、表情を、聞けば聞くほど、苦渋に満ちた、険しいものに変化させていった。

「ど、どうでしょう？　ドロクレア様の暴走を止めるためにも……どうか我々に力を貸してくださいませんか⁉」

説明を終えたダラケブタは、トンズレッタに、さらに詰め寄った。

確証はないが、ダラケブタは、トンズレッタに自分の話がきちんと響いている……そんな手応えを感じていた。

「そうだよそうだよ！」

ドロンジョも畳み掛ける。

「今なら特別に、アタシの臨時手下三号にしてやってもいいよ！　別に手下は二人って決まりはないんだし⁉」

「そ、そうじゃそうじゃ！」

さらにドローリアも続く。

「どうも、手下業は、一人では大変そうなのでな！　もう一人いると、妾も随分助かる！

妾と一緒に……しばらくの間、ドロンボー一味で活動せんか⁉」

笑顔でトンズレッタをリクルートするドローリア。

「ふっ……」

すると。

その瞬間――トンズレッタは、三人と遭遇した時からずっと纏っていた、堅い気配を一瞬緩め、初めて、柔らかい笑顔を浮かべた。

「面白い連中だな」

そして、少しだけ哀愁の漂う顔で、

「〝私達〟も、お前達みたいになれたらよかった…………いや、以前はそうだったのだが」

小さな声で、そんな言葉をひとりごちる。

「？」

「以前？」

「いや、なんでもない、こっちの話だ」

そして首を振ると、トンズレッタは三人に改めて向き直る。

「話は分かった。そして……お前達の訴えも理解した」

微笑をたたえながら、三人に向かってトンズレッタ。

「そうだな。お前達の言うとおりだ！　お前達は完全に正しい。間違っているのは姉様……

つまり、ドロクレア姉様のほうだ」

「「お、おお……⁉」」

その反応に、ドロンジョ達は、興奮気味に顔を見合わせる。

「で、では……⁉」

弾むような笑顔で言ったのはドローリア。

「トンズレッタ。お主も妾の死刑撤回を手伝ってくれるのじゃな⁉」

右手を差し出し、嬉しそうにトンズレッタに歩み寄っていく。

「だが」

その時だった。

そんなドローリアの言葉に被せるように、トンズレッタが静かに呟いた。

「誰が正しいかという問題と、誰と共に行動するかという問題は……別の問題だ」

いつの間にか、前髪で眼が隠れ、表情が見えにくい姿勢になりながらトンズレッタ。

「私は〝あの人〟の護衛――この刀は――〝あの人〟を護る為のみにある……！」

そして、チャキッ――トンズレッタは、微かな音と共に腰から刀を抜くと――

ブンッ！

出し抜けに、刀を横薙ぎに一閃した！

それは、正確にドローリアの首があった位置を通過！　したかに見えたが……

「ドローリア！」

その直前、かろうじてその気配に気づいたドロンジョが弾かれたように飛び出し、

「な、なんじゃあ⁉」

ドローリアの首根っこを掴み、無理やり地面に引き倒していた。

その結果……髪の毛一本の差で、ドローリアはトンズレッタの斬撃を回避したが。

直後、ドォォン！

刀から発生していた衝撃波は、格納庫の一角を直撃。そこに巨大な穴を穿(うが)っていた……！

「なっ……………⁉」

その光景に、凍りつく三人。

「斬撃だけで……⁉」

〝戦艦一隻〟を輪切りにする。そんな逸話が三人の頭に蘇る。

その三人を前に、トンズレッタは、腹を決めたような表情で告げるのだった。

「残念だが、お引取り願おうか、盗賊ども。これ以上次元城を進むというなら――その首、全員、この私。専属護衛トンズレッタ・アリアスが、胴から斬り飛ばさせてもらう」

チャキッ。返した刀を三人に突きつけながら宣言するトンズレッタ。

急造チーム対、専属護衛トンズレッタ。

まさかの死闘の幕が開けた瞬間である――！

※

「なっ…………！」

まさかの展開に、ドロンジョ、ドローリア、ダラケブタは唖然となる。

「な……何故じゃ⁉」

最初に金縛り状態から脱し、声をあげたのは、ドロンジョに間一髪命を救われていたドローリアだった。

「お主は……さっき、妾達が正しいと申したではないか⁉　妾達を救ってくれるのではなかったのか⁉」

「そうできれば良いのだがな」

そう呟くと、トンズレッタは、シャラ……抜き身の刀を、ゆっくり鞘に納め始めた。

「……私はな。かつて、姉様に命を救われた身なのだ」

そして、刀を鞘に滑らせながら、三人に過去を吐露。

「い、命……⁉」

「確かに私には、姉様が何を考えているのか、もうよく分からん……特に最近は」

さらに、俯き加減のまま、表情を見せずに続けるトンズレッタ。

「だが、姉様がどんなに間違っていようと……どんな暴挙に出ようと……〝あの過去〟がある限り、私にとって、姉様からの任務は絶対なのだ……！」

自分に言い聞かせるように呟くと、

「だから私はお前達を、――斬る」

三人に向かって非情な視線を向け、

「姉様を止めたければ――私を越えていけ！」

そこまで言うと……

チンッ。

トンズレッタは、刀を完全に鞘に収め切り、そして――

ブンッ！

極端な前傾姿勢になった後。その刀を再び鞘から抜き、そのままドロンジョ達のほうへ横薙ぎに一閃した。

ゴウッ！

その瞬間、再び、刀身から衝撃波が発生！

「⁉　どわぁぁぁぁ⁉」

それを見たドロンジョが、ドローリアの首根っこを掴まえたまま、天下一品の逃げ足の速さでその場を飛びのき、二人は九死に一生を得たが……！

斬撃の威力は留まることを知らない。

ザンッ！

ドロンジョ達の後方。

ドロンジョがかわした斬撃が、そのまま、ドロンジョ達が乗ってきたペットボトルロケットに直撃し、まさに胴と頭を切り離すように、真ん中から真っ二つにしてしまったのだ。

それどころか、ザンッ！　ザンッ！　さらにその後方、格納庫の片隅に置かれていた十数個のペットボトルロケットも、その余波で、次々、リズミカルに真っ二つに切断されていく……！

「なんて奴だ……⁉」

ダラケブタはその光景を見て絶句していた。

「次元航行機は、ああ見えて大気圏突入はおろか、次元跳躍にすら耐えるダイナモンド合金製だぞ……⁉　それを居合いで一撃……⁉　ウワサは本当だったのか……！」

「――次は外さん」

そんな三人を前に、押し殺した声でトンズレッタ。

露払いするように刀を一度振ると、そのままゆっくり、腰の鞘に再び刀を戻し、

「今のが五割だとしたら、次は八割だ。……安心しろ、痛みは感じない。その前に貴様らの首は落ちている」

鞘に収め終えると、再び前傾姿勢に入る。

「ど……どうするのじゃドロンジョ⁉　次は八割が来るらしいぞ⁉」

それを見ながら、ドロンジョに泣きつくドローリア。

「う、うるさいねこの、スカポンタン！　今、作戦を考えてんだよ⁉」

そんなドローリアを必死にひっぺがしながらドロンジョは言うが、とはいえ、百戦錬磨のドロンジョも、こんなシチュエーションは初めてだった。

なんせ普段の戦いは、熾烈といえば熾烈だが、基本的にはギャグ・アニメ路線。

こんな、本物の戦闘力を持つ、バケモノのような人間との真っ向バトルは、全然経験がないので、作戦など簡単に出てくるはずもないのだった。

「終わりだ」

すると、そんな手詰まり感を察知したのか、トンズレッタが容赦なく動く。

グッ、と前傾姿勢をさらに極端なものにすると――ゴウッ！

凄まじい勢いで、三度(みたび)、鞘から抜刀！

瞬時に斬撃が生まれ、そしてトンズレッタの宣言通り、それは、硬直するドロンジョ達の胴体めがけて正確なコースで一直線に飛来し……！

「「どわぁぁぁぁあ⁉」」

それを見て、絶叫するドロンジョとドローリア。

死――。走馬灯を目の当たりにし、その刹那、様々な過去を思い浮かべる二人だったが……。

「…………チッ」

しかし、その時だった。

「まさかこの技が、こんなトコで役に立つとはな」

辺りに、さもめんどくさそうな声が響き渡った。

「でも、めんどくせぇが……やるしかねぇ！」

声と共に、パチンッ！

何かを弾いたような、小気味良い、乾いた音が格納庫に鳴り響く。

すると、次の瞬間。

ゴトンッ……！

今、まさに斬撃にぶった斬られようとしていたドロンジョとドローリアの前に、突如、分厚い〝鉄板〟のようなものが出現！

「なっ……!?」

トンズレッタが短く声をあげたその刹那……

ガキィィイン！

斬撃が、その鉄板に直撃！

そしてその鉄板は、軽く全体を撓ませはしたものの、結局切断されることなくそのままその場で斬撃を霧散化……！

「！　ほう。〝次元の押入れ〟か……！」

それを見たトンズレッタは、少し感心するような声をあげた。

「姉様の得意技だ……！　三級管理官と言っていたが、予想以上にやるな、豚よ……！」

鋭い視線をある方向に向けるトンズレッタ。

そう、その視線の先にいたのは、

「こっちも必死なんでね……！」

ドロンジョとドローリアの傍らに立つダラケブタ。

ダラケブタが、ドロンジョとドローリアの窮地を間一髪で救っていた……！

※

「お、おぉぉ……!?」

自分の命を間一髪で救ったのがダラケブタだったことを理解すると、ドロンジョとドローリアは同時に声をあげた！

「ダ、ダラケブタ……！　意外にやるじゃないか!?」

「ナ、ナイスじゃ！　褒美をとらす！」

「別に大したこっちゃねぇよ」

そんな二人に、ダラケブタはズレていた帽子を直しながら、言う。

「今のは〝次元の押入れ〟つって……。上級次元管理官が使う技で、そこら中にある〝次元と次元の隙間〟から、事前に入れておいた物を取り出して使う……大道芸みてぇな技だ」

そこまで言うと、パチンッ。実演するように、右前足部の蹄(ひづめ)を、器用に、指パッチンの要領で鳴らすダラケブタ。

するとゴトゴトゴトッ！

次の瞬間。ダラケブタ達の前に、頭上から、先ほどのような鉄板が纏めて落下。それらはドロンジョ達を取り囲み、三人を守る〝鎧〟となった。

「職場が余りにヒマだったたんでな」

それを見届けたダラケブタは肩をすくめ、言う。

「誰かさんの影響を受けて。将来、上級管理官になった時の為に、空き時間に密かに練習してたんだが……まさかこんな場面で役に立つとはな……」

「な、なんと！　では、その誰かさんとやらに感謝じゃな⁉」

それを聞いて、最高にいい笑顔でドローリア。

その誰かさんとはどう考えても他でもないドローリアのことだったが、単純な性格のドローリアには照れ隠しや皮肉は全く届かなかった。

「なるほど」

一方、ドロンジョは感心していた。

「じゃあ、この鉄板は、アンタが事前にその〝押入れ〟に入れてたモンなのかい」

「ああ」

ダラケブタは頷き、

「使えそうなモンは片っ端から入れてたんでな。この鉄板も、過去に仕込んでたモンだ。廃材置き場で見つけて、いつか役立つと思って回収してた、『ダイナモンド合金』より硬い

『シャレコーベ合金』の鉄材。

　これなら、さすがに多少は持ちこたえられるだろ？」

　眼前に展開した鉄板の壁を見ながらダラケブタだったが……

「ふっ。それはどうかな？」

　……その時だった。

「『シャレコーベ合金』か。確かに手強いが……。所詮〝鉄〟は〝鉄〟……」

　チンッ。トンズレッタが、格納庫内に、再び鞘に刀を納めた音を響かせると……！

「本気の私に斬れない鉄は……この世に無いっ！」

　ゴウッ！

　トンズレッタが、鉄板に向かって、再び、斬撃による攻撃を再開した。しかも今度は、一撃ではなく、ゴウッ！　ゴウッ！　連発の斬撃。

　すると、その途端、
　メキャ！　メキャ！

　ドロンジョ達の前の鉄板が、水圧に押される潜水艦の壁のように、どんどんひしゃげ、ゆがみ始めた……！

「馬鹿な……ウソだろう⁉」

　ダラケブタは驚愕した。

「『シャレコーベ合金』だぞ⁉　これでももたないってのか⁉」

「て、鉄板のストックはないのかいブタ⁉」

　慌てた表情でドロンジョ。

「ね、無ぇよ！　そんなに鉄板ばっかストックしてる奴おかしいだろ⁉」

「な、なんでそんなこと言わずもっと鉄板集めとかないんだいこのスカポンタン⁉」

そうこう言ってる間にも、
メキャ！　メキャ！

三人の前の壁がどんどんひしゃげていく。

誰の目にも一目瞭然だった。

この鉄板の壁は、数秒後には木っ端微塵になり、トンズレッタの斬撃から三人を守るものはもう何もなくなる……！

「くそ、ここまでか……⁉」

その光景を前に、諦めの色の混じった声で呟くダラケブタ。

「〝死刑〟の撤回なんざ、やっぱ、無謀すぎたか……⁉」

後悔するような口調でダラケブタは言うが、

「このスカポンタン！」

そんなダラケブタを、ドロンジョが一喝。

「何勝手に諦めモード入ってんだい⁉　悪党たるもの、悪あがきしまくってナンボだって言ってんだろ⁉」

「し、しかし……！　鉄板が無い以上、もう守りは固めようがないし……。攻めに転じるにも、俺達には、攻めの手段が無い。どう考えても手詰まりじゃねぇか……⁉」

「いや！　まだ何かある！」

しかしドロンジョは叫ぶ。根拠の無い自信の下で。

「こういう時は、本人も忘れてる、意外な手段があったりするもんなんだよ！　アタシ達には、よくそういうことあるんだ！　だから、絶対、結局、なんとかなる！」

断言するドロンジョ。

骨の髄まで染み付いた諦めの悪さが、今日も今日とて存分に発揮されていた。

そして、その諦めの悪さは、功を奏す。

「本人も忘れている……⁉　そ、そうか‼」

その瞬間、何かに気づき叫ぶドローリア。

「もしかしたら……何とかなるかもしれんぞ！　ドロンジョ！　ダラケブタ！」

ドローリアは顔を上げ、諦めの悪い表情で二人に断言するのだった。

※

「「な……何とかなるぅ⁉」」

鉄板の中、血相を変えて反応するドロンジョとダラケブタ。

「うむ！」

ドローリアは頷き、

「守りには自信はないが……攻撃に転じるなら、妾には、手があるのじゃ！〝禁術〟を使えばいい！」

そして、自信に満ちた表情でそう断言。

「き……禁術⁉」

対照的に、その言葉に、二人は目を見開いた。ドロンジョがうろたえる。

「き、禁術ってことは……あの〝黒い竜〟を呼ぶってことかい⁉」

「違う！」

ドローリアは即座に首を振る。

「〝黒　竜〟は使用してからほとんど時間が経っていないし、力がまだ回復しておらん。それは無理じゃ」

「？　だったら……」

「〝禁術〟は他にも存在する」

そこでドロンジョに補足したのは、ダラケブタ。

「言ったろう。禁術ってのは、〝次元管理局が定める、使用に制限がかかっている禁じられた特殊技能の総称〟。つまり……〝黒　竜〟以外にも幾つも術は存在してるんだよ。で、確かに俺は、ドローリアがあれ以外の〝禁術〟を習得していることも把握しているが……」

そこでダラケブタは、サングラス越しにドローリアを見た。

「ドローリア。お前、〝黒　竜〟以外の禁術を、一度も実戦で使ったことねぇだろ」

率直にドローリアに指摘。

そう、ダラケブタはドローリアが、両親の言いつけを堅く守り、不必要な場面での〝禁術〟の使用を強く自制していたことを、監視業務の結果しっかり知っていた。

「〝禁術〟は、そのどれもが、制御に失敗すれば術者の身に危険が及ぶ、極めて繊細な制御が必要な術。だから使用を禁じているわけで……。ぶっつけ本番は、危険すぎねぇか？」

「そんなこと言ってる場合か！」

ドローリアは憤慨したようにダラケブタに言い返す。

「妾の死刑を撤回する為に、無関係なお主らまで命を懸けておるのじゃ！　仲間を守る為！　妾も力を尽くすのは当然じゃろう⁉」

有無を言わせぬ迫力で言い返すドローリア。

「う……⁉」

「………よし！」

その瞬間。そんなドローリアを見たドロンジョが小気味よく叫んだ。

「よく言った！　臨時手下一号！」

そして、パーン、とドローリアの背中を叩き。

「さすがアタシの手下！　だったら……やりたいようにやりな！　失敗しても……骨はボスのアタシが拾ってやるから！」

むぎゅっ。

おもむろに近寄り、ドローリアの頬を両手でプレスしながらドロンジョ。

「う、うみゅ！　ま、まかしぇろ」

「し、しかしだなァ……」

そこでまだ納得しかねるような様子で口を挟むのはダラケブタ。

「〝禁術〟っつっても、どの〝禁術〟使うんだよ……⁉」

「だきゃりや、まかしぇろ」

ドロンジョの拘束から脱出しながら、ドローリアは真面目な顔で言う。

「妾に、心当たりがある。〝これ〟を使えば……！　うまく奴をかく乱できるはずじゃ！」

そう呟くと、——ゴウッ！

ドローリアは、自身の両手の間に、灰色の風の塊のようなものを出現させた。

「お、おお……⁉」

「それか……！」

息を呑む二人の前で、

「そうじゃ……行くぞ……〝灰猫(クラッシュ・キャット)〟！」

ドローリアは決然と叫ぶ。

「我らの前に立ち塞がるあの者を……お主の力で押しのけよ！」

ドローリアが高らかに叫んだその瞬間。

「キシャァァァァ！」

「な、何だ……⁉」

トンズレッタが目を疑う光景が、ドローリア達の頭上に出現していた——！

※

それは——灰色の〝雲〟が集まって出来た、一匹の巨大な〝猫〟のような生命体だった。

雲らしい、ずんぐりむっくりとしたモコモコのボディは五～六メートルはある。そんな愛らしい身体付きとは裏腹に、目つきは悪魔のようにやたら凶暴だった。

そんな化猫が、獲物を狙うような凶暴な眼差しで、

「キシャァァァ！」

今、トンズレッタに攻撃的な雄叫びをあげていた。

「おお……⁉」

その光景に、思わず感嘆の声をあげるドロンジョとダラケブタ。

「面妖な……！　禁術か……⁉」

一方、トンズレッタは警戒の声をあげていた。

「チッ……！」

そしてトンズレッタは、チンッ。〝灰猫（クラッシュ・キャット）〟に対峙したまま、刀を鞘に納め、

「だが……いくら禁術とはいえ、私の刀に斬れんものはこの世にない……いけ！」

その猫に向かって斬撃を放つ。

が。

ボフンッ！

当然といえば当然なのだが……。雲で出来た猫〝灰猫（クラッシュ・キャット）〟は、斬撃を受けても一瞬霧散してそのまま透過させるだけで、何事もなかったかのようにそこに浮遊していた。

「キシャァァァ！」

その状況に、勝ち誇ったような雄叫びをあげる〝灰猫（クラッシュ・キャット）〟。

「くっ……⁉　実体を持たんタイプか……‼」

苛立たしげな表情を浮かべるトンズレッタ。その表情は、トンズレッタとこの禁術との相性の悪さを如実に物語っている。

「……すまんな」

そんなトンズレッタに申し訳無さそうに声をかけるのは、いつの間にか、鉄板の壁の前に姿を現していたドローリアだった。

「お主にも、お主にだけの、守りたいものがあるのだとは思う……！　だが、妾はやはり、まだ死ぬわけにはいかんのだ……！」

指揮者のように、〝灰猫(クラッシュ・キャット)〟に向かって手を掲げ、

「妾が犯した失敗に、付き合ってくれる者がいる……！　その者達に報いる為にも。妾はまだまだ悪あがきする……！　そう決めたのじゃ……！」

最後の攻撃を仕掛けようと精神を集中していくドローリア……！

「くっ……！」

それに対しトンズレッタも、まだ諦めず動き始める。

ドローリアが、壁の中から出てきた以上、〝灰猫(クラッシュ・キャット)〟が攻撃を仕掛けてくる前に、斬撃で術者であるドローリアを斬り伏せば、あの禁術も無効化できる。

「姉様の為にも……私も負けるわけにはいかんのだ！」

なのでトンズレッタは、たった今抜いた刀を鞘に納めるべく、納刀態勢に移行した。

刀を納め、抜刀するまで、恐らくゼロコンマ数秒。

〝灰猫(クラッシュ・キャット)〟の攻撃がどれほど速いか知らないが、自分の居合いより速い攻撃はこの世には存在しない。

その自負と共に、トンズレッタは刀を鞘に納めようとした……。が。

スカッ。

……その瞬間。予想外の感触が、トンズレッタを襲った。

「……なっ……⁉」

呆然と、自身の腰の辺りを見るトンズレッタ。

刀を納めようとした、いつもそこにある鞘の位置。

そこにあったはずの鞘が……

いつの間にか、忽然と消えていた。

「探し物はこれかい？」

驚くトンズレッタに、背後から声。

トンズレッタが驚いてそちらを見ると、そこには――

「ダメじゃないか」

ボールでも弄ぶように、人差し指の上で器用に鞘を乗せて回す、ふざけた口調の女が一人で立っている。

「ドロボウと戦おうってんだ。大事なものがあるなら、もっと一生懸命隠しとかなきゃね」

それは、いつの間にかそこに移動したドロンジョ。

そう。トンズレッタが猫とドローリアに気を取られている間に、ドロンジョは、壁の裏から脱出し、トンズレッタの鞘をかっぱらっていたのだ。

「こ、このコソ泥が……！」

そのドロンジョの技に、焦りと驚きが混じったような表情になるトンズレッタ。

「今だドローリア！」

その時、壁から身を乗り出したダラケブタが叫ぶ。

「やっちまえ！」

「分かっておる！」

それに対しドローリアも叫び返し、

「行け……〝灰猫(クラッシュ・キャット)〟！　妾に仇(あだ)なす者に鉄槌を下せ！」

「ニャァァァアアアアアアア！」

その瞬間、ドタッ！　〝灰猫(クラッシュ・キャット)〟は一度床に着地し、

「キシャァァアアアアア！」

ドドドドドド！　そのまま床を蹴って、まるっきり肉食動物のような獰猛さでトンズレッタへ突進した——！

「くっ……!?」

それを見たトンズレッタは、抜き身になっていた刀を構え、迎撃すべく横薙ぎに振るうが——


ひらっ。

〝灰猫(クラッシュ・キャット)〟は猫のような身軽さで跳躍しそれを回避すると——モクモクモク……！　なんとそのまま、どんどん身体を膨張させながら、積乱雲のように、トンズレッタの上空に展開し始める——！

「終わりじゃ」

それを見たドローリアはが、無情に言う。

「雲を使った、様々な天候を再現する〝灰猫(クラッシュ・キャット)〟。

豪雨、大雪、霧雨、氷雨等、場面に応じて使い分け、干ばつに苦しむ民を救うのが本来の目的じゃが……いざとなったら、こういう使い方もあるのじゃ！」

ドローリアが軽く頷くと――バチバチバチバチ！

トンズレッタの上空にいる〝灰猫（クラッシュ・キャット）〟が、稲光を纏いながら、全体を激しく明滅させた。それは、さながら、室内に広がる巨大な雷雲……！

「ふっ……！」

その光景を見上げたトンズレッタは、半ば呆れたように笑い声を漏らし、

「……見事」

カランッ。潔く刀を投げ捨てる。そして、

「……使え」

ヒュッ。おもむろに、ドローリアに、掌に収まりそうな金属片を投げて寄越した。

「私のアクセス権限とＩＤが使える、ドックタグだ」

短く言う、トンズレッタ。

「それがあれば『情報管理室』に入り、自由に情報にアクセスできる。持っていくがいい」

「⁉　よ、良いのか⁉」

いきなり手渡された目的の物に、ドローリアは戸惑いの声をあげた。

「だ、だって、お主はドロクレアの護衛なのでは……⁉」

「……負けた以上仕方あるまい。私は護衛として力いっぱい戦った。それで負けたのだから、悔いはないさ」

トンズレッタはそんなドローリアに一度ウインクし、

「その代わり、有効活用してくれよ。姉様が何をするつもりか知らないが、できれば……姉様を止めてやってくれ」

神妙な表情で言うと、トンズレッタは気丈に顔を上げ。宙に浮く〝灰猫（クラッシュ・キャット）〟に向かって潔く叫ぶ。

「さぁ……一思いにやってくれ化猫！　そして幼き王よ！　無傷で負けましたでは、さすがに姉様に叱られてしまうからな！　遠慮なく来るがいい！」

「……分かった」

そんなトンズレッタにドローリアは頷き、

「後は任せろ……。お主の代りに、お主のボスは妾が止める……！」

掲げていた腕を振り下ろした！

「いけ……〝灰猫（クラッシュ・キャット）〟！　奴を貫く雷を放て！」

「キシャアアアアアア！」

その号令に、もはや猫の形をとどめず、巨大な雷雲となった〝灰猫（クラッシュ・キャット）〟が咆哮！

次の瞬間、バリバリバリバリバリ！

〝灰猫（クラッシュ・キャット）〟が放った、幾重もの雷の槍がトンズレッタを貫き、強烈な電流がトンズレッタに流れ込んだ！

「み、見事だ……！」

直後、まるでいつものドロンジョ達のように、口から煙を吐き、軽く黒コゲになりながらトンズレッタ。

「いいチームだ、コソ泥ども……。ね、姉様のこと……頼んだ……ぞ…」

ドォッ。

そう言い残し、意識を失い、その場に倒れこむトンズレッタ。

残されたのは――誰一人欠けることなく立ち続けているドロンジョ、ダラケブタ、そしてドローリア。

「よ、よし……！」

一瞬の間の後。信じられない、というような表情で三人は顔を見合わせた。

「この勝負――アタシ達の大勝利だよ、このスカポンタン！」

バチッ！　自然とタッチを交わす三人。

こうして、急造チーム対専属護衛トンズレッタの勝負は終結した。

勝負は、急造チームの、まさかの大勝利に終わったのである――！

五章・もう一人の護衛

ドロクレアの謎の〝強制退避〟命令により、幸か不幸か、無人となった次元城城内――。

トンズレッタを無事打ち倒し、加えて『情報管理室』に入る事が出来る〝ドッグタグ〟を手に入れた三人は、意気揚々と次元城を闊歩していた――！

「ほぉ、この辺はこうなってんのかい。立派なモンだねぇ」

「うむ。モンパルナス城の華麗なゴシック造りには負けるが、これはこれで中々見事なものじゃな」

高さ数十メートルはあろう、高い高い天井。そしてその天井の真下には、何か作業車でも走るのだろうか、半透明の通路が幾重にも重なって走っている。

そんな未来的な光景を見ながら、三人は今、ダラケブタの案内の元、『情報管理室』目指して次元城の通路をてくてく歩いていたのだった。

「いやお前ら………」

それに対し呆れきった声で言うのは、先頭を歩いていたダラケブタ。

「もうちょい緊張感ねぇのか!?　一応、敵の本丸に入りこんでいってんだぞコレ!?」

不満そうにダラケブタ。勿論ダラケブタも結果的に事がうまく運んでいる現状を喜んではいたが、ドロンジョとドローリアに比べれば、冷静さを保っていた。

「このスカポンタン。緊張してどうにかなるようなモンでもないだろ」

そんなダラケブタに真っ向から反論するドロンジョ。

「せっかくあっちがわざわざ人払いしてくれてんだ、堂々といきゃいいじゃないか」

「そうじゃそうじゃ」

ドローリアも追従し、

「それに安心せい。先ほども見たであろう、妾の〝禁術〟の威力、そして精度を。〝禁術〟はまだまだあるのじゃ、たとえこの先思わぬ伏兵がいても、妾が何とかしてみせようぞ」

得意げに言うドローリア。

「まぁ、な……」

それには、ダラケブタも素直に頷くしかなかった。

使う前は、実戦経験の無さから、ドローリアの禁術の使用を危惧していたダラケブタだったが……。

ドローリアの〝禁術〟は、本人の言うとおり、威力、精度、共に申し分ないものだった。というか。

（まさかあそこまで使いこなすとはな……⁉）

ダラケブタは、先ほどのドローリアの戦いぶりに、先ほどまでとは違う、別の不安、もしくは違和感のようなものを覚え、軽く首を捻っていた。

（むしろ……使いこなしすぎなような……⁉）

他の二人には聞えない声でひとりごちるダラケブタ。

そう。長年、ドローリアを監視してきたダラケブタは、ドローリアの誠実な生き様に敬意を表する一方……。

実は、ドローリアの〝禁術の資質〟に関して、少しだけ疑問も抱いていた。

というのも。ダラケブタは、正直、監視任務開始初期の頃は、不真面目で、ダラケていたので、〝禁術使いの普通〟のことは、ほとんど知らなかったのだが……。

ある日、同僚と〝禁術〟使いの話になった時。耳を疑うような話を聞いてしまったのだ。

「ウチの監視対象、この前、三つ目の〝禁術〟習得してよ～～。うちのエリアの最多記録らしいわ」

その同僚は、愚痴っぽく、しかしどこか誇らしげにそう告げたのだが……。

「え？」

ダラケブタは心底困惑した。

「だったら。ウチのドローリア。……既に二十以上〝禁術〟習得してるけど？」

その夜……ダラケブタは、即、上司――ドロクレアに連絡。

まさか、〝二十超え〟が特筆事項だとは思わず、一切〝報連相〟していなかったダラケブタは完全に自分のサラリーマン人生が詰んだと思ったが、

「大丈夫。よくあることだ」

そんなダラケブタに、ドロクレアは、何故か妙に優しかった。

「お前が勉強不足なだけで、この広いマルチバースには、その程度の使い手は幾らでも転がっている。むしろ平凡なくらいだ。分かったら引き続き監視を頑張れ！」

そんな、ウワサとは違う、むしろ上機嫌と言ってもいいような態度に安堵し、その時はダラケブタは深く考えず再び任務に戻ったのだったが……。

「……あの言葉。本当に正しかったのか……⁉」

たった今、ドローリアの〝禁術〟の才能を改めて目の当たりにしたダラケブタは、その時の会話が、妙に気になり始めていた。

「もしかして、ドロクレアが、ドローリアをやたら死刑にしようとすることと……やたら〝禁術〟がうまく使えること。何か関係してるんじゃないのか……⁉」

それは、今のところ何の確証も無い、ダラケブタの突飛な発想だったが……。

幸い、ダラケブタは、まもなくそれが突飛かどうか確かめられる状況になる。

「よし」

というわけで――ピタッ。唐突にダラケブタは足を止める。

「どわっ⁉」

いきなり立ち止まられたので、勢い余って、後方からついてきていたドロンジョとドローリアがその背中に軽くぶつかった。

「な、何やってんだいこの豚⁉」

「し、しっかり後ろを確認して止まらんか！」

勿論、そんな事態に女達は騒ぎ出すが、

「着いたぞ」

それを無視して、ダラケブタはクールに言うのだった。

「『情報管理室』だ」

三人は、目的地に到達していた。

※

ピッ。

トンズレッタから渡されたドックタグを、扉脇の端末に翳すと……ゴゴッ……！

厳重に閉まっていた情報管理室の、とてつもなく分厚い鉄の扉が左右に開き、中への道が開かれた。

「お、おお……！」

「ここが……⁉」

『情報管理室』。その内部の光景は、三人の思い描いていたものと少し違っていた。

部屋の内装はシンプルそのものだった。

十畳くらいの大きさの、他に何もないだだっ広い空間。

その空間の中央に一つだけ、バスケットボールくらいの大きさの、ホログラムで出来たような球体が浮かんでいる。

「そうか、次元コンピューターを使ってるのか……！」

それを見たダラケブタが、感心したような声をあげた。

「「じげんこんぴゅーたー？」」

「ああ」

ダラケブタはその球体に歩み寄り、

「色んな次元の量子コンピューターを連結した、最新式の計算機で……ウワサでは、この世界に存在するありとあらゆる情報を記録しているとかいう話だ」

「あ、ありとあらゆる情報だぁ⁉」

「と、という事は、ダラケブタ…………！」

「ああ」

ダラケブタは頷く。

「司令官――ドロクレアのこれまでの人生のことも、全て調べられるはず……！」

それはダラケブタにとって良い意味で予想外の展開だった。

ダラケブタはてっきり、この第八方面支部――次元城内の全職員の詳しい経歴が記録されているＰＣがあるくらいだと予想してここへやってきていたのだ。

しかし待っていたのは次元コンピューター。

これなら、そんな枠を超えて、どんな人間のどんな過去、どんな秘密でも暴くことが出来る……！

「よし……！　んじゃ、さっそくやっておしまい！」

「うむ！　頼むぞ、ダラケブタ！」

「任せろ」

ダラケブタが球体に向かって手を伸ばす。と、その手元に、ホログラムのキーボードが浮かび上がった。そのキーボードを使い、

「〝次元城勤務員、司令官ドロクレアの過去〟で検索と…………」

カシャカシャ……二つの蹄で華麗に高速タイピングし情報を入力するダラケブタ。

が……。

『検索結果……該当情報〝0〟件』

次の瞬間。次元コンピューターが、音声で答えたのは、そんな結果だった。

「？　０？　条件が厳しすぎたか……？」

ダラケブタは肩をすくめ、再びキーボードを叩く。

「〝司令官ドロクレアの情報全般〟で検索と………」

ピッ。短い効果音が鳴った後、次元コンピューターが答えたのは……。

『検索結果……該当情報〝０〟件』

「⁉　はぁ？　ク、クソッ！」

カシャカシャ……！　ヤケになったようにキーボードを叩きまくるダラケブタ。キーワードを変え検索し続ける。しかし〝０件〟〝０件〟〝０件〟〝０件〟……！　次元コンピューターが返す答えは常に〝０件〟……！

「ど、どうなってんだ……⁉」

理解に苦しむような声をあげるダラケブタ。

「全次元連結の次元コンピューターだぞ？　こんだけ該当情報ゼロっておかしいだろ⁉」

「ちょっと貸してみな！」

そんな光景にウンザリしたいまいち状況が分かってないドロンジョが飛び出す。

「こんなもん、バンバン叩けばだいたい直るんだよ⁉」

「ば、馬鹿、やめろ！　昭和のテレビじゃねぇんだぞ⁉　壊れてるんじゃねぇよ！」

「では次、妾にもやらせてくれ！　妾もやってみたい！」

そんな煮詰まった状況に焦れ、三人は不毛な諍いを始めるが……。

「無駄」

その時だった。

「姉様のデータには、ずっと以前に、わたしが特殊なプロテクトをかけてる」

開けっ放しになっていた情報管理室の扉の前。

そこにいつの間にか、一人の少女が現れ、ドロンジョ達に声をかけていた。

※

それは——ドロンジョやドローリアには、まったく見覚えのない少女だった。

身長はドローリアと同じか、ドローリアより少し低いくらいだろうか？

トンズレッタのものとは微妙にデザインの違う、女性的な次元管理局の制服の下に、私服と思しきフード付きの白いパーカーのようなものを纏っている。

髪と瞳は透明感のあるエメラルドグリーン。どことなく、あまり感情の起伏が少なそうな、クールな雰囲気の少女だった。

「なっ……!?」

「だ、誰だい……!?」

そんな、予期せぬいきなりの闖入者に二人は困惑するが、

「それはこっちの台詞」

その少女は、ドロンジョ達を見ながら、少しウンザリしたように目を細めた。

「トンズレッタの馬鹿がいないから、様子を見に来たら……貴方達、何者？」

そして三人に冷めた視線を向け、

「まぁ、でも。誰であろうと姉様の情報を探ろうとする人間など許せるはずもない……〝専

属護衛〟として、わたしが、貴方達を排除する」

「せ、専属護衛⁉」

その一言に、ドロンジョとドローリアは反応。

「そうか！」

その瞬間。ダラケブタは、ハッとなり声をあげる。

「もう一人の〝専属護衛〟…………！」

ダラケブタは思い出す。トンズレッタがダラケブタ達に、ドロクレアに〝専属護衛二人〟で呼び出されたと話していたことを。

「？　……そう」

するとその少女は、〝専属護衛〟という言葉に妙に反応する三人を少し怪訝に見つつ、

「わたしの名前はボヤトリス。姉様の専属護衛にして、姉様の全てを守る者……！」

「ボ、ボヤトリス⁉」

「ボヤトリス……その名前、聞いたことがある……！」

そこで、呻くように言ったのはダラケブタ。

「トンズレッタと双璧を成す、ドロクレアのもう一人の専属護衛……！

確か、トンズレッタと違い、表立って戦ったりはせず。次元城の防御システムを裏で操り、人知れず、ドロクレアに仇なす者を排除するのを専門としているとか……！」

「それは少し人聞きが悪い」

そんなダラケブタに、不満そうにボヤトリス。

「姉様は神。わたしは、そんな姉様に、僅かでも楯突こうなどという愚か者に、天罰を下し

ているだけ。幸い……トンズレッタの馬鹿と違ってわたしには〝コレ〟がある」

そう言うとボヤトリスは、懐からかなりドぎつくポップな色の、B5サイズ程度のノートPCを取り出し、起動。

「わたしのハッキングスキルを使えば、次元城の防御システムなんて侵入し放題」

そして、タンッ。おもむろにエンターキーを叩くと……ブンッ。いきなり、ドロンジョの足元にぽっかり穴が開き、落とし穴が出現……！

「えっ⁉　どわっ！」

「むおっ⁉」

かろうじて、ドローリアの身体に掴まり一命を取り留めるドロンジョ。ドクロベエのおしおきでこういう状況に慣れているドロンジョだから出来た動きであって、他の人間なら、そこで死んでいてもおかしくない攻撃だった……。

「こんな感じで、姉様の邪魔になりそうな人間を次元の塵にするだけの簡単なお仕事」

しかしそれを見ていたボヤトリスは、まったく悪びれない調子でそう言い、

「というわけで、貴方達にも、次元の塵になってもらう」

また何かの罠を発動させせようとエンターキーに指を滑らせようとするが、

「ちょ、ちょっと待った‼」

その瞬間、三人はかろうじて叫ぶのだった。

「ア、アタシ達にも！　事情があるんだよ！」

※

「なるほど……！」

数分後。『情報管理室』の中で、ドロンジョ達の〝話〟を聞いたボヤトリスは、少し複雑そうな表情で頷いていた。

トンズレッタの時と同じく、ドロンジョ達は事情を全てを話していた。トンズレッタにも話した、ここへ来た経緯。それにプラスして、先ほどトンズレッタとも戦ったが、最終的には想いを理解してもらい、ここへ入る権限を手にしたことも話す。

「納得」

聞き終えたボヤトリスは即座に言った。

「それなら筋が通る。トンズレッタはただの筋肉馬鹿の原生人類。百回くらい説明したけれど、わたしが姉様のデータに追加でロックをかけてることを全く理解していない」

そして、三人を見て、

「ただ……トンズレッタの気持ちも、悔しいけど理解出来る。今回ばかりは、姉様が、何を考えているのか理解出来ない……！　何故今更髑髏兵なんて起動するのか……!?」

「今更？」

その言葉に驚くドロンジョ。

「？　何？　アンタ、髑髏兵と知り合いなのかい？」

「……別に」

ボヤトリスは、その質問には答えず。

「ともかく、事情は理解出来た。何故貴方達がここへ来たのか」

「だったらさ」

ずいっ、と身を乗り出し、期待をこめた眼差しでドロンジョが聞く。

「その、アンタのかけた〝ロック〟とやらサッサとはずして。アンタらの〝姉様〟の秘密、探らせておくれよ！」

次元コンピューターを見ながらドロンジョ。

「そうすりゃ、その過程で、アンタも、何故今回、アンタらの〝姉様〟がこんなことしてんのか。分かるんじゃないかい⁉」

「そ、そうじゃそうじゃ！」

ドローリアも続く。

「トンズレッタの時もそうじゃったが。ある種、妾達の想いは同じ！　妾達の為にも、お主達の為にも、ここは協力してドロクレアの情報を集め、この事態の収束を――」

真摯な声でそう訴えようとするが……。

「……駄目」

その時。

それを遮るようにボヤトリスは言うのだった。

「わたしも、そこは、あの馬鹿トンズレッタと同じ」

小さく頭を振り。

「わたしは……わたし達は、姉様に借りがある。だから。その姉様がやろうとしてるなら……どんな馬鹿なことでも。わたし達はそれを応援しなければならない。

それが、わたし達なりの、恩返しのやり方だから………！」

殺気を纏わせたまま、ドロンジョ達を睨みつける。

「少なくとも、無傷で、それを見過ごすワケにはいかない……！」

完全に〝専属護衛〟の目になり三人に告げるボヤトリス。

「結局やるってわけかい……⁉」

嘆くような口調でドロンジョ。

「何故……何故、分かってくれんのじゃ……⁉」

「まじでスマートじゃねぇな……！」

仕方なくドロンジョ達も臨戦態勢に入る。

一難去ってまた一難。

急造チーム対、専属護衛ボヤトリス。

再び死闘開始である――！

※

というわけで、〝死闘〟を開始したドロンジョ達だったが……。

さすが、トンズレッタを原生人類と呼ぶ少女、ボヤトリス。

その攻撃は、トンズレッタと違うベクトルで突拍子も無いものだった。

「始め」

戦闘開始早々、ボヤトリスは、手にしていたノートPCを軽くタイピングし、そしてエンターキーに指を落とした。

するとその瞬間。

情報管理室に、激変が生じる。

グゴゴゴゴゴ……！

いきなり、ドロンジョ達が入った扉が閉じ、そこが〝壁〟に覆われたかと思うと……！

ゴゴゴゴゴゴ……！

前方……！　後方……！　右方……！　左方……！

部屋の四方の壁が、ゆっくり、ゆっくり……しかし着実に、往年のアクション映画のように、ドロンジョ達に向かって迫り始めたのだ……！

「な、なんだいなんだいどうなってんだい⁉」

まさかの光景に焦りまくった声をあげるドロンジョ。

「ま、まさか……！」

それに対し、ダラケブタは何かに気づいてボヤトリスに視線を向けるが、

「そういうこと」

ダラケブタが視線を向けた先に、ボヤトリスは既にいなかった。部屋の一角。何の変哲も無い壁の前にボヤトリスは立ち、

「さよなら」

エンターキーを押す。すると、ブンッ……。部屋に、ちょうどボヤトリスが通れそうな小さな穴が出現。

「えっ…………」

そして、呆気にとられ動けない三人を尻目に、するりとその穴を通りどこかへ消える。次

の瞬間、穴は跡形もなく消えた。

「ど……どういうことなんだい⁉」

取り残された三人代表、ドロンジョがパニックになりながら叫ぶ。

「ど、どうもこうも……こういうことだろ」

その状況に、ダラケブタは搾り出すような声で言う。

「俺達は……このままいけば、一分もしないうちに、ペシャンコになるってことだよ！」

グゴゴゴゴゴ！　ゆっくりと部屋の面積を狭めていく壁を見ながら叫ぶダラケブタ。十畳ほどあった情報管理室の大きさは、いつの間にか、六畳くらいに狭まっている……！

「ウ……ウソだろぉ⁉」

『そういうこと』

その瞬間。部屋にボヤトリスの声が響き渡る。部屋の天井に設置されたスピーカーからだった。

『わたしの得意な罠……！　〝グッバイウォール〟。対象を部屋に閉じ込め、自分は脱出。その後はエンターキー一つで対象を押しつぶす、最高にコスパの良い技』

「そ……そんなのズルイじゃろうが⁉」

納得いかなそうにツッコんだのはドローリアだった。

「死闘ではなかったのか⁉　護衛なら、さっきのトンズレッタのように、正面から正々堂々襲ってくるのがマナーではないのか⁉」

『無理。わたしは頭脳担当』

しかしスピーカーの向こうでボヤトリスは悪びれず言う。

『だいたい、トンズレッタが勝てない相手に、わたしが真っ向勝負で勝てるはずがない。これが、わたしの戦い方。わたしはこういう戦い方で、今までも姉様を守ってきた……！』

そして、自分なりの戦い方への自負を覗かせる口調で、三人に無慈悲にそう言い放った。

「くっ……⁉」

『だから、……残念だけど、これで試合終了』

そして、ゴゴゴゴゴ……！

壁がますます迫り、五畳が四畳に、四畳が三畳になる中、ボヤトリスは、

『貴方達に逃げ場は無い。生まれ変わったら……せいぜい善人に生まれ変わるといい』

そう言い残すと、ブツ。スピーカーの向こうからも気配を消す。

残されたのは………

壁が迫り来る中、狭い部屋で立ち尽くす、急造ドロンボー一味のみ……。

「ウ……ウソだろぉぉぉ⁉」

そんな絶体絶命な状況に、顔を見合わせるドロンジョ達。

「ちょ……ちょっと出しなこのスカポンタン！　今なら軽いおしおきで許してやるよ⁉」

ドロンジョは、さきほどまで扉があった壁をガンガン叩きながらそう絶叫。

「そ、そうじゃ！　近くにおるのは分かっておる！　妾達の話を聞くのじゃ！」

ドローリアも天井のスピーカーに交渉に応じるよう叫ぶが、当然、相手は百戦錬磨の専属護衛ボヤトリス。そんな交渉に応じるはずもなく。周囲からは、何の応答も無い。

「だ、だぁ、どうする⁉」

その現実に、頭を抱えるドロンジョ。

いかに諦めが悪いドロンジョとはいえ、今回はシンプルな罠故に、突破口を開こうにもとっかかりがどこにも見出せない。

「そ、そうだ！　ドローリア！　この壁ブチ破る何か良い〝禁術〟はないのかい⁉」

「う、うむ……！」

厳しい表情で頷くドローリア。

「なんとかしたいのは山々じゃが……！　この狭い空間で、しかもここを突破できるような術はさすがに持っておらん……！　〝黒竜(インビジブル・ドラゴン)〟が使えればなんとかなったかもしれんが……エネルギーはまだ全然溜まっておらんし……」

「そ、そうなのかい……⁉」

そうこう言ってる間に、部屋の狭さは、もう三人が離れて立つことも困難な……半畳程のスペースに収縮していく。

「うっ……！」

顔をこわばらせるドロンジョ。

（こ、これはさすがに詰んじまったか……⁉）

救いの無い状況に、さすがに諦めが過ぎるドロンジョだったが、

「チッ……やれやれ」

だが——その瞬間。

「本来、俺はこういうキャラじゃねぇんだがな……！」

部屋に響き渡る声。

「うまくいったら……テメェら、一杯オゴれよ⁉」

いきなりそう叫んだダラケブタは、くるりと振り返り、部屋の中央に浮かんだままになっていた物体……次元コンピューターに向き合う。

「⁉　ダ、ダラケブタ⁉」

「うぉおおおおおおお！」

そしてダラケブタは、備え付けのホログラムのキーボードを出現させ、それに対し、猛然とタイピングを開始する。

するとほどなく、三人に奇跡が起こる……！

ガコッ！

そんな音と共に。四方の壁が、収縮を一時停止したのだ。

※

「なっ……⁉」

「お……おおおおおおお⁉」

その、まさに奇跡のような光景に、ドロンジョとドローリアは声をあげた。

その歓声の先にあるのは、次元コンピューターの前に立ち、高速で何かをタイピングしているダラケブタの姿だったが……！

「な……何ボサッとしてやがる！」

そのダラケブタは、歓声に浸ることもなく、即座に叫んだ。

「こ、こんなもん、俺のショボいハッキングでネットワークに侵入して、部屋の収縮プログラムにちょっと抵抗しただけだ！　どうせすぐ上書きされんぞ！」

「ぷ、ぷろぐらむ？」

「抵抗？」

何が何やら分からないドロンジョだったが、

〈Ｂ：驚いた〉

その瞬間、
カタカタカタ。

今度は室内に、ディスプレイも何もない状態で、唐突にテキストが出現し、三人に語りかけた。

どうやら、部屋が収縮した結果、いつの間にかスピーカーも呑み込まれ会話不能になったので、Ｂ――ボヤトリスが、次元コンピューターを介しテキストを送ったらしかった。

〈Ｂ：幾ら次元コンピューターを使ってるとはいえ……わたしのハックを一時的とはいえ押し戻すなんて。貴方、すごく優秀。三級管理官でいさせるにはもったいない。何者？〉

「だから言ってんだろ⁉　ヒマだから、ここ数年、誰かさんに影響受けて、業務こなしながら色々資格取ったりスキルかじってたって！　まぁもともとこっち方面は得意だったってのもあるが……将来の為の大道芸の一個だよ！」

高速タイピングしながら言い返すダラケブタ。

しかしそんなダラケブタに、ボヤトリスは無情に告げる。

〈Ｂ：そう。でも残念。無駄。結果は変わらない〉

無味乾燥なテキストの文字で、

〈B：貴方の言葉通り、その行動は焼け石に水に過ぎない。だって。わたしはもっと優秀〉

ボヤトリスがそう呟いた、その瞬間だった。

グゴゴゴゴ……！

止まっていた壁が再び動き出す。

〈B：プログラムの書き換え完了。壁は動き出す〉

グゴゴゴゴ……！　壁はますます迫り、もう、三人が身体を密着させ、なんとか立つので精一杯なほどに収縮する。

「知ってるよ！」

しかしそれにもめげず、ダラケブタはタイピングを続ける。

「けど、悪党たるもの……悪あがきしまくってナンボなんだよ！　それにこういう時は、本人も忘れてる、意外な手段があったりするもんだって聞いたんでな……！　だから俺は、それを他の連中が思いつくまで、時間稼ぎしてりゃいいんだよ⁉」

必死にタイピングを続けるダラケブタ。ほとんど効果はないように見えたが、それでも死に抗うように、ガコッ。ガコッ。時折一瞬だけ、壁は動きを止めているようだった。

「そうだろ、ドロンジョ⁉」

そしてそんな中、ダラケブタは背後のドロンジョに呼びかける。

「それが悪党ってモンなんだろ⁉」

「え⁉　あ、あぁ」

その呼びかけに、正直、少し諦めかけていたドロンジョは一瞬焦ったが、

「あ……当たり前だろ⁉」

すぐさまふんぞり返ってそう答える。

「よ、よく分かってるじゃないか！　少しはドロンボー一味の精神が理解できてきたようだね⁉」

偉そうではあるが、なんだかんだ、いつもの調子を取り戻すドロンジョ。

「ようし……！　なんとかするよ、ドローリア！」

そして、元気を取り戻したドロンジョは、傍らのドローリアに告げるが、

「待てよ……！」

すると——その瞬間。

「〝意外な手段〟……⁉　そ……そうじゃ！」

ドローリアが顔を上げる。そして一瞬、タイピングを続けるダラケブタを見て、

「そういう〝戦い方〟があるなら……！　妾、また、なんとかできるやもしれんぞ⁉」

新品の電球のように輝く明るい表情で二人に告げるドローリア！

「「な……なんとかできるやも⁉」」

思わず叫び返すドロンジョとダラケブタ。

急造チームの反撃が始まろうとしていた——！

※

「なんとかできるやもって……⁉　どうするつもりだい⁉」

迫り来る壁のなか、ドロンジョがドローリアに聞く。

「うむ……！」

そこでドローリアは、ふっ、と声を落とし、

「一つだけ、この状況をなんとかできるかもしれん〝禁術〟を思い出したのじゃ……！」

もともと至近距離のドロンジョに、ささやくような声で言った。

どうやらドローリアは、ここからの作戦を、ボヤトリスに聞かれたくないらしい。

「〝禁術〟……！」

ドローリアの意を汲んで、同じく小声になりながらドロンジョ。

「ただ……」

そんな中、ドローリアは、一瞬視線を天井のほうへ向け、

「この〝禁術〟を使うには……最低でももう一度、奴と妾達で、会話せねばならん」

意外なことを言い出す。

「？　会話？」

「うむ。要するに奴の〝声〟が必要なのじゃ。戦う相手の〝声〟を使う、変りダネの〝禁術〟でな……！　もっと早く思い出していれば、話は早かったのじゃが……！」

悔しげに視線を、先ほどまでスピーカーがあった辺りへ向けるドローリア。

「…………………」

その後、しばしドロンジョはその視線を追っていたが……。

「……よし」

そこでふいに、腹をくくったように呟くと。

「〝声〟さえあれば……なんとかなるんだね？」

ドローリアの頬を両手で挟み、ド至近距離からそう確認した。

「うみゅ？　そ、そうじゃが……」

「よし、分かった――」

ドロンジョは一度大きく頷き、

「だったら……後は、プロに任せな」

突如、ダラケブタのほうへ向き直った。

そしてドロンジョは、未だ必死にタイピングするダラケブタの背後を一瞥すると……。

「ちょ、ちょっとアンタ……！」

いきなり、ダラケブタが着ているスーツのポケットに手を突っ込み――

「な……なんちゅうスケベな写真持ち歩いてるんだい⁉」

そこから一枚の紙切れを取り出し……唐突に、大声でそう叫んだ。

「……は⁉」

シン――。必死にタイピングしているにもかかわらず、いきなりそんなことを言われて硬直するダラケブタ。しかしドロンジョはそんな硬直を無視し、

「しかもこれ……れ、例の〝司令官〟様の写真じゃないかー⁉」

鼻血を止めるように鼻を押さえながら、大声でそう叫ぶ。

「テ、テメェ……フザけんな⁉」

タイピングしながら焦った声で言うのはダラケブタ。

「この状況で何の冗談だ⁉　お、俺にそんな趣味はねぇ！　俺の好みは、もうちょい若めなんだよ⁉」

異様に必死にその発言を否定している。

〈B：……………その通り〉

すると。どこかで見ていたのか。ボヤトリスも、急にテキストで会話に参戦。

〈B：……どういうつもりか知らないけど。下らないブラフは無意味。そんなことで、わたしは、この罠を解除したりしはしna……〉

最後のほうを微妙にタイプミスしながらだが、ドロンジョの発言を懸命に否定した。

が――。

本当にドロンジョの狙いを封じ込めるなら。ボヤトリスは、ドロンジョの口を塞がなければならなかった。

なんせドロンジョは普段、なんだかんだ、毎回毎回腕一本ならぬ、〝口〟一本で〝インチキ商売〟を異常に繁盛させ、巨額の金を稼ぎ、あの実は高性能なドロンボーメカを造る為の資金を確保している、筋金入りのインチキ商売人……！

客の欲を分析し、相手が反応せざるを得ない状況を作ることにかけては天才なのである。

誰もが、ドロボウ辞めて真面目に商売やればすぐ幸せになれるのにと思うほどに……！

「あっそ？　じゃあ……この写真は捨てちまおうかね」

というわけで、ボヤトリスの発言を受け、ドロンジョは気のない調子で言う。そして、紙切れをまじまじと見ながら、

「でも、もったいないねぇ。女司令官。ドロクレアが、スケスケのセクシーなランジェリー着けて、さっきのトンズレッタとベッドで寝そべってる、すごいエッチな写真なのに」

さも残念そうに、そう一言。

「フ……フザけるな!!!」

……その瞬間だった。

情報管理室の天井に、小さな穴が開き。

そこから、突然、生身のボヤトリスが顔を出した。

「ね、姉様が……そんな格好をするわけがないだろう!?」

情報管理室が割れんばかりの大音声でボヤトリス。

「そ、それに、万が一そういうことがあるなら、姉様は、わたしを選ぶはずだ！　だって……だって、わたしのほうが、絶対絶対姉様を愛しているのだから!!」

何で競っているのか、大声で愛を叫ぶボヤトリス。

そう……それは、先ほどまで見せていたボヤトリスからは想像もできない、冷静さの欠片も無い、感情むき出しの大声……。

ドロンジョの見え透いた挑発に、つい、ボヤトリスが反応した一瞬だった……！

「よっしゃ！」

そしてドロンジョは、その瞬間叫ぶ。

「ドローリア！　聞き逃してないだろうね!?」

「案ずるでない!!」

即座に言い返すドローリア。

「あとは妾に任せろ！」

そう、自信満々に叫ぶドローリアの前には。

いつの間にか、先ほどまでは存在していなかった、一人の少女が出現していた――！

※

「ん⁉」

「何⁉」

「え⁉」

その光景に、ドロンジョ、ダラケブタ、ボヤトリスは、三者三様の驚いた声をあげた。

ボヤトリスがつい叫んだ瞬間。

ドローリアの傍らに現れたのは――ドローリアより少し背が低い。

次元管理局の制服の下に、私服と思しきフード付きの白いパーカーのようなものを纏っている、透明感のあるエメラルドグリーンの髪と瞳を持つ、感情の起伏が乏しそうな、クールな雰囲気の少女………………！

「わ……わたし……⁉」

それを見て、天井から呆然と呟くボヤトリス。

そう――。そこにいたのは、間違いなく、ドロクレアの専属護衛。ボヤトリス、その人だった。

「どうじゃ！」

その〝ボヤトリスらしきもの〟に手を翳しながら、コントロールするように細かく指を動かすドローリア。

「禁術――〝紫狐（オペラ・フォクス）〟。聞こえた声の主の姿・能力を完全にコピーする……禁術扱いされるのも仕方ない、悪魔の業のような〝禁術〟じゃ！」

そして誇らしげに叫ぶドローリアが、まるでオーケストラの指揮者のように、ドラマチックに腕を振るうと、

「了解」

傍らの〝ボヤトリスらしきもの〟――〝紫狐(オペラ・フオクス)〟は、まるっきり、ボヤトリスそのものの声、仕草、態度で頷き、そのままダラケブタの隣に立って、もう一つホログラムのキーボードを出現させ、次元コンピューターを操作し始めた。

「⁉　何を……⁉」

その行動に驚くダラケブタだったが、

「決まってる」

〝紫狐(オペラ・フオクス)〟は、やはりボヤトリスそのままの態度で、ダラケブタに端的に言う。

「この次元コンピューターを使って。私も、貴方のハッキングに加勢する」

そして――その瞬間。

ガガガガガガガ！

ダラケブタとは比べ物にならない。強烈な速度で〝紫狐(オペラ・フオクス)〟はタイピングを開始した。

「なっ⁉」

その言葉が意味することを理解したのであろう。

ガガガガガガガ！　天井裏で、対抗するように、慌ててボヤトリスがノートＰＣを広げ、タイプ音を響かせるが、

「無駄」

間髪いれず、〝紫狐〟は本家のお株を奪うようなクールな調子で言うのだった。

「二対一。しかもこっちが先行してる。それにわたしと貴方の能力が全く同じな以上、あとはマシン性能の差の問題」

そう呟くと、ゴゴゴ……ゴ……ゴ……！　極限まで収縮していた部屋の壁が動きを止め、ゴゴゴゴゴ……！　逆に、元の広さに戻るように動き始める。

「なっ……!?」

「こっちは、次元城で一番パワーのある次元コンピューターで次元城の防御システムをハックしてる。対して、貴方は、所詮、ちょっとハイエンドなお気に入りのラップトップＰＣで次元城の防御システムに触ってるだけ。この状況で貴方に勝ち目は無い」

〝紫狐〟はそう呟くと、何かにピリオドを打つように、タンッ！　エンターキーを小気味よく弾く。

するとその瞬間、グゴゴゴ……！

部屋は完全に元の状態に戻り、さらに、

「ギャッ!?」

突然天井に大穴が開き、そこからボヤトリスが真っ逆さまに落下。

「そんな……!?」

部屋の中央で呆然となる本物のボヤトリスに対し。

「勝ち。わたし達の」

〝紫狐〟は淡々と告げ――役目を終えたように、その場から消失したのだった――！

六章・次元の巫女

「よっしゃあ！」

その光景に――情報管理室内で歓喜を上げ、顔を見合わせるドロンジョ、ドローリア、ダラケブタ。そして次の瞬間、

「このスカポンタン！」

ドロンジョが即座にボヤトリスを羽交い絞めにし、そのまま、どこからか取り出したロープでグルグル巻きに召し捕った。

「う……！　負け……」

自分の罠が突破されたのがよほどショックだったのか、ボヤトリスはさほど抵抗せず、ガックリうな垂れながら負けを認める。やはり頭脳担当と公言するだけのことはあって、身体は華奢で細っこかった。

「いや……よくやったよアンタ達！」

そして、そんな会心の勝利に、ドロンジョもさすがに手下を称えた。

「急造チームなのがもったいないくらい、うまく戦えた戦闘だったんじゃないかい⁉」

「フン……」

それに対しダラケブタも、

「まぁな」

意外にまんざらでもなさそうに肩をすくめ、

「……お前の言うことを信じてみてよかったかもな。勝負ってのは、ほんとに、最後の最後まで分からんのかもしれん。それを学ばせてもらったよ」

ガラにもないことを言っている。

「妾もじゃ……！」

ドローリアも、感動したように頷く。

「もうダメかと思ったが……」

そこで視線をダラケブタに向け、

「ダラケブタが、諦めの悪さを妾に教えてくれて……」

そしてさらにドロンジョに視線を向け、

「ドロンジョが、悪党の逞しさを見せてくれて……！」

そこまで言うと、ドローリアは、ポロ……と笑顔のまま一粒涙をこぼし、

「これが、チームで戦うということなんじゃな……！　妾……妾、もしかしたら、今が一番、人生で楽しいかもしれん……！」

「馬鹿だね！　喜ぶのはまだ早いだろ⁉」

そんなドローリアを軽くはたくドロンジョ。

「言ったろ？　死刑撤回したら、今度は、アタシの次元で、アンタの根性叩き直す為、ドロンボー一味でアンタを再教育するんだよ！」

堂々と言い放つドロンジョ。

「こっちの次元のドロンボー一味も中々スリリングだけど、本場はもっとスリリングなんだ

からね⁉　泣くのは、それからにしな！」

「うう、そうじゃった……！」

涙を拭き、笑顔で頷くドローリア。

「その時は……ダラケブタも一緒に来るのじゃぞ？　妾達は、もうチームなんじゃから」

「フン。めんどくせぇけど。まぁ……考えといてやるよ」

照れ隠しのように吐き捨てるダラケブタ。

そんなやりとりをする三人の胸に今、去来している想いは、全く同じだった。

自分達は、意外に、良いチームかもしれない――！

危機に次ぐ危機を乗り越え、次元城での戦闘を二連勝で飾った結果。三人には、本物のチームワークのようなものが芽生え始めていたのだ。

バラバラな性格の三人だが、いざ戦闘になると意外なほど呼吸が揃う。その事実が、三人に圧倒的な充足感を与えていた。

……が。

だからこそ。ある重要なことを、三人は忘れていた。

ここがどこなのか、ということを。

人払いした次元城、残っていた二人の護衛を倒したとはいえ……この次元城に、もう一人、ある人物が残っているということを。

結果、その異変に最初に気づいたのは、ドロンジョでも、ドローリアでも、ダラケブタでもなかった。

ボヤトリス――。

ロープでグルグル巻きにされて、床に転がされているボヤトリスが、最初に気づき、目を見開いてこう呟いたのだった。

「ね、姉様…………！」

絶句するように呟くボヤトリス。

「え？」

その声に、自分達の失敗に気づきかけたドロンジョ達だったが……

「少し静かにしてくれないか？　鼠ども」

背後からその声が聞こえた瞬間。

「ここは次元城。これでも私の家なのでな」

バリバリバリ！

三人の身体に強烈な電流が駆け巡り。

次の瞬間。

三人の意識は、完全に途絶した――――！

※

…………。…………………。…………………………………………………。

どれくらいの時間が経っただろう。

随分長い間、ドロンジョの意識は、暗闇の底に沈んでいたが……。

「んん…………？」

ふいに、その意識に光が差し込む。

ドロンジョは、ゆっくり目を覚ました。

「…………!? ここは…………!?」

ぼんやりした意識のまま、とりあえず、周囲を見渡すドロンジョ。

目の前に広がっているのは、――かなり広大な空間だった。

ドーム型の天井が印象的な、広さ三〇畳はありそうな部屋。

そして、様々な計器に囲まれたその部屋の中央には、部屋全体が見渡せる少しせり上がった位置に椅子があり、そこには、一人の女性が座っていた。

年齢は二〇代半ばくらいだろうか。

黒くカラーリングされた、戦隊モノのスーツのようなものを纏い、同じく黒いヘルメットを傍らのデスクの上に置いている。

髪は輝くような金髪、瞳は氷のように冷え切った青い眼。

男前と表現しても良い凛々しさを持つ、恐ろしいほどの美貌の女性だった。

「アンタは……!?」

「……おや。気がついたか」

ドロンジョの声に気づくと、スッと立ち上がる女性。

「今コーヒーでも淹れよう。貴様は、〝巫女〟を無事送り届けてくれた恩人だからな」

そして女性は立ち上がり、どこかへ移動し始めるが、

「ん?」

そこでドロンジョは気づく。

ガチャリ。……両手両足が動かない。

自分の身体に視線を落とすと……ドロンジョの身体は、大振りな十字架のようなものには
り付けられており、両手両足が、鎖でがんじがらめになっている。

「⁉　な、なんだい、この屈辱的な状況は⁉　おしおきじゃあるまいし……⁉」

驚愕するドロンジョだったが……。

「あれ⁉」

そこでドロンジョはさらに気づく。

部屋の中。自分の周囲には、目の前の女性の他に誰もいなかった。

「ドローリアとダラケブタはどこいったんだい⁉」

「喧しい奴だ……！」

そんなドロンジョに、立ち上がっていた女性は呆れたように言う。

「遠い間柄とはいえ、こんな人間と〝同一〟というのは勘弁してほしいものだな……」

「ドーイツ？　何わけ分かんないこと言ってんだい！」

ドロンジョは噛み付き、

「そんなことより、ドローリアやあの豚はどこいったって聞いてんだよ⁉」

「安心しろ」

淡々と女性。

「〝巫女〟……〝次元の巫女〟を私が粗末に扱うはずがないだろう？」

ドロンジョがさも愚問を口にしたとばかりに、粛々と女性。

「……〝ジゲンノミコ〟……？」

一瞬意味が分からないドロンジョだったが、

「それに、もう一人の三級管理官、管理員ＩＤ四九八九ダラケブタも、懲戒免職にし、強制的に自宅へ送還しただけだ。安心しろ」

さらに、その困惑を吹き飛ばすような爆弾情報がドロンジョにもたらされる。

「ちょ……懲戒免職⁉」

耳を疑うドロンジョ。

「ああ。馬鹿な男だ。ご母堂もさぞ嘆かれていることだろう」

しかし女性は、さほど執心してない様子でそれだけ言い、

「無論、それはトンズレッタとボヤトリスも同じだ。奴らは……私の命令を無視した。奴らも専属護衛の任を解き、私が、先ほど、腕づくで次元城から退去させた」

ドロンジョの理解が追いつく前に、女性はどんどん告げてくる。

「ア、アンタ、どんだけ冷たいんだよ……⁉」

そんな女性に、唖然と口を開くドロンジョ。

「アンタ……ここのボスの〝ドロクレア〟って女なんだろう⁉」

問い詰めるドロンジョ。

そう、ドロンジョは、目の前のこの女性こそが、今回の騒動の元凶……ドロクレアであると確信していた。

「あのトンズレッタとボヤトリスって二人！　なんかよく分かんないけど……アンタのこと〝姉様〟〝姉様〟っつって、えらい慕ってた様子だったよ⁉」

納得いかないようにドロンジョ。

「なのにいきなり解任って……アンタも〝ボス〟なら、もうちょい手下の話くらい聞いてやったら……！」

自分のことを棚に上げドロンジョは言い募ろうとするが、

「不要だ」

そんなドロンジョに対し、女性――次元城第八方面支部司令官、ドロクレアは、高速で反論するのだった。

「私に必要なのは、私の指示に従う、駒としての計算が立つ手下のみ。私の指示に従えない、ノイズとなりうるような手下は私に必要ないのだ」

（なんなんだいコイツは………⁉）

そんなドロクレアの態度に、ドロンジョは不快感をマックスにする。

（なんかよく分かんないけど……どうも気が合わないね、この女とは……！）

さっそく気が合わない女認定を下しているが、

「さて……準備が整ったようだな」

その瞬間だった。

「メインイベントの始まりだ」

ふと振り返り、ドロクレアが、パチンと指を鳴らす。

「は？　メインイベント？」

「入ってくれ。〝次元の巫女〟」

後方に向かって呟くドロクレア。

すると、部屋の最奥……曇り硝子のような物で造られていた、パーテーションが突如動き出す。

「は……？」

途端、ドロンジョはマヌケな声をあげる。

視線の先。パーテーションが消え去った、だだっ広い空間。

そこに、先ほどまでとはまるで違う格好になった、急造チームの一員。

ドローリア・ミラ・モンパルナスが立っていた。

※

「ドローリア……⁉」

ドロンジョは、ぽかん、とした顔で、呆気にとられたような声をあげた。

視線の先にあったドローリアの格好が……ドロンジョが気を失う前に見ていた、ドローリアの格好と、一八〇度変わっていたからだ。

先ほどまで着ていたのは……ドロンジョのコスチュームを模した服だったが、今ドローリアが纏っているのは、ドロンジョの世界でいうところの〝巫女サン〟のような格好……。

基調となる色が白ではなく、黒と朱が混じったような、妙に不吉な色の巫女服ではあったが、ともかく結い上げた髪型を含め、急に〝和風〟になったドローリアの姿がそこにあった。元々つけていた青いペンダント以外、全てファッションが一新されてしまっている。

「ドローリアではない」

そんな呆然とするドロンジョに、いきなり、ドロクレアは淡々と告げる。

「この女の正式な素性は〝次元の巫女〟。世界最悪の殺戮兵器『髑髏兵』を、唯一破壊出来る、人知を超えた人外の存在だ」

冷たい声と表情で、ドロンジョに向かってドロクレア。

「じ……〝次元の巫女〟？　世界最悪の殺戮兵器『髑髏兵』？　破壊？」

いきなり何を言っているのだこの女は？　ドロンジョは事情が全く理解できない。

「ドローリア！　と、とにかく助けとくれ！」

なのでその話を無視して、煩わしそうに、ガチャガチャ両腕に巻きつく鎖を鳴らしながら、ドローリアに向かって呼びかける。

「アンタの〝禁術〟なら、こんないけ好かないオンナすっ飛ばして、鎖も解けるだろう⁉」

ドローリアに向かってまっすぐドロンジョ。

「それでサッサとこの件片付けて……アタシの次元行こうじゃないか⁉」

ドロンジョはさらにそう訴えかけたが……。

「黙れ」

ドローリアはその求めに応じなかった。

それどころか、

「異世界のコソ泥め……。何故、高貴な存在たる妾が、お主の世界になど行かねばならん？」

ドローリアは感情を感じさせない冷たい声で言うと、

「お主にもう用はない。悪いが……妾の前から消えてくれ」

ズンッ！

ドロンジョに手を翳し。

〝禁術〟を使って、ドロンジョの全身に、強烈な重力をかけ始める……！

※

「なっ……⁉」

それは、ドロンジョにとって、あまりにも突然な展開――。

ドローリアが手を翳した瞬間。まるで両肩に、〝象〟を一匹ずつ乗せたような重力がドロンジョの全身にかかり、ドロンジョの身体が、凄まじい勢いで重さを増した。

「がっ……⁉」

結果、ドロンジョの両手両足を搦め捕っている鎖が、そのままドロンジョの両手両足に食い込んでいく。

「ド、ドローリア……⁉」

その重力に耐えながら、困惑の声をあげるドロンジョ。

「見事なものだな」

そんな光景を見ながら、満足そうに拍手するのは司令官のドロクレア。

「禁術、〝赤象(ペイン・エレファント)〟か。さすが〝次元の巫女〟。ますます覚醒に近づいているようだな」

そしてそのままドロクレアはドローリアに近寄り、肩に手を乗せ、

「お前ならきっと、奴を……『髑髏兵』を討ち取ることが出来るはずだ……！」

「『髑髏兵』を討ち取る……⁉」

そんな状況で声をあげるドロンジョ。

「どういうことだい……⁉」

苦悶の表情を浮かべ、顔を上げながら、

「どうなってんだい……⁉　『髑髏兵』を討ち取る……⁉　『髑髏兵』ってのは……アンタがドローリアを〝死刑〟にする為に動かした、〝懲罰兵器〟とやらじゃなかったのかい⁉」

ドロンジョは必死に記憶を辿る。よくは知らないが、ダラケブタは言っていた。

『次元法重大違反の罪により、六時間後、懲罰端末兵器『髑髏兵』を以って〝強制消滅〟……つまり〝死刑〟とする』と。

それを、動かした本人であるはずのドロクレアが討ち取ろうとしている……⁉

そんな矛盾する状況に、ドロンジョは、話が全く見えない。

「何がどうなってんだい⁉　事情を話しな、事情を‼」

再び鎖をガチャガチャ鳴らしながら喧しくわめき散らすドロンジョ。

そんな姿に、ドロクレアは、呆れたように一つ息を吐いたが、

「……いいだろう」

ほどなく、仕方無さそうに言い、頷く。

「ドローリア」

「……分かった」

ドローリアが頷き、ドロンジョに翳していた手を下ろす。すると、スッ……。ドロンジョにかけられてた重力が、少しだけ軽くなった。

「『髑髏兵』の起動までには、まだ時間がある。貴様も無関係ではないし……次元コンピューターを使ってまで調べようとしていた、私の過去を特別に話してやろう」

ドロクレアはドロンジョの前まで歩み寄ると、

「そうだ、まず、これを伝えておこう」

立ち止まり、ドロンジョの目をまっすぐ見つめながら、少しだけ可笑しそうに言う。

「私の名前はドロクレアだが。私には、ドローリア同様、もう一つの名前がある」

「名前？」

「『ドロンジョ』」

短くそう言い切るドロクレア。

「つまり私も。生きる次元は異なれど。ドロンジョ……基本的には貴様と同一存在なのだ」

「はあ……⁉」

益々頭がこんがらがるドロンジョ。

ドロンジョの想像を超える話が始まろうとしていた――！

※

「ど……同一存在ぃぃ⁉」

「そうだ」

あっさり頷くドロクレア。

「私の次元では……『ドロンジョ』は太古から続く、宇宙の深遠から来る闇の一族と戦う、神の一族の末裔の名。

戦女神（ヴァルキリアス）『ドロンジョ』。それが私がかつて持っていた、もう一つの名前だ」

「ヴァ、戦女神（ヴァルキリアス）『ドロンジョ』……!?」

唖然とするドロンジョ。

王女兼スーパーヒーローだったり、戦女神（ヴァルキリアス）だったり。よその次元で産まれた『ドロンジョ』が、ことごとく自分より華やかで主人公っぽい人生送っているのは何故なのだ……!?

「そして――」

そんな微妙に嫉妬に似た感情を抱くドロンジョに、

「ドロンジョ。貴様に、『ヤッターマン』という宿敵が居るように……私にもかつて宿敵が居た。それが――闇の一族『邪歓喜（じゃかんき）族』」

「じゃ、『邪歓喜族』……？」

良い奴らなのか悪い奴らなのか図りかねる、複雑なネーミングだった。

「そう。そしてその『邪歓喜族』が、私を打ち負かす為に、地中から掘り起こし起動させてしまった禁断の古代兵器……それが『髑髏兵』」

まっすぐドロンジョを見ながらドロクレア。

「禁断の古代兵器……!?」

「そう」

ドロクレアは、カツ、カツ、とドロンジョの周囲を歩きながら、

「遥か古代、全次元の命運を賭けて、全次元が二つに分かれて戦ったという、僅かな伝承のみが残る伝説の戦い……〝次元聖戦（ラグナロク）〟。

伝承には、片方の勢力が生み出した、全ての次元をたった一機で消滅させることの出来る兵器の名前が残っていた。その兵器こそ、『髑髏兵』……！」

「はあ⁉」

全次元の命運⁉　全ての次元をたった一機で消滅⁉

「な、何の話してるんだいアンタ⁉」

わけが分からず聞くドロンジョ。ドロンジョの普段のノリとスケールが違いすぎる。

「そ、その『髑髏兵』とやらは！　アンタ達、『次元管理局』の〝懲罰兵器〟なんだろ⁉　なんで話が、そんな古代にまで飛ぶんだよ⁉」

頭がこんがらがりながらドロンジョは聞くが、

「〝懲罰兵器〟？　そんなもの、私が作った方便に決まってるだろう」

そんなドロンジョに、ドロクレアは足を止めて平然と言う。

「ホ、ホーベン……⁉」

「そうだ。一三年前………」

感情の読めない声で、切り出すドロクレア。

「私は、『邪歓喜族』との決着をつける為。私の次元で、『邪歓喜族』との最終決戦に挑んでいた。ところが……。

負けを悟った『邪歓喜族』は、私の制止を振り切り。偶然発掘したばかりの『髑髏兵』を起動したのだ。その瞬間……全てが、変わった」

ドロクレアは少し唇を噛みながら、続ける。

「起動した『髑髏兵』は……私は勿論、『邪歓喜族』にも一切制御できなかった。

動き出した『髑髏兵』は真っ先に『邪歓喜族』を滅ぼし……さらに私の暮らしていた国、星、そして次元。それら全てを滅ぼし、どこかへ消えた……」

「じ、次元そのものを滅ぼすって……！」

どういうスケールの話なのだ……。ドロンジョは息を呑む。さすがのドクロベエも、そこまでハードなおしきはしてこなかった……。ドクレアは続ける。

「幸い……私は、崩壊しかかった次元で、かつての仲間達の助力もあり、他次元に転移することが出来た。その直前、偶然その場で次元崩壊に巻き込まれかかっていたところを助けた、トンズレッタとボヤトリスと共にな。

そしてその後、見知らぬ次元を漂流していたところを、『次元管理局』に拾われた……！」

「な、なるほど……」

複雑な話だが……ドロンジョの中で、一つだけ謎が解けていた。

ボヤトリスとトンズレッタは、そこで、ドロクレアに命を救われた二人だったらしい。

だからドロクレアに忠誠を誓い、最後まで無茶な命令にもつき従おうとした……！

「そして拾われた『次元管理局』で……私は、密かに、ある計画を進めた」

瞳に暗い光を浮かべながらドロクレアは話を進める。

「それが、『髑髏兵』への復讐」

「ふ、復讐……!?」

「そうだ——」

ドロクレアは遠い目をして、

「それを果たす為に、私はまず、血眼になって、どこかの次元で再び休眠しているはずの『髑髏兵』を探した。復讐を果たすにも、相手がいないと始まらないからな」

過去の記憶を探るような口調でドロンジョに続け。

「そして、ようやくそれを探し当てた私は……。やがて次元管理局で使う、最強の〝懲罰兵器〟と用途を偽り。ひとまず、時が来るまで、この次元城で管理することにしたのだ」

「そ、それで〝方便〟かい……！」

徐々にドロンジョの中で話が繋がり始めるが……！

「ん……？」

そこでドロンジョは気づく。

「ちょっと待ちなよ……だとしたら……ドローリアの〝死刑〟はなんだったんだい⁉」

視線を、ずっと話を黙って聞いているドローリアに向けた後、ドロンジョは聞く。

「〝懲罰兵器〟ってのがそもそもウソなら！　なんだってドローリアを、〝髑髏兵〟で死刑にするなんて決定、ダラケブタに伝えたんだよ⁉」

ドロンジョには、その無意味なウソの連鎖が全く理解できなかったが、

「私には髑髏兵への復讐を成功させる為、〝二つのもの〟が必要だったのだ」

その問いに、ドロクレアは淡々と言うのだった。

「一つは復讐対象――『髑髏兵』本体。

そしてもう一つが……かつて〝次元聖戦（ラグナロク）〟で、起動した『髑髏兵』を封印し、全次元を救ったとされる伝説的な存在――〝次元の巫女〟の力を継ぐ者」

静かに告げるドロクレアの視線は……まっすぐドローリアに向いている。

「〝次元の巫女〟……！　ま、まさか……⁉」

そこまで分かりやすいジェスチャーをされた以上、さすがにドロンジョもスッとぼけるわけにもいかなかった。

「じゃあ、その〝次元の巫女〟ってのは……！」

「その通り」

ドロクレアは頷き、はっきり告げるのだった。

「ドローリア・ミラ・モンパルナス。この者こそが、かつて『髑髏兵』と戦い、『髑髏兵』を封印したとされる、〝次元の巫女〟の末裔。

全次元で唯一『髑髏兵』を倒せる力のある、私にとっての、最終兵器なのだ……！」

ドローリアを見ながらドロンジョに告げるドロクレア。

そんなドロクレアの視線を受ける中。

ドローリアは、ただただ無言で立ち尽くしている――。

※

「な、何言ってんだいアンタは……⁉」

ドローリアが、『髑髏兵』を倒す為の最終兵器、〝次元の巫女〟？

そう言われたところで、当然ドロンジョはすぐには呑み込めなかった。

「だ、だって……〝次元の巫女〟って……何だってそんなことが分かるだい⁉」

納得いかない声をあげるドロンジョ。

「だって……このドローリアは、モンパルナス王国とやらの王女様で。夜はスーパーヒーローやってる、もう、既にそういう存在なんだよ⁉」

「この女は、モンパルナス王国の本当の王女では無い」

そんなドロンジョに対し、ドロクレアは、驚くべき言葉を口にする。

「へ？」

「……〝次元の巫女〟を探す中で。私は、あることに気づいたのだ」

困惑するドロンジョにドロクレアは告げる。

「かつて〝次元の巫女〟を擁していたとされる一族が……一三年前。つまり、私の次元が、『髑髏兵』に滅ぼされたのとほぼ同じタイミングで、唐突に滅んでいたことに」

「……は………？」

「これは推測に過ぎんが――。私の次元を滅ぼした『髑髏兵』は休眠前、かつて自身を封印した〝次元の巫女〟の一族を消滅させにいった。そして……望み通り〝次元の巫女〟の一族を根絶やしにすることに成功した」

「で、でも、だったら……！」

『髑髏兵』に滅ぼされたのなら、〝次元の巫女〟とやらは、もうどこにもいないのでは？

ドロンジョはそう口にしようとしたが……。

「――私も一度は絶望したさ」

そんなドロンジョの考えを読んだようにドロクレア。

「もう〝次元の巫女〟の一族はいないのか。『髑髏兵』に復讐する為に不可欠な駒を、私は得ることができないのか……不安に駆られた。だがそんな時だった」

ドロクレアは、不意に部屋の片隅にあったデスクへ移動する。

「この次元へ迎えられて数年。〝とある部下〟からの緊急報告に、こうあったのだ。〝ある次元に、とてつもない数、とてつもない威力の〝禁術〟を、まだ成人もしていないのに習得している特異な少女がいる。どう対応すべきか指示を仰ぐ〟と」

机の中から、書類の束を取り出すドロクレア。

距離があり、ドロンジョにはその書類に何が書かれているか分からなかったが、一瞬だけ、その書類の中に〝ダラケブタ〟の名前が書かれているのが見えた。

「驚いた……全く驚いたよ」

そんな中、ドロクレアは、未だ興奮が残るような声で、

「勿論、〝禁術〟を使う未成年は、様々な次元に、少なからず存在するが……これだけの難度の禁術を、この年齢で、これだけ習得しているのは、まさに〝特異〟……！　私が知る限り、それだけ〝禁術〟に適正がある存在は、全次元広しとはいえ、一つしか無かった。

〝次元の巫女〟の一族……！」

興奮気味に言うと、ドロクレアは、当時の再現をするようにもどかしげに書類をめくり、

「〝次元の巫女〟の一族は、『髑髏兵』との戦いの為に、この世にある全ての〝禁術〟を習得出来る、特異な存在……！　それを知っていた私は、その報告者を適当にあしらい、すぐさま自分でドローリアを調べ始めた。

そしてほどなく知ったのだ。

ドローリアの両親は、身体が弱く、長年子供が出来ず苦しんでいた夫婦であること……！

モンパルナス王国と、〝次元の巫女〟の一族に、かつて親交があったこと……！

そして一三年前。モンパルナス王国に、突如、〝前兆無き王女〟が誕生したこと……！」

次第に感情がたかぶってきたように、その書類の束を机に叩きつけるように戻しながらドロクレア。

「なっ……………⁉」

そこまで言われると、ドロンジョにも、強く反論はできなかった。

ドローリアに視線を向けると、ドローリアは俯いたまま、何も反応を示していなかった。

ドローリアにそんな過去があったのか……⁉

「それで、私は確信したのだ。ドローリア・ミラ・モンパルナスこそ、滅ぶ直前。〝次元の巫女〟の一族が、親交のあったモンパルナス王国に託した、最後の〝次元の巫女〟だと
……！　その瞬間、私は、復讐の為に必要な〝二つ〟を手に入れた……！」

そこでドロクレアは、どこか恍惚とした表情でドロンジョに視線を向け……。

「ただ──とは言っても。自分とまったく無関係な人間に、〝私の復讐に手を貸せ〟と言われても……お前なら力を貸すまい？　ドロンジョ」

いきなりそんな質問をドロンジョにぶつける。

「あ、当たり前だろ、そんなフザけた要求！」

それは、ドロンジョですら、ボヤッキー達に要求しないような無茶振りだった。

「そう。だから私は、〝今日〟という日を待ったのだ」

するとそんなドロンジョに、ドロクレアは言う。

「は？　〝今日〟……？」

「そうだ」

ドロクレアは頷き、

「今日……。つまり、『王になる前に、一度だけワガママをする』という計画を、ドローリアが発動し──。

その結果、〝次元の巫女〟の力を感知した『髑髏兵』が、強制起動し――。

自身が戦わなければ、どこまでも『髑髏兵』がドローリアを追ってくることになるという……。〝死刑〟よりもよほど辛い、私と共闘せざるを得なくなる状況が生まれることになる、〝今日〟。この〝今日〟が来ることを、私はずっと待っていたのだ……！」

「ちょ、ちょっと待ちなよ!?」

その言葉に、聞き捨てなら無いとばかりに声をあげるドロンジョ。

「〝待ってた〟って……じゃ、じゃあ、何かい!?」

呆然とした口調で、

「ドローリアが、毎日辛くて辛くて。気晴らしに、アタシ達の一味に加わりたくて。我慢できずに、〝黒竜（インビジブル・ドラゴン）〟を使うことを、アンタはとっくに知っていて……！

しかも……そうすると、その『髑髏兵』とやらが、ドローリアを襲うきっかけになることも、知っていて……!?

でもそれはアンタにとって都合が良い事だから……放置して、この瞬間が来るのを待った……そういう話だって言うのかい!?」

「そうだ」

それに、全く悪びれない表情で首肯するドロクレア。

「なっ……!?」

驚くドロンジョに、ドロクレアはなおも平然と、

「私が観察した限りでは、ドローリアが今日、異なる次元にいるお前達を救う為、一番自身が頼りにする〝黒竜（インビジブル・ドラゴン）〟の力を使用するのは目に見えていたからな。

そうすれば、『髑髏兵』が、〝次元の巫女〟の気配を察知し、起動するのは分かっていた。〝黒竜〟は、〝次元の巫女〟のみが操れる強力無比な〝禁術〟だからな」

肩をすくめてそう告げ、

「恐らくドローリアの両親は、そうなることを恐れ、〝禁術〟の使用を禁止していたのだろう。おかげでドローリアはこれまで〝次元の巫女〟としての力を顕在化させず、『髑髏兵』に見つからずに済んでいたわけだが……しかし、一度禁を破った以上、もう遅い。

六時間前……『髑髏兵』はその気配を察知し、戦闘起動の為の準備を開始した。まもなくここへ来るだろう。そしてドローリアは戦わざるを得ない。私の復讐を完遂させる為に」

そこで思い出したように、ふと頷き。

「ちなみに〝死刑〟を宣告したのは、次元城を戦場にしたかったからだ。〝死刑〟を宣告すれば、さすがに文句も言いに来ると思ってな。無関係のモンパルナスを巻き込みたくはなかったし。にもかかわらず、中々来ないので一時はヒヤヒヤしたが……まぁおかげで、人払いに充分な時間が取れたよ。

まぁ、以上……こんなところだ」

そこまで言うと、ドロクレアは磔になっているドロンジョに正面から、

「これがお前が聞きたがっていた〝事情〟だ。満足か？　〝次元の巫女〟の運び手よ」

「フ、フザけるんじゃないよ……！」

その瞬間、ドロンジョは虎の唸り声にも似た、獰猛な声をあげていた。

「何が〝次元管理局〟だい……だったら……だったら！　ドローリアは、ハメられたも同然じゃないか⁉」

ガシャッ！　ドロンジョは、鎖を引きちぎらんばかりに暴れながら、叫ぶ。

「ドローリア！　今の聞いてただろ⁉」

そしてドロンジョは必死にドローリアに呼びかけた。

「これではっきりしたろ！　やっぱりアンタは悪くなかったんだ！　少なくとも……〝死刑〟になるようなことを何もしてなかったんだよ！」

正面で俯いているドローリアに向かってドロンジョ。

「こんな騒動放っておいて……サッサとアタシの次元に移動するよ！　髑髏兵とやらが追ってくるかもとか言ってるけど……アタシの次元まで逃げれば、なんとでもなるだろ⁉　少なくとも、こんな奴の策にハマって、こんな奴と一緒にここで戦う必要ないよ！」

必死にドローリアを説得すべく口を回すドロンジョだったが、

「ドロクレア」

しかし……その瞬間だった。

「話は以上か？」

ドローリアは……ドロンジョを無視するように、あまりに冷たい声で、ドロクレアにそう問いかけた。

「ああ。以上だ」

「なら、計画通りに行こう」

ドローリアは再びドロンジョに掌を向けた。

「コソ泥。聞いただろう？　妾は〝次元の巫女〟……もはや、お主とは、住む世界が一切違うのじゃ。貴族は貴様のような溝鼠(どぶねずみ)とは戯れん」

「なっ……⁉」

「さらばじゃコソ泥。一時ではあったが、楽しい時間じゃった。お主は……元の世界へ戻って、俗人らしく、せいぜいいつも通り冴えない毎日を送るがよい」

掌に力をこめるドローリア。

するとその瞬間、キィイイイ！

十字架に囚われているドロンジョの足元から、ドロンジョを呑み込むように眩いばかりの光の柱が立ち上る——！

「こ、これは……！」

その光の柱を見て驚愕するドロンジョ。

その柱は、ドロンジョが、〝黒竜（インビジブル・ドラゴン）〟にこの世界に連れられてきた時に通った、〝光の柱〟に酷似した柱だった。

「〝次元の門〟か……！」

それを見て、驚いたように呟いているのはドロクレア。

「個人でそんなものをコントロールするとは……！　さすが〝次元の巫女〟……！」

「ど……どういうつもりだい……⁉」

そんな中、ドロンジョは、困惑した表情で叫ぶ。

「ド、ドローリア！　アンタ……アンタのボスであるアタシを、どうするつもりだい⁉」

「何度も言わすな。気安く話かけるでない」

ドローリアは、五月蝿（うるさ）そうな表情で一蹴すると、

「聞いたろう？　ここはこれから戦場になるのじゃ。妾のように禁術を使えるわけでもな

い。それどころか、ダラケブタのように、〝次元の押入れ〟を使ったり、端末操作の技術で他人をサポートできるわけでもない。お主のような者がここにいて、一体、何をするというのじゃ？

妾は、ここでドロクレアと共に『髑髏兵』を迎え撃つ。足手まといは失せるがよい」

「なっ……！」

声を失うドロンジョ。

「ア、アンタ一体、どうしちまったんだよ……⁉」

ドローリアを見ながら、

「おかしいだろ……つい、ほんのさっきまで、これ終わったらアタシの世界でドロンボー一味やるって話してただろ……⁉」

理解に苦しむような声で、

「それが、コイツに捕まって、目が覚めたら服装も性格も変わってるって……こんな短い間に、何があったんだよ一体……⁉」

「……何も」

ドローリアはやや俯き加減になりながら答える。

「……目が覚めただけじゃ」

ドロンジョに冷たい眼差しを向けながら、

「妾は本来、王族であり、ヒーローであり、そして〝次元の巫女〟……！　崇高で、高貴で、選ばれた使命を遂行することこそ、妾の運命ということを思い出しただけじゃ」

「崇高で、高貴で、選ばれた使命を遂行するって……！　だったら………ドロンボー一味に入りたいって話はどうするんだい⁉」

痺れを切らしたようにドロンジョ。

「ボヤッキーやトンズラーに手製のコスチューム見てもらったり、メカを見せてもらったり、アンタの話をアタシ達にする。その、アンタの計画はどうするんだい⁉」

「……もう必要ない」

必死に声をかけるドロンジョに、ドローリアは淡々と言うのだった。

「……妾のこれからの人生には。トンズラーも……ボヤッキーも。ドクロベエも……ヤッターマンも。それからもちろん、ドロンジョ、お主も……もう必要ない」

そこまで言うと、ドローリアは、首もとの青いペンダントをおもむろに外し、

「……これは手切れ金じゃ」

それをドロンジョの首にかけた。

「どのみち、もう髑髏兵との戦いまでに〝黒竜（インビジブル・ドラゴン）〟の力は戻るまい。お主にくれてやる。無論、お主に〝黒竜（インビジブル・ドラゴン）〟は呼び出せまいが……宝石として売れば、それなりの値がつくじゃろう。コソ泥が生涯食っていくには十分すぎるほどに」

「フザけんじゃないよこのスカポンタン！」

そんなドローリアに、首をブンブン振りながら抵抗するドロンジョ。

「アタシゃ、ドロボウだよ⁉　盗んだわけでもない、こんなお情けみたいでもらった宝石なんか欲しくもなんともないんだよ⁉」

「フン……」

そんなドロンジョを見て、ドローリアは肩をすくめる。

「だったら、お主の手下にでもくれてやるが良い。もうあの二人しか……お主には手下はおらんのじゃからな」

そしてドローリアは、ドロンジョに向けていた掌に、今まで以上に光を集める。ドロンジョを呑み込んでいた光の柱が益々眩さを増した。

「くっ……!? ちょ、ま、待──」

まだ納得いかないように叫んだドロンジョだったが、

「ではな。コソ泥」

光の向こうでドローリアはあっさり言うのだった。

「向こうでせいぜい楽しくやるがよい。妾は妾の人生を生きる。……さらばじゃ」

ドローリアがそう呟いた瞬間──バシュッ！

ドロンジョの意識が、一瞬、完全に途絶える。

そして……僅かな静寂の後。

次の刹那、ドロンジョが目を開くと。

「ウソだろ………!?」

ドロンジョの目の前。

そこには、あまりにも見慣れた光景。

ドロンボー一味のアジトが、ドロンジョの前に現れていた───!

七章・雨の中の訪問者

次元城から帰還して、数十分後――。

ドロンジョは、アジトのソファにだらしなく深く腰掛け、放心したように呟いていた。

「なんだったんだよ、一体…………!?」

珍しくローテンションに呟くドロンジョ。

目の前のローテーブルには、アジトに適当に転がっていた安物のワインの瓶が、空の状態で置かれていた。

アジトには――ボヤッキーの姿もトンズラーの姿もなかった。

ここからニューヤーカー国立博物館はそう遠くはないのだが、まだニューヨーカー国立博物館の中にいるのか、あの後ヤッターマン達に捕まったり、ドクロベエにおしおきされているのか……。

なんにせよ、それはドロンジョにとって、ちょうど良い状況だった。

今の気分では、到底、いつも通り、ボヤッキーとトンズラーに接することができそうになかったからだ。

「なんだったんだよ…………あの急造ドロンボー一味は……」

けだるげに、手元の愛用の煙管（キセル）に火をつけながら、再度呟くドロンジョ。

アジトの外は、暗い空から雨が降っており、その雨音が規則正しく、辛気臭く、アジトの中にも響いていた。

そんな雨音が、ドロンジョの脳裏に、自然と今日一日のことを蘇らせる——。

〝黒竜(インビジブル・ドラゴン)〟に連れ去られた後、モンパルナス城で、何故か自分そっくりの格好をした生意気そうな少女に出会ったこと——。

何故か、その少女の〝死刑〟を撤回する為、仕方なく、そこに居合わせた〝豚〟も一緒にチームを組み、次元城へ向かったこと——。

そしてその先で、バケモノみたいな剣術使いの少女や、やたらクールな少女と戦ったこと——！

そして……司令官室で、ドロクレアが一連の行動に及んだ経緯を聞き……ドローリアから理不尽に、別離を言い渡されたこと……！

「なんだったんだろうね…………あの時間は…………」

やるせない口調で言い、ドロンジョはソファでガックリうな垂れた。

短い時間ではあったが。ドロンジョとしては、ドローリアやダラケブタとそれなりにコミュニケーションを交わし、特に、元々〝死刑〟を回避する気力もなかったドローリアには、生きるきっかけ……とまでは言わないが。

ドロンボー一味の流儀が伝わるように……そして、ドローリアの〝夢〟でもあった、〝ドロンボー一味に参加する〟という望みを叶えてやる為に、仕方なく、年上のオンナとして、それなりに手助けしてやったつもりだった。

だが……それは、ドローリアにとって不必要なことだったらしい。

「アタシもヤキが回ったかね…………完全に大きなお世話だったみたいだね」

ドロンジョはギッと、ソファの背にもたれかかりながら苦笑。

「ま、いいさ……。それならそれで、お互い、分相応な場所で生きりゃいい。確かにアタシとアイツは、生きる世界が違うんだ。

アタシも、野良犬にでも噛まれたと思って、さっさと忘れちまうことにするよ」

そこで、気晴らしするように、うんと伸びをするドロンジョ。

「さ……んじゃ、風呂でも入って、サービスシーンでも作って、さっさと寝ちまおうかね」

そしてドロンジョはそう呟き、ソファからゆっくり立ち上がるが、

「『待テ……！』」

──その時だった。

ドロンジョの背後。

「『オ前ヲ風呂に行カセル訳ニハイカナイ……！』」

誰もいないはずのアジトの中。聞き覚えのある声が、アジトの中に響き渡った──！

「……へ？」

それは──ドロンジョにとって完全に不意打ちだった。

「だ、誰だい!?」

「『我ダ……！』」

するとその時……キィィィ──！

突如。次元城から強制送還される際、ドローリアが、ドロンジョの首にかけた、青い宝石付きのペンダントが青く発光を始めた……！

「だぁぁ、なんだいなんだいなんなんだい⁉」

あまりの眩さに、一瞬ペンダントから顔を背けるドロンジョ。

すると次の瞬間――。

「『モンパルナス城以来ダナ……黒キ女ヨ』」

――ぱたた。

ペンダントの発光が収まったタイミングで。小さな羽音と共にドロンジョの目の前に、蝙蝠(こうもり)程度の大きさの、黒い羽根を持ったトカゲが現れた。

「『風呂ニ入ル前ニ……我ノ話ヲ聞クノダ！』」

ぱたたた……！　懸命に羽ばたきながら、やけに真摯で真剣な態度で訴えるトカゲ。

「ア、アンタ一体……⁉」

そう言われても、目の前にいるのは、全く見覚えの無い生物。唖然とするより他ないドロンジョだったが、

「『我だ！』」

そんなドロンジョに、そのトカゲは苛立たしげに声を荒らげる。

「『普段ハ黒ク、雄々シイ〝竜〟ノ形ヲシテイル、我！』」

「え、もしかして………」

そこまで言われて、ドロンジョも、ようやく気づくのだった。

「アンタ……あの……〝黒竜(インビジブル・ドラゴン)〟……⁉」

「『イカニモ！』」

誇らしげに胸を張りながら、トカゲ――〝黒竜（インビジブル・ドラゴン）〟。

「はあ⁉」

自分で聞いておいてなんだが、その返答にドロンジョは驚愕した。

「ウソだろう⁉　アンタが〝黒竜（インビジブル・ドラゴン）〟⁉　全然姿が違うじゃないか⁉」

威厳の欠片（かけら）も無い目の前のトカゲを見ながらドロンジョは困惑するが、

「『シ、仕方無イダロウ⁉』」

そんなドロンジョに〝黒竜（インビジブル・ドラゴン）〟は言う。

「『本来ナラマダ外ニ出ラレル状況デハ無イノダガ……ドウシテモ言イタイ事ガ有リ！　コノヨウナ姿デ参上シタ！』」

不満そうな、しかしどこか焦った口調で〝黒竜（インビジブル・ドラゴン）〟。

「ど、どうしても言いたいことぉ……⁉」

「『ソウダ！』」

そして〝黒竜（インビジブル・ドラゴン）〟は短く叫ぶと――ドロンジョの顔を真っ向から見て。

「『ドウカモウ一度、次元城ニ戻リ……我ガ主、ドローリアヲ、助ケテヤッテクレナイカ⁉』」

切実な声で訴える。

「はあ⁉」

耳を疑うドロンジョ。

外の雨はますます強まり、その雨音が、強くアジトに反響している――！

※

「ド……ドローリアを助ける……⁉」

雨音が響くアジトの中。ドロンジョは立ち尽くしていた。

「な、何言ってんだい……⁉」

数秒後、ようやく我に返り、

「見てなかったのかい？　助けるも何も……アタシは、アンタのご主人様にこっちの次元に強制送還されたんだよ⁉」

八つ当たりするような口調で〝黒竜（インビジブル・ドラゴン）〟に告げる。

「『違ウ……！』」

しかしそんなドロンジョの言葉を、〝黒竜（インビジブル・ドラゴン）〟は真っ向から否定した。

「『追イ払ッタノデハ無イ……！　ドローリアハ……追イ払ワザルヲ得ナカッタノダ。新タニ背負ウコトニナッタ〝使命〟ニ、オ前ヲ巻キ込マヌ為……ドローリアハ、泣ク泣ク、オ前ニ別レヲ告ゲタノダ……！』」

搾り出すような声でドロンジョに告げる〝黒竜（インビジブル・ドラゴン）〟。

「はあ？　新たに背負うことになった使命……⁉」

「『ソウダ。オ前ガ眠ッテイル間……ドロクレアハ、我ガ主ニ、アル映像ヲ見セタ』」

〝黒竜（インビジブル・ドラゴン）〟は言う。

「『ソレハ——ドローリアノ本当ノ両親ガ、ドローリアニ遺シタ、〝映像ノ手紙〟デ……』」

沈痛な声で続ける〝黒竜(インビジブル・ドラゴン)〟。

「映像の手紙？　……ビデオメッセージかい……!?」

なんとか察するドロンジョ。要するに、『髑髏兵』に滅ぼされる前の〝次元の巫女〟の一族の中にいた、ドローリアの本当の両親が、ドローリアに遺していたビデオメッセージ……それをドローリアに見せたと、〝黒竜(インビジブル・ドラゴン)〟は言いたいのだろうか。

「『ドロクレアガ、ドコデソレヲ手ニ入レタノカハ、分カラナイ』」

しょぼくれた声で、〝黒竜(インビジブル・ドラゴン)〟は続ける。

「『シカシ確カニ、ソレハ、我モ知ル、ドローリアノ真ノ両親カラノ物ダッタ……。ソシテ……ソノ両親ハ、ドローリアニ、映像デ伝エテシマッタ……』」

〝黒竜(インビジブル・ドラゴン)〟は、それを止められなかったことを後悔しているような口ぶりで、

「『自分達ガ死ンデ、残ル〝次元ノ巫女〟ハ、ドローリア一人ダトイウ事……。ソシテ、ソウナッタ以上。残ッタドローリアニ、自分達ノ代ワリニ、自分達ノ無念ヲ晴ラシ……〝次元ノ巫女〟ノ使命ヲ、シッカリ果タシテホシイ、ソウイウ事ヲ』」

「〝次元の巫女〟の使命だぁ……!?」

面白く無さそうに吐き捨てるドロンジョ。

「それってつまり……おっ死(ち)んじまった自分達の代りに、ドローリアに一人で『髑髏兵』を倒せって言ってるってことかい……!?」

憤慨するように言うドロンジョ。

「『ソウ』」

〝黒竜(インビジブル・ドラゴン)〟は、力なく首肯。

「『ソシテ、ソレを見タドローリアハ……急ニ暗イ面持チニナリ。ドロクレアト共闘スルコトヲ決メタ。恐ラク、自分ノ使命ヲ受ケ入レタノダト思ウ』」

「あの馬鹿……！」

ドロンジョは思わず毒づく。

自分に期待する人間を見る否や、自分を殺し、ワガママを殺し、他人の期待に応える為だけに生きようとする、不器用すぎる少女、ドローリア……！

自分達と活動してる間に、少しマシになればと思っていたが……結局、ドローリアは、何も変わっていなかったらしい。ドロンジョはそれに腹を立てていた。

「『ソシテ、ドローリアハ……オ前ヲ追イ払ウ事ヲ決メタ』」

〝黒竜（インビジブル・ドラゴン）〟は、そんなドロンジョに告げる。

「『オ前ヲ、アノママアソコニ置イテオイタラ……オ前ハ、下手シタラ、自分ヲ手伝ッテシマウカモシレナイ。

今回ノ戦イハ、コレマデ以上ニオ前ト関係ナイ、〝次元ノ巫女〟ノ一族ト、髑髏兵ノ、因縁ニ基ヅク戦イ……。

ソレニオ前ヲ巻キ込ム訳ニハイカナイ。ソウ考エテ……ドローリアハ、オ前ニ冷タク当タリ、オ前ヲ次元城カラ追イ出シタノダ。自分一人デ戦ウ為ニ……！』」

「あのスカポンタン………！」

憤慨するドロンジョ。

騙し合いのプロである自分にペテンを仕掛けるという不遜極まりない態度にも腹が立ったし。そんなドローリアの安い猿芝居に、まんまとひっかかった自分にも、ドロンジョは今更、腹が立っていた。

「『ダカラ頼ム。ドローリアヲ、見捨テナイデヤッテクレ……！』」

そんなドロンジョに、〝黒竜(インビジブル・ドラゴン)〟は懇願するように続ける。

「『アレハ、優秀ブッテイルガ、マダホンノ小サナ子供ダ……。強ガッテハイタガ、オ前ヲ追イ返シタコトヤ、急ニ〝次元ノ巫女〟ニナッタ事ニ、混乱ヤ、動揺ガ無イ筈ガ無イ。ソウナレバ……ソレハ、ドローリアニトッテ、死ヲ意味スル』」

深刻な声で〝黒竜(インビジブル・ドラゴン)〟。

「死……!?」

「『アア。オ前モ知ッテイル筈ダ。〝禁術〟ハ、繊細ナ奥義。制御ハ複雑デ、ソレハ当然、術者ノ精神状態ニモ大キク左右サレル……！

ドロクレアハ気ヅイテ無イヨウダガ。今ノドローリアニハ、迷イヤ動揺ガ残リスギテイル……！　コノママデハ、マトモニ〝禁術〟ヲ制御出来ナイ――！

ソンナドローリデハ、『髑髏兵』ニ勝テル道理ハ無イ――ソウナレバ〝死〟ハ免レナイ』」

「くっ…………！」

〝黒竜(インビジブル・ドラゴン)〟の言葉に、ドロンジョは、迷ったような声をあげた。

〝黒竜(インビジブル・ドラゴン)〟の語った事情は理解できた。ドローリアが自分に冷たく当たった理由も。

そして今、ドローリアが危機的状況にあることも。

が。

ドロンジョの胸には、ドローリアがあの時言った言葉が、しっかり突き刺さっていた。

〝ドロンジョと、ドローリアは、住む世界が違う〟。

そして……〝能力やスキルを持つドローリアやダラケブタと違って、ドロンジョがそんな戦場にいたところで、何の戦力にもならない〟……！

それらの言葉が……！

勿論……ドローリアはドロンジョを遠ざけようと、偽悪的にそんなことを言ったのかもしれなかったが……ドロンジョは、本人だからこそ、それが真実であることを、世界で一番身に染みて知っていた。

そんな自分が……こんな、チンケなコソ泥が……。

ノコノコ、いつもとまるで真逆な、そんな壮大でシリアスな戦場へ行って。

本当にドローリアの役に立てるだろうか？

ドロンジョは、珍しく、自分で自分を信じることが出来ず、ぐずぐずとした逡巡に足を突っこもうとしていたのだった。

だが――。

世の中というのは不思議なものである。

そんな、珍しく自信を失いかけていたドロンジョの背後に……その瞬間。

そんなドロンジョのことを、誰よりもうまく奮起させることのできる。

誰よりもドロンジョのことに詳しい二人組が現れる――！

「ちょっと……ドロンジョ様ったら、何迷ってるのよ⁉」

「せやせや！　らしくないでっせ！」

アジトに響き渡る、品性が決定的に欠けたガラの悪い男二人の声。

「……え？」

呆然と声のほうを振り返るドロンジョ。

そこで、ドロンジョは思い出す。

そういえば、自分にはまだ、ドローリアとダラケブタ以外の手下が存在していたことを。

「さぁ、やっとこさ出番よトンちゃん！」

「まったくドロンジョ様……ワイらのこと忘れてたわけやないやろうな⁉」

痩せっぽちのガリヒョロ男と、ずんぐりむっくりのドロボウ面な男の二人組。

ドロンジョの永遠の手下──

ボヤッキーとトンズラーが、ドロンジョのアジトに帰還していた──！

※

「お、お前達……聞いてたのかい⁉」

その二人の登場に。ドロンジョは驚愕していた。

「モチのロンよ！」

そんなドロンジョに、硬質そうなヒゲを触りながら胸を張って答えるのはボヤッキー。

「まったく……命からがらニューヤーカー国立博物館から逃げ出し、クタクタになって帰ってきたっていうのに！　ドロンジョ様ったら何ウダウダしてるのよ、失礼しちゃう！」

不満そうにボヤッキー。

「ウ、ウダウダだぁ⁉」

「そうよ！　だって要するにそれ……ドロンジョ様が一言いってやりたい相手が、そのトカゲが連れていく先にいるってハナシでしょ⁉　だったら……迷うことなく怒鳴りつけにいくのが、アタシ達のボスってモンじゃない⁉」

断片的な情報だけで、かなり正確に事情を汲んで言うボヤッキー。

「ボヤッキー……！」

「せやで！　せやせや！」

そしてトンズラーも力いっぱい頷き、

「よう分からんけど……要するに、ドロンジョ様。向こうの世界で、やりかけの仕事残して帰ってきてもうたんやろ！」

トンズラーらしい、ざっくりした解釈をつける。

「ドロンジョ様、いっつも言うてまんがな。エエオンナってのは……どんな仕事でも、キチンとオチがつくまでやり遂げてこそ、エエオンナやって！　結果はともかく……最後までオチつけるから、安心して眠れて、お肌にもええんやって！」

「トンズラー……！　って……そんなこと言ったっけ、アタシ⁉」

確かに言いそうなことではあるが。

「と・も・か・く！」

たじろぐドロンジョに、ボヤッキーとトンズラーはさらに言う。

「気になることがあるなら、サッサとアタシらに命令して、みんなで終わらせに行っちゃえばいいじゃない！」

「せやせや！　ワイら、とっくに諦めてまっせ？　どうせ、今回もワイら、ドロンジョ様の好き放題に付き合わされるんやろ⁉」

「お、お前達…………！」

ドロンジョは、手下二人の叱咤激励に一瞬感動しそうになるが……。

「ん？」

ドロンジョはふと気がつき。念の為、確認した。

「そういやお前達…………！　なんか、まるで今帰ってきたみたいな顔してるけど。外、あんなに雨降ってるのに、全く濡れてないね……⁉」

「「…………」」

「……一応聞くけど。とっくに帰ってきてて、元々アジトにいたのに、アタシがほどなく風呂に入るのを予測して……それ覗こうと、どっかで必死に息殺して隠れてたとか……そういう、ゲスすぎるオチじゃないだろうね？　アンタ達？」

ギクッ。その瞬間、アジトに、分かりやすくそんな音が鳴る。

「な……何言ってるのよ⁉」

血相を変え猛反論するボヤッキー。

「そ、それで、そのトカゲのせいでお風呂タイムが無くなって、仕方なく諦めて出てきたっていうの⁉　アタシはドロンジョ様の真の騎士なのに⁉　失礼しちゃう！」

「せ、せやで！　それに、このまま出ていかへんかったら読者に忘れられてまうかもとか……そんなことも、ワイら、これっぽっちも考えてまへんで⁉」

「『語ルニ落チルトハコノコトダナ……』」

そんな二人に、何故か、〝黒竜（インビジブル・ドラゴン）〟が呆れたようにツッコみ。

「ハァ〜〜…………」

それを見たドロンジョは、何かを諦めたように嘆息し、天を仰ぐのだった。

「締まらないねぇ、お前達……」

締まらない。あまりに締まらない。

こんな手下なら、もういっそ、ドローリア達急造ドロンボー一味のほうが頼りになった気すらする。が。

「ま、でも……このスカポンタン達の言うことも、一理あるか……」

そこはやはり、さすが元祖ドロンボー一味。

結局、ドロンジョを動かすのは、いつもスカポンタンなこの二人なのだった。

「アタシらしさ、ねぇ……！」

しみじみと呟くドロンジョ。

確かに自分は……言いたいことがあれば誰であろうと言ってやったし、どれだけヤッターマンに負けようとも、どれだけドクロベエにおしおきされようとも、キチンとその結末から逃げず、毎回オチだけはつけてきた。

自分に何ができるか分からないが、結果はどうあれ、オチだけはキチンとつける。

確かにそれが、最も自分らしい選択なのかもしれないとドロンジョは思った。

「しゃあないね」

なので……ドロンジョは覚悟を決める。

「あのスカポンタンの為に……もう一肌脱いでやるとしようか」

ドロンジョには、ドローリアに、まだ一つ、言ってやりたい事があったのだ。

こうなったら……道は一つしかない。

「ヨッシャ！　〝黒竜(インビジブル・ドラゴン)〟！」

ドロンジョは、〝黒竜(インビジブル・ドラゴン)〟の名を高らかに呼ぶ。

「決めたよ」

そして、吹っ切れた声で、

「アタシゃ次元城に戻る。だから——サッサとアタシ達を次元城に連れていきな⁉」

いつも通り傲慢で横柄で堂々とした態度で〝黒竜(インビジブル・ドラゴン)〟に命令するドロンジョ。

「『オ、オォ……！　恩ニ着ル⁉』」

それに対し、〝黒竜(インビジブル・ドラゴン)〟は分かりやすく弾んだ声を出し、

「『デ、デハ、一ツ頼ミガアル！　今カラ……我ガ、次元城ヘノ〝道〟ヲ作ル！　ソノ為ニ……〝アレ〟ヲ持ッテキテクレ！』」

「？　ア、アレ⁉」

いきなり言われ、一瞬意味が分からないドロンジョ達。

しかしその直後、〝黒竜(インビジブル・ドラゴン)〟の説明を聞いて、三人は得心する。

「ア、〝アレ〟って……そういう道具だったのかい⁉」

※

一方、〝黒竜(インビジブル・ドラゴン)〟が、ドロンジョ達に〝アレ〟の説明をしてる間に……。

とある次元の、とある星。

そこでも、〝意外な要求〟を突きつける者と、〝意外な要求〟を突きつけられる者が、邂逅(かいこう)

しようとしていた。

小さな一軒屋。

その家の中の、薄暗い、空気の淀んだ部屋で、一人……いや、一匹の豚がクサっていた。

ダラケブタである。

しばらく出番はなかったが――ドロンジョ、ドローリアと共に次元城に突入したものの、ドロクレアに捕えられ、会社をクビになってしまったダラケブタは、実家に帰されそこでクサっていたのだ……！

「はぁぁぁ………やってらんねぇ」

そんな暗い部屋で、ダラケブタは、眼の前のＰＣを無気力に動かす。

映っているのは、ＰＣに最初から入っている、地雷除去ゲームだ。それを延々続けるダラケブタ。これ以上ないほど不毛な時間の使い方である。

「これから俺どうすんだよ……母ちゃんにガチギレされるし……！」

自宅に強制送還されたダラケブタは、驚いた母親に事情説明を求められ、クビになった事を話した。そしてキレられていた……。

「ドローリアの〝死刑〟どうなったんだよ……⁉　ドロンジョが止めたのか……⁉」

青息吐息で呟くダラケブタ。

気絶後、即次元城から強制送還されたダラケブタは、次元城でこれから髑髏兵が起動しようとしてることも……ドロクレアとドローリアがそれと戦おうとしてることも……そしてドロンジョが追い返されたこともまだ知らない。

「結局……何の借りも返せなかったよな……！」

椅子の背もたれによりかかり、ぼんやり天井を見上げながらダラケブタ。

かつて、自分に仕事の楽しさを気づかせてくれた少女、ドローリア――。

そのドローリアに、恩返しをしようと行動したダラケブタだったが……結局のところ、何も出来なかった。

「まぁ、でも……さすがにどうしようもねぇか……」

ドロンジョから諦めの悪さを伝授されたダラケブタだったが……ダラケブタの星から次元城までは、遠く離れ、しかもダラケブタの周りには、次元移動する為の手段が無い。

次元城との通信手段も持っておらず、ドローリアの死刑騒動の結果を確かめることも出来ないので、ダラケブタはこれ以上ないほど手詰まりを感じていたのだった。

「せめて移動手段がありゃな……」

天井を眺めながら、ダラケブタは、少しだけ未練がましくそう呟くが――

「移動手段ならあるぞ」

その時――女性の声が、唐突に部屋に響き渡る。

「うん。姉様の為に。とっておきのものを、わたし達が持ってきた」

「え……!?」

驚き、立ち上がり、思わず背後を振り返るダラケブタ。

するとそこには――

「何をしている!?　さぁ準備しろ！　サッサと出発するぞ！」

「うわ、狭い部屋……。あ、でも、ＰＣの趣味はそう悪くない……!?」

どこからともなくダラケブタの部屋に入り、好き勝手なことを口走っている……！

こんなところにいるはずのない、〝どんでもない二人〟が出現していた――――！

※

「ア、アンタらは……!?」

一瞬、自分の目を疑うダラケブタ。

しかし……見間違えを疑おうにも。相手はつい先ほど死闘を繰り広げた相手なので、見間違えようがなかった。

「ト、トンズレッタさんと……ボヤトリスさん……!?」

唖然とした口調で言うダラケブタ。

そう。

突如、ダラケブタの前に現れたのは。

次元城で、ダラケブタ達と死闘を繰り広げた二人の少女……ドロクレアの専属護衛、トンズレッタとボヤトリスだった……！　が。

「って……何してくれてるんですか!?」

そこでダラケブタは我に返って気づく。

「ウチの家の壁。カンフー映画のギャグシーンみたいになってるじゃないですか!?」

視線の先、そこには、家の外に面するダラケブタの部屋の壁が、まるでコメディのように、二人の少女がちょうどギリギリ通れるくらいの大きさで、少女型のシルエットにくりぬかれた悲惨な状態があった………。

「すまん。時間が無いのでくりぬかせてもらった」

チンッ。鞘に刀を納めながら凛とした表情で言うトンズレッタ。どれだけタフなのか、ドローリアの〝灰猫（クラッシュ・キャット）〟の稲妻に貫かれたダメージは一切残っていないようだった。

「……だから貴方と来るのはイヤだった。馬鹿トンズレッタ」

そんなトンズレッタに、小さく呆れるように言っているのはボヤトリス。

「わたしがこの家をハックすれば、部屋のセキュリティくらい、数十秒で解除して、ついでに大量のウィルスも送り込めた。貴方のやり方は完全に時代遅れ」

「いや……普通に正面から来てくれれば、ハックとか無くても普通にドア開けましたから⁉」

ダラケブタはとりあえずそう抗議した後、

「って、一体……何がどうなってんすか⁉」

改めて、頭を抱える。

「お、俺クビになったんすよ⁉　もしかして……無職になった俺を笑いに来たんスか？」

「大丈夫だ」

「大丈夫」

しかしそんなダラケブタに、二人の少女は同時に親指を立て、力強く言うのだった。

「私達もクビになった」

「は……はあ⁉」

ダラケブタの部屋に、またも絶叫が反響した。

「なんですか、その展開は…………！」

数分後……。

ダラケブタは、ダラケブタが出したお茶を飲みながら二人が話した〝真相〟に、ますますもって頭を抱えていた。

ちなみに……ダラケブタの母親は、息子が初めて女子を、しかも二人も連れてきたことに興奮し、異常な執念で部屋に入りたがったが、そこは男のプライドにかけてダラケブタは阻止していた。

「〝次元の巫女〟に……古代兵器〝髑髏兵〟？」

蹄で眉間を押さえながら、

「でもって、ドロクレア司令官も、違う次元のドロンジョの一人で……髑髏兵は、その敵討ちの為に接収された兵器？　でもって、ドローリアは、その敵討ちに利用される為に死刑宣告されて、今からドロクレアと一緒に戦おうとしてて……⁉　そんでアンタ達二人もドロクレア司令官にクビにされて、ドロンジョも今頃強制送還されてるはず……⁉」

必死についていこうと頭を回転させるダラケブタ。

ダラケブタが少しいない間に、物語は急展開を迎えていた。

「そ、それで……」

というわけで、ひとまず事情は理解したので、ダラケブタは改めて聞く。

「状況はとりあえず分かりましたけど。お二人は、唐突に、一体なんで俺の家に？」

「無論、頼みがあるからだ」

「そう」

そして、ダラケブタの母親から差し入れられたお茶を飲み、ケーキを食べていた二人は、それらを置き、まっすぐダラケブタに言う。

「頼み？」

「そうだ……！」

二人は同時に頭を下げ……。

「頼む……。私達は姉様を救いたい。その為に、どうかお前の力を貸してくれないか⁉」

馬鹿でかい声で先に言ったのはトンズレッタ。

「お、俺の力……？」

「そう」

顔を上げ、頷くのはボヤトリス。

「あの後。私達も、姉様と〝次元の巫女〟に強制的に次元城の外に出され……その上で、次元城にバリアを張られた」

相変わらずの、いまいち感情の抑揚の薄い淡々とした声でボヤトリス。

「おかげで、わたし達も戻れない。だから……わたしに、貴方の力を貸してほしい」

そこで、ボヤトリスはダラケブタのＰＣを指差す。

「次元城のバリアも、所詮は、防御プログラムで動いているセキュリティの一つ。そうである以上、こちらが外からシステムに侵入すれば、解除できるはず……！

ただ……次元城は、次元コンピューターでそれを制御していて、一人では太刀打ちできない。だから……貴方の力を貸してほしい」

たどたどしい話し方ではあったが、ダラケブタにそう説明するボヤトリス。

「つ、つまり……！」

そんな要求に驚きながらダラケブタはＰＣに目をやり、

「俺に、ボヤトリスさんのハッキングに協力しろと？」

「そう」

ボヤトリスは頷く。

「もちろん、トンズレッタがもう少し有能だったら、そんなことせずに済んだのだけど……。残念ながらこの女は、ゴリラ以下の知能しか持ち合わせていない。何回注意しても、一撃でエンターキーを粉砕し、キーボードに穴を開けてしまう原生人類。戦力にならない」

「すまんな……どうもログイン？　クリック？　というヤツは苦手で」

キリッとした表情でトンズレッタ。

「ち、ちょっと待って下さい！」

それを遮り、ダラケブタは確認する。

「要するにつまり……貴方達は俺と同じでクビになったのに、今から次元城に戻りたいってことですか？　〝姉様〟を救う為に？」

「そうだ」

「そう」

「い、いや……おかしいでしょう⁉」

ダラケブタは、思わず意見していた。

「だ、だって……貴方達。〝姉様〟にあれだけ尽くしてたのに、結局クビになって、しかも感謝もされず、最終的に追い出されたんですよ⁉　その状況で……何で、そんな迷い無く戻ろうとするんですか⁉」

なんだか納得いかないようにダラケブタは言うが、

「それは……姉様が、あんなに髑髏兵にこだわるのは……」

「……たぶん、わたし達のせいだから」

次の瞬間、二人は、そんなダラケブタの質問に、少し気落ちしたような表情で、そう答える。

「え……？　あなた達のせい？」

首を傾げるダラケブタ。二人から聞いた情報に、そんな風に思える情報はなかったはずだが……!?

しかし二人は頷き、

「先ほども言ったが……一三年前。姉様や私達が暮らしていた故郷は、『邪歓喜族』が封印を解除した〝髑髏兵〟に破壊された」

思い出すような口調で話すトンズレッタ。

「その時、姉様は、懸命に髑髏兵と戦っていた……」

ボヤトリスも続き、

「そこで……護衛として、姉様と一緒に戦っていたのが……わたし達の両親。

わたしとトンズレッタの家系は、代々、戦女神（ヴァルキリアス）に仕えていて……。

わたし達の両親も、初代戦女神（ヴァルキリアス）『ドロンジョ』に仕えていた二人の英雄の名をとって、賢神『ボヤッキー』、剣神『トンズラー』なんて二つ名で呼ばれていた。

両親がもういないので、今はひとまずわたし達が襲名してるんだけど……」

淡々とそう告げる。

「ち、ちょっと待って下さい。トンズラーと……ボヤッキー⁉」

思わず大声を出してしまうダラケブタ。

「ま、まさかアンタら……あのトンズラーと、ボヤッキーの同一存在だったわけ……⁉」

「……同一存在？　何の話？」

怪訝そうに首を傾げるのはボヤトリス。どうやらボヤトリス達はドロンボー一味を認識していないらしい。

「いや……」

その瞬間、この状況をどう説明しようか逡巡したダラケブタだったが、……よく考えたら、どうやっても説明できそうになかったのでスルーした。

ボヤッキーとトンズラーと、今、目の前に立つこの二人の少女。

その両者が、同一存在なのにあまりにも違う（まぁ力自慢と頭脳担当のコンビだったり、言われてみれば相似点もけっこうあるのだが……）という、世界の神秘は、ダラケブタだけが知っていればよいことなのだ……。

「それで――」

一瞬トリップしたダラケブタだったが、なんとか話を戻す。

「えぇと……お二人のご両親が、司令官と一緒に髑髏兵と戦って……⁉」

「うむ」

頷くのはトンズレッタ。

「そして、私達の両親は、姉様と同じくらい、果敢に戦った。だが……髑髏兵の強さは、あまりに圧倒的で……奮戦むなしく、全員、最後には力尽きた……」

悔しげな口調でトンズレッタ。

「そう。そしてわたしとトンズレッタは……それを見て……泣きじゃくった」

俯きながらボヤトリス。

「姉様がなだめるのも無視して……助けられた後も、髑髏兵から逃げた後も、次元城にたどり着いた後でさえも、二人でメソメソ泣き続けた。そして……姉様を責めた」

後悔するような声でボヤトリスは言う。

「何故、父様や母様は死んでしまったのか……何故、姉様だけが助かったのか……！　姉様は、わたし達を助けてくれたのに……！」

「それ以降……姉様は、変わってしまわれた」

そんなボヤトリスに負けないくらい、暗い表情でトンズレッタ。

「〝許してくれ、私のせいだ〟〝せめて敵は、私が必ず討つ〟〝お前達の無念は必ず私が果たす〟。姉様は涙ながらに、何度も何度もそう口にされ……。

そして……時が経ち、私とボヤトリスの傷が癒え、私達がもう復讐など望まなくなった後も、姉様は止まらなかった……。いや、それどころか、その想いはどんどん強くなっていたようだ……！」

「うん。まさか、〝次元の巫女〟を見つけていて、決戦の準備が整っていたなんて……！」

俯いたまま、ボヤトリス。

どうやら二人は、ドロクレアが計画を既に整えていたことも、ドローリアという〝次元の巫女〟を見つけていたことも、何も知らされていなかったらしい。

だから〝避難訓練〟の時、二人は城外に出るようにドロクレアに伝えられていた……！

「たぶん……姉様は、髑髏兵を倒さない限り、私達を救うことはできないし、そして自身を解放できないとお考えなのだろう」

そんな中、苦々しい顔でトンズレッタは言う。

「うん。姉様の時間は、わたし達が姉様を責めた時から、きっと動いていない……」

ボヤトリスも続く。

「「だから……」」

そしてそこで、二人は改めて、声を重ねる。

「私達は、姉様を手伝いたい。助けたい。救いたい……！」

「そして、できれば……伝えたい。もっとはっきり口に出して。わたし達はもう大丈夫だから。姉様は、姉様の笑顔の為に生きてほしいと……！」

覚悟を決めた表情で、二人。二人の想いは今、完全にシンクロしていた。

「う、うぅ……そ、そうスか…………」

一方、そんな話を聞かされたダラケブタは、頭を抱えるしかなかった。

そんな話を聞かされた以上……二人を手伝わないとは、とても言えない。

「マジかよ……⁉」

そんな、まさかの展開にダラケブタは放心した。

つい数時間前まで、しがない三級管理官だったのに……何故自分は、こんな状況に陥っているのだろう……⁉

数時間前、監視対象のドローリアが死刑扱いになり――。それを告げに行ったら、何故かドロンジョの手下もどきのような立場になり、次元城に乗り込むことになり……。

そうかと思ったら、今度は捕まってクビになり。今は、何故か、ついさっき刃を交えた司令官の専属護衛の二人と、次元城にまた乗り込む流れになっている……⁉

「人生ってめんどくせぇ……！」

そんなジェットコースターのような一日に、ダラケブタはつくづくボヤく。

それでも、ダラケブタは……やはり、この二人の頼みを拒絶する気にはなれなかった。

何故なら……この二人は、ダラケブタと同じだったから。

二人はドロクレアに、返しても返しきれない、伝えても伝えきれない、借りや感謝のようなものがあった。

だから、恩返しがしたい。救いたい。その人の笑顔が見たい。

それは、どこまでも、ダラケブタがドローリアに抱く、〝アイツに幸せになってほしい〟という想いと同じだった。

「ヤレヤレ…………」

というわけで、ダラケブタは、重いため息をつく。

これから襲い来る様々な事態を予想すれば、溜息も出るというものだった。だが。

「ま、しゃあねぇか…………」

ダラケブタは、観念したように立ち上がる。

「借りを返さなきゃなんねぇのは、俺も同じだからな……！」

モンパルナス王国の王女の顔を思い浮かべながら、ダラケブタは行動を開始した――！

そして――数分後。

ダラケブタは、トンズレッタがくりぬいた穴から自室を出て。

いつの間にか自宅のまん前に現れていた、トンズレッタとボヤトリスが乗ってきたと思しきペットボトルロケットにしがみついていた。

ダラケブタは気がつかなかったが、どうやら外は雨が降っていたらしかった。しかし地面が濡れているだけで、いつの間にか雨は上がり、快晴が広がっている。

「よし……では行くぞ、ダラケブタ！」

「準備、いい？」

「は、はい。……あ、いや、ちょっと待って下さい」

ダラケブタはふと思い出し、一瞬だけ、ペットボトルロケットから降り、

「母ちゃん！　俺、ちょっと出てくるわ」

一応、母親に声をかけた。

「大事な用があるから！」

「あっそ？　なんかよく分かんないけど……やるんなら、しっかりやってくるんだよ！　アンタはアタシの息子だ！　必ず出来る！」

すると家の中から、意外にアツい言葉が返ってきた。

「母ちゃん…………！」

「でも……帰ってきたら、サッサと再就職先探すんだよ！」

「母ちゃん………⁉」

そこは厳しい母親だった。

「あ、あと、帰りにタマゴとタマネギ買ってきておくれ！　今日カツ丼にするから」

「か、母ちゃん…………!?　う、う～ん、わ、分かったぁ……」

　正直、今から行く戦場は、そんな悠長なこと言ってられる場所じゃないだろうし、そもそも生きて帰ってこられるかどうかも不確かなのだが……。

　母親に頼まれた以上、生きてカツ丼の材料を買って帰らねばなるまい。ダラケブタは改めて腹をくくった。

「普通にめんどくせぇけどな……」

「よし、では、今度こそ行くぞ！」

　そして響き渡るトンズレッタの声。

「カツ丼美味しそう。わたしも食べたい」

「え、そ、そうすか？　じゃあ、無事勝てたら、カツ丼パーティでもします……？」

　三人がそんな気の抜けたやり取りを交わす中……！

　ドドドドドドド！

　三人が掴まっていたペットボトルロケットが、快晴の青い空へ向かって飛翔。

　それは恐ろしい勢いで加速していき――高速で、一直線に、次元城へ向かって姿を消した……！

※

　一方その頃…………。

「次元そのものを滅ぼす兵器と戦う!?」

ドロンジョ達のアジト。

案外、ドロンジョ達は、まだ出発していなかった……！

というか……たった今、真相を詳細に聞いたボヤッキーとトンズラーは、状況を理解し、今更青ざめて絶叫していた。

「そうだよ！」

平然とドロンジョ。

「迷うなだの、オチをつけろだの、散々言ってくれてありがとうよお前達！　その意気で、向こうでもしっかり熱血モードで働いておくれ！」

「「…………！」」

その声に、トンズラーとボヤッキーは青い顔を見合わせていた。

（ど、どうするボヤやん……これ、完全に、予想超えてまっせ⁉）

声を殺しながらボヤッキーに泣きつくトンズラー。

（ほ、ほんとほんと！　な、何よ、そのシリアス展開⁉　ドロンジョ様ったら、出る作品間違えてるんじゃないの⁉）

ボヤッキーも頭を抱える。

（ト、トンちゃん、こうなったら、何か口実つけてアタシ達は留守番ってことにするしかないわ！）

（せ、せやな、ボヤやん！　留守を預かるのも手下の立派な仕事！　ワイらは今回は全力で遠慮するまんねん！）

さっきの熱いハッパはどこへやら、二人は方向転換を試みようとするが、

「今更遅いよ、お前達！」

当然、それを見逃すほど中間管理職としての経験が浅いドロンジョではなかった。

「それに、〝黒竜（インビジブル・ドラゴン）〟の充電も、もう完了するんだよ！」

二人の首根っこをしっかりホールドしながら、顎で自身の背後を指し示すドロンジョ。

そこには、普段のドロンボー一味のアジトには置かれていない、とある珍しい物が、ビカビカと光りながら床に直置きされていた。

それは――片方の眼には眼帯が、もう片方の眼には赤い宝石がはめこまれた、黄金で出来た骸骨。

そう――。先刻、〝黒竜（インビジブル・ドラゴン）〟がドロンジョ達に「持って来い」と命令して持ってこさせた〝アレ〟とは、ドロンジョ達がニューヤーカー国立博物館から盗んでいた、ある種、今回の騒動の発端となったと言えなくもないお宝――『眼帯の髑髏』だった！

「『アレハ、〝次元ノ巫女〟ノ一族ガ、カツテ〝次元聖戦（ラグナロク）〟ノ混乱ノ中、次元ノ歪ニ落トシ紛失シテシマッタ秘宝――『安らぎの髑髏』ダ』」

〝アレ〟を要求した時……！

〝黒竜（インビジブル・ドラゴン）〟はドロンジョ達に告げた。

「や……『安らぎの髑髏』……!?」

「『ウム。力ヲ失ッタ、我ノヨウナ禁術生命体ニ、力ヲ充電スル物デ――ソレガアレバ、我モ、次元城ヘノ〝道〟ヲ作ル程度ニ力ヲ取リ戻セルハズ――！

本来ハ回復ニ、三〇〇年程カカルノダガナ』」

「あ……あれが、そんな便利アイテムだったっていうのかい⁉」

まさかの事実にドロンジョは衝撃を受ける。

「チョット⁉　じゃああれはドクロストーンじゃなかったの⁉　せっかくアタシ達が苦労して持って帰ってきたのに⁉」

「またおしおきやでコレ……」

ボヤッキーとトンズラーも別の意味で衝撃を受けているが、

「『前回来タ時、見ツケテ我モ驚イタ。マサカコンナ片田舎ノ次元ニアッタトハ……。ダガ、前回ハ回収出来無カッタガ、今コソ、アレガ役ニ立ツ！　サァ、早ク持ッテ来ルノダ』」

〝黒竜（インビジブル・ドラゴン）〟はそんな事情は知ったこっちゃなかった。


――というわけで、ぎゅんっ！　ぎゅんっ！

現在、〝黒竜（インビジブル・ドラゴン）〟が入った〝青い宝石〟は、『安らぎの髑髏』の、眼帯の下の眼窩（がんか）にはめこまれ、そこで隣の赤い宝石からエネルギーを吸い取るように、赤い宝石の輝きが薄れていくのと引き換えに、どんどん青い輝きを強く増している。

〝黒竜（インビジブル・ドラゴン）〟曰く、数分で充電は完了するとのことだったので、ドロンジョの言う通り、まもなく〝黒竜（インビジブル・ドラゴン）〟のエネルギーはフルチャージされるだろう。

「嗚呼、なんということだったら、あんな物持って帰ってこなかったらよかったわアタシ……！」

そんな状況に嘆くのはボヤッキーである。

「せやな。あと……〝コレ〟も、乗り捨てて来たらよかったまんねんな……！」

トンズラーもふと、背後を指差す。

そこにあった〝コレ〟とは……ニューヤーカー国立博物館襲撃時、〝黒竜（インビジブル・ドラゴン）〟が出てきたせいで結局使わなかったドロンボーメカである。

アジト内には格納庫があり、ボヤッキー達と一緒に戻ってきたそのメカもそこに置かれていたのだが……。

ドロンジョは、そのメカに乗って、次元城に殴りこむと二人に宣言していたのだ。

「正気とは思えんで……」

「まったくよね……」

それは、ボヤッキー曰く……〝手抜き〟のメカで、確かに見るからに不出来。

それに元々、そんなシリアスな戦い用に作られたメカというわけでもないので、ボヤッキー達からすれば、到底〝髑髏兵〟とやらと戦えるメカには思えなかったのだが……。

『このスカポンタン！　ドロンボー一味のクライマックスは、〝メカ戦〟って四五年前から決まってんだよ！　どうせ行くなら……とことんまで、アタシ達はアタシ達らしくいくよ！』

ボスのその一言で、無謀な挑戦が確定になってしまったのだった……。

「ハァ……。ボヤやん、就職先間違えたんとちゃうか、ワイら」

「ほんとほんと。もうイヤこんな生活。故郷のおハナちゃんのところへ帰りたいわ……！」

嘆き悲しむ二人。

しかし再びスイッチの入ったボス、ドロンジョのせいで、事態はもう、引き返せないところまで来てしまっている。

「『ヨシ。充電完了ダ』」

そんな中。

チンッ。何故かレンチン完了音のような音と共に、ポンッ。

『安らぎの髑髏』の眼帯の下から、トースターに押し出されたトーストのように、〝黒竜(インビジブル・ドラゴン)〟の入った青い宝石が押し上げられ、パシッ。ドロンジョが空中でそれを掴み取る。

「『ヨシ。我ガ名ヲ呼べ、黒キ女ヨ』」

そして〝黒竜(インビジブル・ドラゴン)〟は告げるのだった。

「『無理ヤリ出ルコトモ出来ルガ……ドローリアノ同一存在デアルオ前ガ呼ンデクレタホウガ、我モ、気合ガ入ル』」

「オッケー！　それじゃ……いくよお前達！」

威勢よく吼える、調子の出てきたドロンジョ。

そんなドロンジョに、手下二人も結局覚悟を決めた。

「え、ええい、こうなりゃもうヤケよ……アラサッサー！」

「ホラサッサー！　まんねん！」

泣きながら最敬礼し、ボスへの無償の愛を表明するボヤッキーとトンズラー。

「『頼ンダゾ……！』」

そして、次の瞬間、カッ――！

アジトの中が眩(まばゆ)く光り。

三人の背後にあった、アジトの格納庫の中に、体長二〇メートルはあろうかという、ドロンジョ達がニューヤーカー国立博物館で出会った時の姿に戻った〝黒竜(インビジブル・ドラゴン)〟が、天井スレスレで、三人の目の前に出現した。

「よし……やっておしまい！　〝黒竜(インビジブル・ドラゴン)〟」

いつもの要領で叫ぶドロンジョ。

「『アラホラサッサー！』」

ノリ良く答える〝黒竜(インビジブル・ドラゴン)〟。

そしてそのまま〝黒竜(インビジブル・ドラゴン)〟はアジトの天井に向かってカパッと口を開き、ゴウッ！

天を貫くような閃光を口内から放射すると——瞬く間にその光は、天井を、そしてアジトの上の、アジトを偽装する為のドロンボー一味経営のインチキレストランを吹き飛ばす！

次の瞬間、大きく穿たれた穴越しに、三人の視界に映ったのは、

「お、ちょうど、雨も止(や)んだみたいだよ⁉」

さっきまでの土砂降りがまるでウソだったかのように、明るいエネルギーに満ち始めた青い空。

そして、〝黒竜(インビジブル・ドラゴン)〟の放った光は、そのままその青い空まで到達し……！

ちゅどーん！

アジト上空の〝空〟に巨大な穴を開け、その先に——次元城をうっすら映しだした。

空の中に、〝次元の門〟が開いたのである。

「『サァ、我ノ力ハ、ココマデダ……！』」

次の瞬間……しゅるるるるる。チカラを使い果たしたように、〝黒竜(インビジブル・ドラゴン)〟が再び小さくなり始める。

「『一応、マダホンノ少シ余力ヲ残シテイルノデ、コノ姿デツイテイクガ……！　我ニ何モ

期待スルナ。モウ、オ前達ヲ助ケルホド力ハ残サレテイナイ』」

「上等だよ……！」

答えたのはドロンジョ。

「あとはアタシ達ドロンボー一味に任せな！」

ガシッ！　そして、小さくなった〝黒　竜（インビジブル・ドラゴン）〟を鷲掴みにし、

「ようし……行くよ！　ボヤッキー！　トンズラー！　メカ戦開始だ！」

「「アラホラサッサー！」」

ボヤッキー、トンズラーが、ドロンボー一味のメカをジェット噴射で飛び上がらせ、次元城へ続く穴に向かって加速させる。

天下分け目の大乱闘。

ドロンボー一味対髑髏兵の、まさかのメカ戦開始の号砲である――――！

ちなみに――。

アジトから空へ向かって飛翔した、ドロンボー一味の新メカ。

その姿に街が騒然となる中…………正義に燃える眼差しで、それを見つめている男女が、近くの電柱の陰にコッソリ身を隠していたことも語っておかねばなるまい。

「ア、アイちゃん……！　今の見た⁉」

「ええ、ガンちゃん！」

顔を見合わせ話しているのは、揃いの私服ツナギに身を包む、美男美女の素敵カップル。

高田（たかだ）ガン。

上成愛（かみなりあい）。

またの名を〝ヤッターマン〟。正義の味方の二人である！

「どこへ行く気だドロンジョ達め………また悪さしに行くつもりだな！」

「許せない！　今度こそ止めなくちゃ！」

何も知らない正義の味方の二人は、いつものパターンだと判断。

「ようし！　アイちゃん、追いかけよう！」

「オッケー！　ヤッターマン出動ね！」

ダッ!!　ツナギ姿のまま、颯爽と基地にヤッターワンを取りに行く、高田ガンと上成愛。

何かとてつもない勘違いはあるが………

ともかく、これで、役者は揃ったのだった。

ドロンボー一味。

ヤッターマン一号二号。

そして、遠く離れた次元から、ダラケブタ、トンズレッタ、ボヤトリス――

それぞれの覚悟と、それぞれの思惑を乗せて。三つの勢力が今、次元城へ向かって行動を開始したのである。

八章・天下分け目の大メカ戦！

そんな人間達がいるとは露知らず――次元城裏にある、どこまでも続く不毛な鉄の砂漠のど真ん中。

そこに、ポツンと佇む、二人の少女の姿があった。

一人は、モンパルナス王国王女改め、〝次元の巫女〟となった少女、ドローリア。

そしてもう一人は、元戦女神(ヴァルキリアス)『ドロンジョ』にして、現、次元管理局第八方面支部司令官、ドロクレア。

髑髏(どくろ)兵との決戦に挑まんとする二人である。

そんな二人の前には、ポツンと白い石盤が立っている。

そこには、こんなことが書かれていた。

『〝次元の巫女〟の力の発現を確認――』

『懲罰端末兵器〝髑髏兵〟を起動――』

『起動開始まであと、○時間、○分、五九秒――』

「……いよいよだな」

石盤を前にしながら、静かな声で言うドロクレア。

「……待っていろ、トンズレッタ、ボヤトリス。お前達に悲しい想いは二度とさせん。お前達の両親の仇――この私が、必ず取るからな……！」

既に戦闘モードに頭が移行しているドロクレアは、隣にドローリアがいるにもかかわらず、ぶつぶつ一人で呟いている。

一方――その隣で、ドローリアは、冴えない表情を浮かべていた。

「……ドロクレア」

そしてドローリアは、ふいに、隣のドロクレアへ声をかける。

「？　なんだ？」

「妾(わらわ)は……正しかったのだろうか」

ぽつりと、こぼすようにドローリア。

「……何？」

「あんなに世話になったドロンジョに……妾……ひどい仕打ちをしてしまった」

ドロンジョと対峙した時は、あんなにも冷徹な態度だったにもかかわらず。〝黒竜(インビジブル・ドラゴン)〟の予想通り、ドローリアはしょんぼりした気分になっていた。

「ダラケブタにもじゃ。確かに、妾は、あの二人を巻き込みたくはなかった。が、だからといって、あの二人を傷つけるような真似をする権利は、妾にはなかったのでは…………」

「それは違う」

それに対し、ドロクレアは即答。

「お前はあの二人を傷つけたのではない。あの二人を守ったのだ」

まっすぐと、カウントダウンを刻む石盤を見ながら、

「目に見える、分かりやすい、表面的な優しさだけが優しさではない。私は知っている。本当に大切な人間は、大切だからこそ、何をしてでも……たとえ相手を傷つけてでも、守らな

ければならない。

私達はそれを実行しているだけだ。いつか近い将来、それを連中も分かってくれる」

「……だといいんじゃがな」

ドロクレアの言っていることは、ドローリアにも理解できたが、それでも、ドローリアの心の中は、どこか晴れなかった。

「そんなことより……まもなくだぞ。準備はできているのか？」

しかし、そのわだかまりを晴らすには、残された時間が足りなかった。

ドロクレアが目の前の石盤を見ながら淡々と言う。石盤に表示された残り時間は、もう既に二〇秒を切っている。

「……分かっておる」

なのでドローリアは、その迷いを頭の中から追いやって、無理やり頷いた。

「まずは、ドロクレア。お主が髑髏兵の気を引き……その間に、妾が力を溜めて、対髑髏兵用の〝禁術〟を放つ」

「そうだ」

ドロクレアは頷き、

「あの時の敗北で、ほとんどの力を失い、私はもう戦女神(ヴァルキリアス)としては戦えないが……！」

憎悪に満ちた眼で、石盤を睨み続けながらドロクレア。

「その分。次元城で、血の滲む思いで〝次元管理局員としてのスキル〟は訓練してきた。何年もかけて、下準備もしてきている。十分時間は稼げるはずだ。心配しなくていい」

「……分かった」

ここまで来た以上、引き返すことも、過去の選択を変えることもできないことは、ドローリアにも分かっていた。

残り時間が一〇秒を切った。

「任せるがよい」

ドローリアは、自分に言い聞かせるように、もう一度呟いた。

「妾は、〝次元の巫女〟の末裔……！　妾の両親や一族の無念をしっかり背負い、髑髏兵への復讐を果たしてみせる……！」

「その意気だ」

満足そうに頷くドロクレア。

すると、その瞬間だった。

ギィイイイーーッ！

眼前の石盤から、なにかの断末魔のような、おぞましい音が鳴り響く。

『起動開始まであと、〇時間、〇分、〇秒――戦闘準備プロセス終了。――戦闘起動開始。〝次元の巫女〟の排除を開始する……！』

石盤のディスプレイが無機質にそれを告げると……、
ゴゴゴゴゴゴ……！　砂漠どころか、星全体が揺れているような地響きが鳴り、石盤が立っていた地面ごと、ゆっくり隆起していく。

「来るぞ……気を引き締めろ！」

「上等じゃ！」

戦闘態勢に入るドロクレアとドローリア。

二人の復讐者と、髑髏兵による第一ラウンドの幕が上がる――――！

※

「で、でかい…………！」

直後。目の前に現れた髑髏兵の姿に、ドローリアは思わず呟いていた。

全長は、〝黒竜（インビジブル・ドラゴン）〟の倍……五〇メートルはあるだろうか。

冗談じみた……幼児向け番組のキャラのような、三頭身の身体で。三分の一を占める頭部が、毒々しい、緑と茶色が混ざったような色の骸骨で出来ている。

目元には、まったくサイズの合っていない小さな丸いサングラス、口元には大きな前歯が出ており、それが結果、全身から不気味な愛嬌を醸し出していた。首から下の残りの三分の二は、巨大な鉄製の外套のようなものに覆われている。

そしてその不気味な三頭身の怪物は――

『〝次元の巫女〟……〝ＯＳＨＩＯＫＩ〟だべぇぇぇ……!!』

次の瞬間。

ギランッ。サングラスの下の眼窩を赤く光らせ、星全体が振動するような大声でそう咆哮すると。ギギギッ。視線をドローリアに向け、固定した。

「ひっ……！」

「呑まれるな！」

思わず悲鳴を上げかけるドローリアに、容赦のない口調でドロクレア。

「作戦通り行くぞ！　私が奴をひきつける、お前は下がって、力を発動させろ！」

ドンッ、とドローリアを突き飛ばし下がらせてから、

「会いたかったぞ……髑髏兵」

ドロクレアは、自身の数十倍に及ぶ髑髏兵を相手に、真っ向から対峙し、呟いた。

「覚えているか？　一三年前、お前に故郷を焼かれた戦女神(ヴァルキリアス)だ」

『〝ＯＳＨＩＯＫＩ〟だべぇ……‼』

しかし髑髏兵は、ドロクレアには何の反応も示さなかった。

亡霊のように、ドローリアを見ながら、咆哮するだけである。

「クッ……！」

ドロクレアは腹立たしげに顔を歪め、

「……まあいい。もとより、貴様と話し合いの場を持ちに来たのではない。我が仲間の仇……そして何より、トンズレッタとボヤトリスの笑顔の為……何も言わず、そのままそこで、焼き尽くされて死んでくれ」

パチンッ。

刹那。ドロクレアは、ダラケブタが、トンズレッタとの戦いの時に打ち鳴らしたように、派手に中指と親指を交差させ、高らかな音を鳴らす。

次の瞬間、髑髏兵の頭上、つまり地上五〇メートル以上の高さに、突然、ぽっかりと穴が出現……！

「この日の為に、ありったけ、〝次元の押入れ〟に次元管理局の戦闘用弾頭を詰め込んでおいたぞ……遠慮せず、全て持っていくがいい‼」

ドロクレアが叫んだ瞬間、ズッ――そこから、大量のミサイルが落下し、
ドォォォォォン！

大地全体を揺るがすような振動の中、髑髏兵の頭部を直撃。

ドォォォォォン！　ドォォォォォン！

そのまま間髪いれず次々髑髏兵に着弾し、髑髏兵が、一瞬で炎と煙に包まれる。

「な、なんという技じゃ…………⁉」

こちらにまで飛んでくる爆風と砂塵に、手を翳し目を守りながら、ドローリアはその光景に驚嘆の声をあげた。

「ダラケブタの技とは桁が違う……！　こ、これが次元管理局司令官の力か！」

もはや、自分が戦う必要があるのだろうか？　そんな心配が必要になってくるレベルだったが……しかし数秒後。

「なっ……………⁉」

ドローリアは、思わず目を見開いた。

爆撃が止み、風が髑髏兵から炎と煙を剥ぎ取った瞬間。そこに現れたのは、まるでドロクレアの攻撃自体なかったかのような姿で、攻撃を受ける前とまったく変わらない様子で屹立している、髑髏兵の姿だった。

「当然だ……！」

それを見ながら、ドロクレアは憎々しげに言う。

「この程度の攻撃で奴を倒せればワケはない！　奴は全次元最悪の兵器なんだぞ⁉」

言いながら、パチンッ！　再び指パッチンを鳴らすドロクレア。

すると次の瞬間、今度は、髑髏兵の四方八方に穴が開き――

ドドドドドド！

そこから飛び出した、無数の戦艦の砲塔のようなものが、髑髏兵に砲弾の雨を浴びせかける。

「だからこそ……！　お前の力が必要なんだ、〝次元の巫女〟」

その状態で、髑髏兵から目を離さないまま、ドロクレアは言った。

「しばらくは、こうして私が時を稼ぐ。だからさっさと〝禁術〟の用意を済ませろ！」

「わ、分かっておるわ……！」

結局、ドローリアがやらねばならないらしい。

「よし……！」

ドローリアは、集中した状態で髑髏兵に向かって掌を翳した。

それは――次元城で観たビデオレターの中で。ドローリアの両親がドローリアに使い方を教えた、〝黒　竜〟以上に危険だという、対髑髏兵専用の〝究極の禁術〟。

正直……ビデオの中でも、自分への言葉そっちのけで、そんな戦闘用の術を教える両親へのわだかまりが、ドローリアの心の中にないわけではなかった。

妾は、ただ髑髏兵を倒す為だけの存在なのか？

それ以外の感情は不要なのか――⁉

だが、今、そんなことを言っても始まらないことを、ドローリアは理解している。

あらゆる迷いを胸にしまいこみ……ドローリアは、集中力のギアを一気に上げる！

「だからゆけ……！　〝最大禁術〟――〝白　竜〟！」

決然と叫ぶ。

「妾が両親……そして一族の仇を打て‼」

掌を輝かせ、大声で叫ぶドローリア。

しかし次の瞬間、戦場に響き渡ったのは、

『〝ＯＳＨＩＯＫＩ〟だべぇぇ……‼』

ドローリアの〝禁術〟が放つ轟音ではなく。

ドロクレアの砲撃を全て受けきった後、陽炎(かげろう)が立ち上る炎の中から無傷で姿を現した、髑髏兵の不気味な咆哮だけだった……！

※

「ん？」

「え？」

一瞬、何が起こったのか理解できないドローリアとドロクレア。

というのも、口上を述べたにもかかわらず……。

ドローリアの掌から……何も出現しなかったのだ。

「⁉　な……何故じゃ⁉　妾はちゃんと教えられた通りにやったぞ⁉」

「……落ち着け」

さすが司令官だけあって、微塵も動揺せず、冷静な声でドロクレア。

「たまたまだろう。砲弾はまだ残っている。落ち着いて、もう一度やってみるんだ」

パチンッ。爆撃を再開しながら、力づけるようにドローリアに言う。

「あ、ああ……！」

確かに、今のは、うまく集中しきれていなかったのかもしれない。

「ゆ、ゆけ――〝白竜(ジャッジメント・ドラゴン)〟！」

なのでドローリアは頷き、再度、掌に力をこめ、髑髏兵に向かって叫んだ。

「今度こそ――その炎で、妾が一族の仇を薙ぎ払うのじゃ!!」

力の限り叫び、掌にもグッと力をこめるが、

「…………………………」

シン――。

周囲には、やはり、何の変化も起こらなかった。

「何だと……!?」

その光景に、唖然と呟くドロクレア。

「な、何故じゃ…………？」

ドローリアも唖然していた。なにせ、ドローリアは教わったとおりにやっているのだ。

なのに何故……ウンともスンとも言わないのだ⁇　次元城で戦った時はあんなにうまく〝禁術〟を使えたのに？　しかも……こんな大事な場面で。

「…………チッ…………！」

するとその瞬間。ドロクレアがグッと何かを呑み込むような表情で舌打ちし、

「もう少し、私が時間を稼ぐ」

パチンッ。指を鳴らし、自分の手元に、自動小銃のようなものを出現させながら言う。

「砲弾はもう尽きるが……直接、もっと近づいて戦えば、その間は奴の注意を私に向けられるはずだ。お前はその間になんとか〝禁術〟を使えるようにしろ」

そう言うと、そこからはあっという間だった。

「こっちだ！　髑髏兵！」

パラララララ！　ドロクレアが、到底効果があるとは思えない手持ちの銃で、髑髏兵を撃ちながらひきつけるように動き出した。

「なっ……お、おい⁉」

その行動にドローリアは真っ青になるが、果たして、それは、ひとまず効果があったらしい。

ドロクレアの銃撃を全て受けきった後、髑髏兵は、足元に近づいてきた蟻のごとき存在――ドロクレアを、最初に排除すべく存在だと認識したらしく、

『〝ＯＳＨＩＯＫＩ〟……だべぇ……‼』

ゴウッ！　叩き潰すべく、右の拳を足元のドロクレアに打ち放つ。

「くっ………！」

それに対し、ドロクレアは死に物狂いで地面をスライディングし、回避。

どぉぉん！　空振りした拳が大地に刺さり、亀裂を作る中、さらに必死に立ち上がり、

「まだまだ……！　私はまだ死んでいないぞ髑髏兵！　こっちだ！」

さらにまた無謀な戦いを挑んでいる。

「ば、馬鹿な！」

その光景に、ドローリアは焦った顔で絶叫する。

「そんなやり方で、時間など大して稼げるはずがないだろう⁉」

「いいから急げ！」

そんなドローリアにドロクレアが叫び返す。

「これで一秒でも稼げて、その一秒で髑髏兵を討てるなら、それは私の本望だ！　死んでも悔いは無い。だから頼む……今のうちに〝白竜(ジャッジメント・ドラゴン)〟を発動してくれ！」

「くっ……⁉」

怒鳴られたドローリアは、仕方なく必死に自分に集中し、必死に掌に力をこめる。

「頼む……！　頼む……！　〝白竜(ジャッジメント・ドラゴン)〟！　出てくれ！　このままではドロクレアが死んでしまう！」

すがるように叫びながら発動を試みるが、シン――。

やはり掌からは、何も生まれない。

「何故じゃ…………⁉」

愕然とするドローリア。

「これでは……ドロンジョ達を追い返した意味がないではないか⁉」

焦りと、自分のふがいなさ、自分の情けなさにドローリアは呆然となった。

わざわざ嫌われ役を演じてまで、ドロンジョやダラケブタを追い返し、〝次元の巫女〟としての役割を果たそうとしたのに。

しかし、その決意が今、まるで誰かに嘲笑われるかのように失敗に終わろうとしている。

「くそ……！」

ドローリアは目の前が真っ暗になりそうだった。

そしてドローリアは、自分の人生が、今まで万事が万事、そうだったことを思い出す。

モンパルナス王国の王族として、周囲の期待に応えようとガムシャラに頑張り、そんな自分で良いと思っていたのに。

いつしか疑念が生まれ、ドロンジョ達を手助けしようとし、結果的に今回のような騒動を巻き起こす発端となった。

今回も、良かれと思ってドロンジョ達を追い返し、一人〝次元の巫女〟として戦おうと決めたのに……何故か力が出ず、ドロクレアを危機に追い込んでいる。

いつも、自分は大事な選択を間違える。

そしていつも、その結果、その選択を一人で背負いきれずに、周囲に迷惑をかけている。

「何故……何故妾はこんなにも役立たずなのじゃ…………！」

色々な後悔や過去が頭を駆け巡り、思考が千々に乱れるドローリア。

「ウゥッ⁉」

その瞬間だった。

前方からの声でドローリアは我に返った。

目の前。幾度も幾度もドロクレアがかわし、髑髏兵の拳を受け続けた結果、ひび割れだらけになった大地。

そこに、疲労から足を取られたのか。ドロクレアが、悲鳴をあげ倒れこんでいた。

「ドロクレア！」

「ハァ、ハァ、く、来るな……！」

ドロクレアは小銃を杖代わりに立ち、ドローリアを制す。

「安心しろ……！　私はそう簡単には死なん。あの二人の為にもな」

フラフラで、全身砂まみれの状態で髑髏兵を睨み返しながら、

「さぁ、来い髑髏兵。私はまだ死んでいないぞ！　殺したければ……しっかり殺せ！」

未だ衰えない闘争心と共に叫んでいる。

『〝ＯＳＨＩＯＫＩ〟だべぇぇ……!!』

髑髏兵は、そんなドロクレアの言葉に応じるかのように、今までと同じタイミング、同じ角度で、無機質にドロクレアに向かって拳を振り上げた。

ドロクレアは、立ってはいるが動く気配が無い。

今度ばかりは避けられない。このままではドロクレアは確実に死んでしまう――――！

「頼む……！　〝白竜（ジャッジメント・ドラゴン）〟！」

だからその状況で、ドローリアは、必死に叫んだ。

「こんな妾じゃが……いや、こんな妾じゃからこそ……妾に力を貸してくれ!!」

懸命に叫ぶが――しかしやはり、ドローリアの掌からは、何一つ発動しない……。

するとその瞬間。

ゴウッ！

まるで運命がドローリアのことを見放したように。

髑髏兵が、ドローリアの目の前で、ドロクレアに向かって拳を振り下ろす。

「そんな………」

その光景を見て……ドローリアは、思わず叫ぶ。

「やめてくれ……！」

間に合わないと分かりつつ、ドロクレアに向かって駆け出しながら、ドローリアは叫ぶ。

「やめてくれ……！　妾の命ならくれてやる！　そいつは、妾のことを信じてここへ来ただけなのじゃ!!」

喉が張り裂けんばかりに叫ぶドローリア。

しかし、髑髏兵の拳は止まらない。

その下で、ドロクレアは、皮肉げな笑みを浮かべる。

「これが私の人生の結末か……！」

「助けてくれ……」

そんな光景を見ながら、ドローリアは、もはや懇願するように言った。

「誰か……ドロクレアを……妾達を助けてくれ！」

走りながら、涙をにじませながら、誰にも届くはずのない願いを口にするドローリア。

「当たり前だろう！」

――その瞬間だった。

「アンタみたいな半人前、このまま見捨てちまったら――ドロンボー一味の沽券(こけん)にかかわるって言ってんだろ!?」

遥か上空から降り注ぐ、やたら傲慢な女の声。

「えっ…………!?」

思わず目を丸くするドローリア。

次の瞬間、ドローリアの世界が一変した――！

※

「なっ…………⁉」

それは……ドローリアにとって、あまりにもありえない光景だった。

次元城裏手の砂漠地帯。

そこでたった今、ドロクレアが髑髏兵の拳で葬られようとしていたのだが……！

その振り下ろされた拳に、〝ありえないもの〟が突き刺さっていたのだ。

それは、――〝自転車〟。

高さ一〇メートル程の車輪がまっすぐ三つ連結された、巨大な三人乗り自転車――。いや、車輪が三つなので、超巨大三輪車……！

そんな非現実的な大きさの三輪車が、髑髏兵の拳に、その拳と同じくらいの大きさの前輪をギャリギャリと衝突させ――押し留めていたのだ。

「な……なんじゃあ⁉」

そんな目の前の超現象に、状況が全く理解できず叫ぶドローリア。

「さぁお前達……！　一回押し戻しちまうよ‼」

そんな中。ドローリアを無視し。その小船の如き三輪車に三つ設置されているサドルの上で、腕を組んで立っている黒衣のオンナが、号令を下した。

「アラサッサー！」

「ホラサッサー！」

するすると次の瞬間、呼応するように、ヤケクソ気味のオッサン二人の声が中空に響く！

「こうなりゃヤケよ！」

「ボヤやん！　いつものヤツ、イッパツ頼むわ！」

「任されたのよトンちゃん。それじゃ……行きましょうかね⁉」

片方のオッサンが意気込んで、すぅっ、と息を吸い込み、

「全国の女子高生のみなさ〜ん、ちゃんと見ててね……これがドロンボー一味が誇る一番の見せ場……元祖〝ポチッとな！〟の瞬間よ⁉」

言いながら、何かのボタンを操作する。

「〝ポチッとな！〟」

すると、次の瞬間だった――！

ウィィィン……。三輪車のハンドル部分についていた、巨大なベルの蓋がカパッと開き……ヒュンッ！　ヒュンッ！　そこから、大量の自転車のベルが、小型ＵＦＯのように無数に射出され始める！

「今週のゾロメカは、全国改造自転車兵器協会推薦の特製チリンチリンメカ……！　ドロンジョ様に言われて、えらい短い工期で作ったんだから！　味わって喰らってよね！」

「いけ〜〜！　でまんねん！」

その掛け声に乗るように、小型自転車ベルが、髑髏兵の顔面に向かって次々、数百個ほどは襲来し、そして――！

ちゅどーん！

一斉に爆発！

『⁉　〝ＯＳＨＩＯＫＩ〟…………⁉』

すると……ドローリアの前で、まさかの事態が起こった。

爆発が終わった後。髑髏兵の顔面と両手に、信じられない量の……恐らく、数百～数千トン単位の真っ白な粘着物……〝モチ〟……が絡み付いていたのだ……！

『⁉　⁉　〝ＯＳＨＩＯＫＩ〟…………⁉』

髑髏兵も恐らく、生誕以来、そんな低レベルな攻撃というか、ただの悪質な迷惑行為？は喰らったことがなかったのだろう。

絡み付いたモチを引き剥がそうと格闘し、しかし格闘すれば格闘するほどモチに纏わり付かれ、グルグル、その場を回り始めた。

「「「ギャーハッハッハ！」」」

その光景を見ながら、自転車の上の三人は爆笑している。

「なんだいなんだいマヌケだねぇ。なんか大層な兵器だって話だったのに大したことないじゃないか⁉」

「特製〝ベルモチ〟爆弾、思ったよりイケそうですわね、ドロンジョ様！」

「なんや、これやったらヤッターマンのほうがよっぽど手強いでんな♪」

三人は小躍りしているが、

「馬鹿な……⁉」

その光景に呟いたのは、勿論、地上のドローリア、そして、この騒ぎに乗じて、ドローリアの下に生還したドロクレアだった。

「あ、あんなくだらん攻撃が有効なのか……⁉　私が集めた数十万トンに及ぶ弾薬はなんだったのだ……⁉」

絶望したように呟くドロクレア。確かにモチに負けたドロクレアは余りに気の毒だった。

「さぁ、チャンスだよ‼」

そんな中、上空の女はさらに叫ぶ。

「ドロンボー一味がお膳立てしてやったんだ！　こんなこと滅多にないんだから……このチャンス！　ありがたく使いな、アンタ達！」

虚空に向けて叫ぶドロンジョ。

「やれやれ」

すると、その瞬間だった。

「んじゃお言葉に甘えて、暴れさせてもらうとするか……スマートにな」

地上のドローリアとドロクレアをさらに驚愕させる……もう一つの援軍が、二人の上空に出現した――！


それは――一機のペットボトルロケット、つまり次元航行機だった。

そこに必死にしがみついているのは、スーツ姿の豚、そして、自分の身の丈を超える赤い刀を背負っている紫紺の髪の女に、何故か、セーラー服を纏っている、緑の髪の、表情に乏しい小柄な少女。

「馬鹿な……⁉」

それを目にしたドロクレアは絶句。

その三人は、絶句されてるとも知らず、そのペットボトルロケットの上で、言い争いを始める。

「この愚鈍！　貴方がそんな刀を取りに帰るから、戦場に来るのが奴らより遅れた！　一番乗りできなかった！　馬鹿トンズレッタ！」

「そうカリカリするな、ボヤトリス。お前だって、久々にその〝戦闘服〟を着用するのに手間取ってたじゃないか」

「う、うるさい！　この服は特殊な形をしているから、着るのに時間がかかるのは仕方が無い！」

「ま、まぁまぁ、お姉さん方、ここはクールな場面ですから、もう少しスマートに――」

「「豚は黙ってろ！」」

最後の豚の訴えは女子二人に同時にかき消され、

「よし」

次の瞬間。

「まぁ、確かに遅れたのは、私の責任でもある。ではまず……私から働いてみせよう！」

とんっ……巨大な刀を背負っている少女が、平然と、ペットボトルロケットから飛翔、

「私の切り札。母さまの形見――妖刀『満燃（まんねん）』の力！　とくと見るがいい、髑髏兵！」

そして大きく振りかぶって髑髏兵に構えると……

「ドッカーン！」

そんなアホ丸出しの掛け声と共に――少女は刀を一閃した！　すると。

ズバァ！　ドロンジョ達に放ったものとはわけが違う――ビル一つをそのまま真っ二つにしそうな極太の斬撃が発生……！

ズガァァン！　その斬撃は、トリモチで迷走している髑髏兵の足元の大地に直撃！　巨大

な亀裂を発生させ、どぉぉん！　髑髏兵は、片足をそのくぼみに落とし、そのままガクッとバランスを崩した。

「おお⁉」

思わず目を見張るドローリアとドロクレア。

「ガッハッハ！　どうだ！　いい働きだっただろう⁉　ボヤトリス！」

そんな中、その少女は上空を落下しながら上機嫌に言っているが、

「当たり前！」

それに、緑の髪の少女が苛立ち混じりに答えた。

「貴方はさっきバリアを破るとき、指をくわえてわたしとダラケブタを見ていただけで一切何のカロリーも消費していない！　まったく腹が立つ。こうなったら……わたしも少し、ウサを晴らさせてもらう」

少女は呟くと、とんっ……！　身を躍らせて、ペットボトルロケットから飛び上がり、

「わたしにだって、母様の形見がある……複合電子戦闘服〝sailor〟――――！　久々に、本格始動させてもらう！　ピコッとな！」

その瞬間、少女が着ていたセーラー服の柄が一変。

制服全体がまるでＰＣのキーボードのような柄になる。

「こんなこともあろうかと……この近辺には、姉様に害なす存在を抹殺すべく、色々防御システムを改造して罠をしかけている！　姉様は危ないから作動しないように司令官権限でロックをかけたと言っていたけど……この制服があれば、そんなセキュリティ破るのは、六世代前のＯＳのＰＣをハッキングするより容易い！」

そのまま少女は、自分の全身に表示されるキーボードを器用にタッチタイピング！　えげつない速度で少女がキーボードを打ち続けると、次の瞬間。

ドォン！　ドォン！　ドォン！　ドォン！

今度は、髑髏兵が足を取られていた亀裂の奥で、次々、連鎖するように謎の爆発が起こり……ガクゥ！　結果、亀裂の奥で髑髏兵の足を支えていた地盤が沈みこみ、亀裂はさらに深くなり、髑髏兵は、もはや半分亀裂に落下したような……身体のほとんどが亀裂に沈んでいる状態になる。

「おおお⁉」

「なんと………⁉」

その攻勢にまたまた目を見張る地上のドローリアとドロクレア。

「ダラケブタ！」

「トドメ！」

そんな中、まだペットボトルロケットの上に残っていた豚に、落下しながら少女二人は命令。

「はぁ……」

ガックリ肩を落としながら豚。

「めんどくせぇ……この世には、人使いの荒いオンナしか存在しねぇのかよ……⁉」

呆れたように言うが、

「まぁいい……んじゃ、俺は俺で。ストレス発散……つか。断捨離させてもらうわ」

覚悟を決めたように豚は言うと……パチンッ。

蹄(ひづめ)を鳴らす。

すると同時に、髑髏兵の頭上に穴が開く。

そこから現れたのは、当然、ドロクレアが出したような立派な弾頭などではなく――――！

「母ちゃんが俺の〝次元の押入れ〟に無理やり入れた、俺が産まれる前からある、我が家の数十年分の粗大ゴミだ。悪いけど……ここに不法投棄させてもらうわ！　スマートにな！」

その瞬間、ドドドドドド……くたびれたソファ、どう見ても壊れている冷蔵庫、型の古い掃除機、テレビ、エアコン、etc. etc. ……下手すれば、トラック十数台分に及ぶ粗大ゴミが亀裂に埋もれる髑髏兵の上に降り積もり、あっという間に小山を作って髑髏兵を生き埋めにする……！

「馬鹿な………！　髑髏兵を無力化した……⁉」

唖然と声をあげるドローリア。ドロクレアは反対に憤る。

「いや、それより……あの豚……！　正式には会社の持ち物である〝次元の押入れ〟をあんな私物でいっぱいにしていたのか⁉　許さん！　クビだ！」

「いや、問題はそこではないし、奴は既にお主がクビにしたのでは⁉　というか」

我に返りながら、ドローリアはつくづく呻く。

「なんという奴らじゃ………！」

目の前のゴミの山を見ながら、ドローリアは言葉を失っていた。

無論、髑髏兵は、こんなことくらいで倒れてはいないだろう。すぐまた動き出すだろう。

だが、今上空に現れた面々は、あまりにあっさり、あまりにあっけなく、あまりに気楽に……髑髏兵を行動不能にしてしまったのだ。

自分達は、いや自分は、あんなに頑張った結果、何も出来なかったのに……！

「こ、これなら……妾なんかいなくても、なんとかなるのではないのか……⁉」

そんな状況に、思わず、そんな後ろ向きな感情を抱いてしまうドローリア。

しかし——その瞬間だった。

「ちょっと！　何ボサッとしてんだいスカポンタン⁉」

いきなり、ドローリアのすぐ背後から声が轟く。

「アンタがやるって言い出した事だろ⁉」

振り返るとそこには——

「アンタはもう、半人前とはいえ、ドロンボー一味の手下なんだから——！　今日は、アンタがこの話に、オチつけるんだよ‼」

ドローリアを救った黒衣のオンナドロボウ。

ドロンジョが、いつの間にか近くに降り立っていた——！

※

「ドロンジョ…………！」

思わず声をあげるドローリア。

そう……ドローリアの危機、そしてドロクレアの危機に現れたのは、ドロンジョ、ボヤッキー、トンズラー。

そしてそこにダラケブタ、トンズレッタ、ボヤトリスの三人も加わった、もはや収拾がつかなくなりそうなくらいカオスな六人のチームだった。

その中のドロンジョが、いつの間にかドローリアの傍に立っていた。

「すまん……！」

そんなドロンジョを見て、ドローリアは、すぐさまバツの悪そうな表情で、俯き加減に謝罪。

「こうならぬように、あんなヒドことまで言ったのに……妾が無能なせいで、結局、お主を巻き込んでしまったのじゃな……」

悔しげな表情でそう言い、さらに、

「しかも、自分で言い出しておいて。この期に及んで妾は、〝禁術〟一つまともに発動できずにおるときておる……！　全次元見渡しても、妾ほどの役立たずはそうおるまい。さすがのお主も呆れて――」

そのまま沈んだ顔でドローリアは自嘲の言葉を重ねていこうとするが、

「あぁもう！　五月蝿いね、このスカポンタン！」

そんなドローリアの言葉を遮るように、ドロンジョは容赦なくデコピンを打ち込んだ。

「ウェッ⁉　痛い⁉」

「アンタも、ドロンボー一味なら！　一回や二回、悪巧みが失敗したくらいで律儀に落ち込んでんじゃないよ⁉」

そしてふんぞり返りながら、決して社会的には褒められない倫理もぶち込む。

「たとえ結果がどうなろうとも。自分で考えて、それで良いと思ってやったことなら、失敗しようが怒られようが、堂々としてりゃいいんだよ！　それが悪党なんだから！」

「ドロンジョ……！」

その言葉に、驚いたように顔を上げるドローリア。

とんでもないことを言っているし、言葉遣いも全く丁寧ではないが……その言葉の裏にほんの少しだけある、分かりにくい優しさがドローリアには届いていた。

「それに、謝るならこのトカゲに謝るんだね」

さらにドロンジョは、首根っこを掴んだ状態で持っていた黒い生き物をドローリアの前に差し出す。

「〝黒竜（インビジブル・ドラゴン）〟……！」

目を見張るドローリア。そこには、目を疑うほど普段のサイズから小さく縮み、今はくたびれきってしまったのか、うつらうつらと眠っている〝黒竜（インビジブル・ドラゴン）〟の姿があった。

「コイツがあんまりアンタがピンチだって言うから、仕方なく来てやったんだよ！　ったく……アタシ達ゃアタシ達でドロボウ活動で忙しかったってのに」

ぶちぶち、不満そうに言うドロンジョ。

「すまん……〝黒竜（インビジブル・ドラゴン）〟」

そんな中、ドローリアは〝黒竜（インビジブル・ドラゴン）〟を受け取り、ギュッと大事そうに抱え込む。

「いつもお主は妾を慮ってくれる……これからも……これからも一緒じゃからな……」

「やれやれ」

そんな、ちょっとほのぼのした光景を見て、ドロンジョは一つため息をつきつつ。

「それで？　今、どういう状況なんだい」

現状、ダラケブタの攻撃？　不法投棄？　で、一瞬行動不能になった髑髏兵を見ながらドロンジョは聞いた。

「あのシリアスなカンジ。どう考えても、あんな攻撃でくたばる奴じゃないだろ？」

「それが――」

そこでドローリアは、現状を話す。あの後、自分は、対髑髏兵用の究極の禁術を入手。ドロクレアの指示の下、それを使って戦おうとしたが、何故か全く力が出ず、〝禁術〟を発動できず、その結果ドロクレアを危機に晒してしまっていたことを――。

「ま、だいたい〝黒竜（インビジブル・ドラゴン）〟が言ってた通りの状況ってワケか……」

ドロンジョは即座に理解する。〝黒竜（インビジブル・ドラゴン）〟は言っていた。ドローリアには今、動揺や迷いがある。〝禁術〟は繊細な術なので、気持ちに迷いがあればマトモに制御できないと。

「何故こうなるのか……妾には一切分からんのじゃ……！」

そしてドロンジョに状況を話したドローリアは、素直な気持ちをドロンジョに吐露する。

「妾は、これでも一生懸命やってるつもりなのに……！　〝次元の巫女〟の使命の為……！　そしてモンパルナス王国の次期国王としての誇りの為……！　気持ちを奮い立たせ、術を行使しようとしているのに……何故か力が発揮できなくて……。

妾は、一体どうすればよいのじゃ……⁉」

そしてどこか混乱したように、悲痛な声でドローリアは続けるが、

「まったく……ほんと手がかかる手下だね、このジャリンコは」

そんなドローリアに、ドロンジョが、呆れた声で言い、そしてドローリアの両頬を両手でプレスした。

「むぎゅっ⁉　な、何をするぅ⁉」

突然の仕打ちにドローリアは断固抵抗するが、

「〝使命〟の為とか、〝誇り〟の為とか……！　ドロンボー一味なのに、〝正義の味方〟みたいなこと言っててんじゃないよ、まったく！」

そんなドローリアの頬を、ドロンジョは目を覚まさせるように両側から軽くはたき、

「いいかい⁉　そういう時は。王女の誇りも。次期国王の責任も。〝次元の巫女〟の使命も。ましてや正義の味方『ドロンジョ』の清き心も……そういう余計なモン、一回全部忘れりゃいいんだよ！」

いつもより少し真面目な口調でドローリアに告げる。

「え？」

目を丸くするドローリア。

「わ、忘れる？」

「そうだよ。誰がどんな役割をアンタに押し付けてるかとか……誰が何をアンタに期待してるかとか……そんなのゴチャゴチャ考えてるから、ややこしくなるんだろ⁉

それより、すっぴんの、アンタ自身。

つまり、ドロンボー一味に憧れてる、ちょっとおませで空回りしがちな、ただのジャリンコ、ドローリア・ミラ・モンパルナスは。

一体何を望んでここに居て――何がしたいんだよ⁉」

「妾自身……⁉」

その言葉に、考え込むドローリア。

「妾は……妾は…………！」

ドローリアの迷いの中に、一筋の光が差し込む……！

※
「……私を笑いに来たのか？　お前達」

一方、同時刻――。

ドロンジョとドローリアが会話を交わす場所から、少し離れたところで。

ドロクレアは、目の前にいる二人の少女に、尖った声でそう尋ねていた。

「ね、姉様……！」

そこにいたのは、攻撃後、地表に着地していたトンズレッタとボヤトリス。

着地後、二人は、恐る恐るといった様子で、ドロクレアの様子を見に来ていたのだ。

「……言うな。自分でも分かっている。私は……次元管理局の司令官失格だ」

どこか投げやりな口調のドロクレア。

「見ての通り。私は、密かに、髑髏兵討伐を計画していた。そして……あの少女。〝次元の巫女〟ドローリア・ミラ・モンパルナスを利用し、復讐を果たそうとしていた……」

離れた場所で、なにやら話し込むドロンジョとドローリアを見ながらドロクレア。

「……許されることではない。誰かに許してくれと頼むつもりもない。ただ……それでも私は、どうしても奴を倒したかったのだ……！」

ドロクレアは、地面に埋もれた髑髏兵に目をやり、

「お前達の両親を殺したアイツを……！　お前らから笑顔を奪ったアイツを……！　私達の

故郷を滅ぼしたアイツを……！　私はどうしても許せなかった……！」

　未だ色あせぬ怒りをその瞳に灯しながら、

「だから……私は奴を倒す。たとえこの身がどうなろうと、必ず、私一人でな……！」

　そう呟き、二人に背を向ける。

「さぁ……お前達は下がっていろ。これは私の戦い。お前達を危険に巻き込みたくない。これは……お前達に下す、上司としての最後の命令だ」

　そう言い残し、ドロクレアは髑髏兵の方へ歩き出すが、

「「ね、姉様の……！　大スカポンタン！」」

　その瞬間だった。二人の少女のシンクロ大罵声が、ドロクレアの背後から響き渡った。

※

　使命や責任感では無く、自分自身は何がしたいのか。

　ドロンジョのその言葉に、ドローリアは思い出す。

「そうじゃ……！」

　自分にも存在していた。

　役割や誰かの期待の事を少しだけ忘れて、自分の想いを優先し、〝ワガママ〟になった瞬間が。

　そして次元城でドロンジョと共に行動するうちに、より強くなって鮮明になった。誰の為のものでもない……自分自身の〝夢〟と〝望み〟が。

「そうじゃった……！」

ドローリアは憑き物が落ちたように、呆然と呟く。

「簡単なことじゃないか」

顔を上げ、髑髏兵のほうを見ながら言うドローリア。

「誰の為でもない。妾は、妾の夢の為に、〝髑髏兵〟と戦えばよかったのじゃ……！」

※

「ね、姉様の……！　大スカポンタン！」

突然背中から飛んできたそんな怒声に。

「え？」

ドロクレアは困惑した。

まさかの事態に、状況が一瞬理解出来ない。

「お、お前達……!?」

そんな、かつて聞いたことのないくらい怒った二人――しかも誰の影響なのか、妙に古臭い悪口を使っている――のほうに恐る恐る振り返るドロクレア。

「うっ……!?」

そしてそこで待っていた光景に……ドロクレアはますますたじろいだ。

ドロクレアの目の前では。

トンズレッタとボヤトリスが、涙ながらに、ドロクレアを睨みつけていたのだ。

「最後の命令とは何ですか……⁉」

悔しそうに口を開くトンズレッタ。

「許すとは何ですか……⁉　一人で戦うとは何ですか……⁉　何故そんなにいつもいつも勝手に決めてしまうのです⁉

姉様は……いつも独りよがりに決めてしまう！　重要な決定も！　作戦も！　それから私達の気持ちも！」

「ト、トンズレッタ……⁉」

かつて見たことのないトンズレッタの剣幕に完全に絶句するドロクレア。

「ほんと、それ……！」

そんなトンズレッタに、珍しく激しく同意しながらボヤトリスも言う。

「姉様、ホント、典型的な、会社にいたら迷惑なタイプの害悪上司……！　一見優秀そうで、部下想いみたいな顔してるけど……実は全然部下のこと信用していない。

それで勝手に自分の独断で突っ走って、部下を置き去りにして、最終的に勝手に会社に迷惑かけてしまう、絶対、権力とか持たせちゃダメな人間……！　姉様って」

「そんな……⁉」

ボヤトリスのあまりの言い草に、普通にガーン、とショックを受けるドロクレア。

「姉様……！　私達は、姉様にとってそんなに頼りにならない存在なのですか⁉」

そんなドロクレアに、トンズレッタは言う。

「……え？」

「いつまで〝あの日〟で止まっているのです……！　もちろん、当時は悲しかったし、だからこそ姉様にも強く当たってしまっていたけど……私達は、もう一三年前の私達ではないのですよ⁉」

　不満そうにトンズレッタ。

「そ、それは……！」

「ほんと、それ」

　ボヤトリスも同意。

「いつまでも、わたし達を〝護らなくちゃ〟いけない存在と思ってるから、色々、齟齬が生じる。わたし達は、いつまでも姉様のお荷物じゃない。だって……いつか姉様の背負ってる荷物を、手分けして背負う為に、わたし達はずっと努力してきたんだから」

「ボヤトリス……！」

　そんな、珍しく自分にはっきり意見するボヤトリスにドロクレアはますます驚き、

「というか……お前達……⁉」

　そしてドロクレアは、今更気づく。

　目の前にいる二人が。

　自分の記憶の中で、ずっと泣いてたはずの、二人の少女が。

　いつの間にか――随分成長した姿で、自分の前に立っているということに。

「私は……お前達のことを……ちゃんと見ていなかったのか……⁉」

　自分の目がいかに曇っていたか。自分の中の時計がどれだけ長い間止まっていたか。それに気づき、衝撃を受けるドロクレア。

　ドロクレアは、なんだか随分久しぶりに二人の姿を見たような感覚に陥っていた。

「正直……私は、髑髏兵への復讐なんてもうどうでもよいのです」

そんなドロクレアに、トンズレッタが尚も続ける。

「当時の記憶も薄らいでいますし……何より今が……姉様と、ボヤトリスと三人で暮らしている今が、充分楽しいですから。

でも……それでも。姉様が、どうしても髑髏兵と決着をつけないと笑顔になれないというのなら……私は共に戦いたい！」

チャキッ。今回の戦いの為に持ってきていた妖刀『満燃』を握り締めながらトンズレッタ。

「だって私は、どんな時でも、ずっとずっと姉様と一緒にいたいのですから！」

「そう」

ボヤトリスも頷き、

「次元城で、あの喧しい侵入者達と出会って……わたし達も、気づいた」

ヴンッ！　複合電子戦闘服〝sailor〟を起動させながらボヤトリス。

「チームって、ただ波風立てないだけが良いチームじゃない。わたし達も、わたし達の気持ちを、たとえ姉様に嫌われても……姉様に伝える。

たぶんそれが……それだけが。姉様を一人ぼっちにしない方法だから。

だからわたしもワガママを言う。わたしも……姉様と一緒に戦いたい！」

「お前達……！」

そんな二人の姿に、ドロクレアはなんだか圧倒される。

気づかないうちに。自分の目が塞がっている間に。

いつの間にか、自分が護らねば、笑顔にしなければと考えていた少女達が成長し、自分に変われと促してくる。

「チーム……！」

思わず呟くドロクレア。

それはドロクレアにとって、随分懐かしい響きを持つ言葉だった。

※

一方その頃——。

ダラケブタが蓋をし、トンズレッタとボヤトリスが出現させた、大きな亀裂の奥深く。

未だ大量のトリモチがまとわりついたままの髑髏兵の身体には、異変が起こり始めていた……！

ゴゴゴゴゴ……！　三頭身故、ほとんど首が無い状態で胴体にくっついていた頭部が、ゆっくり胴体から離れて、亀裂の奥で、浮遊し始める。

そして、さらに胴体と頭を繋いでいた部分にぽっかり開いた穴から、ヒュ……ヒュ……。

次々、新たな〝頭部〟——今、浮遊を開始した物と寸分たりとも変わらない——が出現し、その全てがギラリと視線を頭上に向ける。

現れた頭部の数は、九つ。

その九つの頭部が、気味が悪いくらい一糸乱れぬ動きで、同じ方向を見つめていた。

ツー……！

そしてその時。髑髏兵の胸元に埋め込まれた、白い石盤に、文字がスクロールし始める。

そこにはこんな文字が流れている。

『敵性有害因子を複数確認──！』

『通常モードでの排除は困難と断定──』

『〝殲滅形態〟への移行を決断──』

高速でそれらの文字が流れていった……その直後。

『〝ＯＳＨＩＯＫＩ〟だべぇぇぇぇぇぇぇぇぇぇぇぇぇぇぇぇぇぇぇ！』

亀裂の中から、九つの頭部が同時に放つ、世界の終わりを告げるような絶叫が轟き──

カッ──！

次の瞬間、ダラケブタが亀裂の上に出現させた粗大ゴミの山が、一瞬にして全て蒸発した
──！

※

直後。

そこから少し離れた場所、ドローリアの傍でその閃光を目撃していたドロンジョは、顎が外れそうなくらいあんぐりと口を開き驚愕していた。

「な、なんだい、ありゃ⁉」

そして……その眼前で、今度は、粗大ゴミの蓋が消えた亀裂から髑髏兵が再び現れる。

その姿は、先ほどとは似ても似つかないものに変化していた。

足から胴体までは、先ほどと同じなのだが……。そこから上がまるで違う。

現在、髑髏兵の胴体の上には、〝炎で出来た首〟で繋がれた、九つの頭が浮遊しており、

『〝ＯＳＨＩＯＫＩ〟だべぇ！』

『〝ＯＳＨＩＯＫＩ〟だべぇぇ！』

『〝ＯＳＨＩＯＫＩ〟だべぇぇぇぇ！』

その九つの頭が、それぞれ、理性を完全に失ったように咆哮してるのだ。

「も、もしかして……ものすごいお怒りかね？　あの、髑髏兵サマ」

引きつった笑みでそんなことを呟くドロンジョ。

そんなドロンジョの前でさらに、
九つの頭の一つが、先ほどまでとはまるで違う、ほとんど半狂乱、明らかに怒りを滲ませた声で咆哮――――！

『〝ＯＳＨＩＯＫＩ〟だべぇぇぇぇぇぇぇぇ！』

すると、カッ！　そのままその頭は、怒りに任せたように口から赤い光を放射――光は、ドロンジョ達の頭上を通り過ぎ、そのまま後方の次元城があるほうへ伸びていき、そして、
ドォォォォォン！

次元城に直撃。

次元城が髑髏型のキノコ雲に包まれ、数秒後……。雲が消えた後に現れたのは……次元城が跡形もなく消え去り、代りにそこに出来た、巨大なクレーターだった……。

「えええええ!?」

それを見て絶叫するドロンジョ。

「じ、次元城が！　消えちまった⁉」

「まずい……あれは〝殲滅形態〟だ！」

そんなドロンジョの下に駆け寄っていったのは、ドロクレア。

「せ、〝殲滅形態〟⁉」

この女には恨みもあるが、さすがに今はそれどころではないのでドロンジョは聞いた。

「何だいそれは⁉」

「言ってみれば〝第二形態〟みたいなものだ」

ドロクレアは消えた次元城のほうを険しい顔で見つめながら、

「任務達成が難しくなると発動する裏モードで……！　私の次元を滅ぼした時も、最終的にああなったのだ。ああなると前形態の時以上に理性はなくなり、その次元にあるもの全てを滅ぼすまで絶対に止まらない。くそ、できれば、ああなる前に仕留めたかったのだが……！」

「やっぱ怒らせちまったってワケかい……！」

『〝ＯＳＨＩＯＫＩ〟だべぇぇ！』

そんなドロンジョとドロクレアの前で、髑髏兵〝殲滅形態〟はさらに暴走！

カッ――！　カッ――！　カッ――！

それぞれの首が、それぞれ好き勝手な方向に光を放射し、
ドォォォォォン！　ドォォォォォン！　次元城周辺のありとあらゆるものを消し飛ばしていく。その威力はさすが次元を消し飛ばす兵器と言われているだけのことはあり、形あるものだけでなく、空や空間、形のない物も次々崩壊させていく！

「ひぃぃ、もう、無茶苦茶でんがな⁉」

「あんなの絶対やっつけられないわよドロンジョ様！」

空間すら破壊され始めた光景に、メカに乗って待機して見ていたトンズラー＆ボヤッキーが抱き合いながら絶叫して絶望。

「た、確かに……！」

さすがにドロンジョも腰が引けていた。さすがに……いくらなんでも……あまりにいつもの自分達とはノリが違いすぎるか⁉

「ま……待て！」

しかしその時だった。

「わ、妾に任せるのじゃ！」

いつの間にか、ドロンジョの背後に立っていたドローリアが、ドロンボー一味とドロクレアに懸命に言う。

「ド、ドローリア⁉」

「〝次元の巫女〟……⁉」

そんなドローリアに、驚くドロンジョとドロクレア。

「任せる……⁉　しかし、お前の〝禁術〟……〝白竜（ジャッジメント・ドラゴン）〟は今……！」

ドロクレアは心配するように言うが、

「た、確かに妾は、先ほどまったく〝白竜（ジャッジメント・ドラゴン）〟を使えんかった……！」

そんなドロクレアに、ドローリアは少しバツが悪そうに言った後、

「しかし……次は必ず、成功させてみせる！　妾……大切なことを思い出せたのじゃ」

吹っ切れたような表情でそう言った。

「これがうまくいけば、妾は、変われる気がする……！　だから……！　頼む！　この勝負！　どうか妾に任せくれんか⁉」

「ようし、よく言った！」

その瞬間。

ドロンジョが、パーンとドローリアの背中を叩き、快く送り出す。

「さすがアタシの手下だよ！　で⁉　アタシらはどうすりゃいいんだい⁉」

いつもの調子でドロンジョ。

「うむ！　少しの間でいい。妾が、落ち着いて気を練る時間を稼いでほしい」

それに対し堂々と言うドローリア。

「一、二分で良い。そうすれば必ず……今度こそ必ず、妾は力を集め、〝白竜〟を呼んでみせるぞ！」

「よし来た」

ドロンジョは頷き、

「そんぐらい、お安い御用だよ。だろ⁉　もう一人のドロンジョ！」

バシッ！　ドロクレアに肩パンチしながら言う。

「何？」

「アンタも『ドロンジョ』なんだから……これくらいのミッション、余裕で引き受けろって言ってんだよ！　それともアンタのドロンジョは飾りかい⁉」

「チッ、コソ泥が……！」

そんなドロンジョに、ムッとした表情で言うドロクレア。同じドロンジョでも、やはりいまいち相性の悪い二人だった。

「……まぁいい」

それでも、ドロクレアは、ちらりと後ろを見て。

「私も、試したいことがある。ただその代わり〝次元の巫女〟……いや、ドローリア。絶対成功させるんだぞ?」

「うむ！　任せよ！」

そこまで言うと、ガシッ！

ドロンジョ、ドロクレア、ドローリアは手を重ね合わせる。

「そうだ」

と、そこで、思い出したようにドロンジョ。

「そういうことなら……ドローリア。これ、返しとくよ」

そしてドロンジョはおもむろに、隣のドローリアに、ある物を渡す。

その手にあったのは——ドロンジョが、モンパルナス城の屋上で拾っていた、ドローリアの手製の〝ドロンジョ・マスク〟。

「これは……！」

目を丸くするドローリアに、

「……拾っといてやったよ」

憮然とした口調で言うドロンジョ。

「アンタ、アタシみたいなイイオンナになりたかったんだろ。だったら……それ使って、ちょっとでも気持ち盛り上げな！　悪党なんだから」

「恩に着る……！」

受け取ったマスクを、宝物のようにギュッと抱きしめるドローリア。粗野でそっけないが、ドロンジョのそんな気遣いがドローリアには嬉しかった。

「ヨシャ！　んじゃ……準備オッケーだね！」

そして、ドロンジョは改めて叫ぶ。

「夢のドロンジョ連合で……あの髑髏兵畳んじまうよ！　お前達！」

「アラサッサー！」

「ホラサッサー！　……って、何故私が⁉」

地獄のような光景の中、手を合わせたまま、高らかに響く三人の『ドロンジョ』の声。

そして三人はそれぞれ三手に分かれ――

最後の作戦を決行する――！

※

「って…………時間を稼ぐって……一体全体、こんな連中相手にどうすればいいのよドロンジョ様⁉」

というわけで、ドロンボー一味とドロクレア一味は二手に分かれ、それぞれ髑髏兵の気を引く作戦と相成ったわけだが。ドロンジョが三輪車メカに搭乗すると、早速涙にくれるボヤッキーから不満の声が噴出した。

前方には、四方八方に光を放射し、暴れ続ける髑髏兵の姿。

「うっ……」

その姿にドロンジョも一瞬言葉に詰まる。

「せ、せやなぁ。さすがの〝ダイダッソー〟と、〝チリンチリンメカ〟でも、あの頭、全部を相手にすんのは無理がありまっせ⁉」

トンズラーもボヤいている。

「う、うるさいね、分かってるよ！」

不機嫌にコクピットのシートに座りながらドロンジョ。

そうそう、ちなみに、すっかり紹介が遅れていたが……このドロンジョ達が乗っているメカは、トンズラーが言った通り、その名も『ダイダッソー』。

ボヤッキーが手抜きと称し、本来ならばニューヤーカー国立博物館襲撃時に使う予定だったドロンボー一味の新メカである。

モチーフは、見たまんま……〝おしおき三輪車〟。

ドロンボー一味が、毎回の話の終わりに、任務失敗をドクロベエに咎められ、そのおしおきから逃れる為に三人で呼吸をあわせて必死で漕ぐ、車輪三つにサドル三つのおかしな見た目の自転車、〝おしおき三輪車〟。

今回のメカは、ただただそれを数十倍に大きくしただけという、手抜きといえば手抜き、ある種集大成といえば集大成と言えそうな、そういうメカだった。

さらにちなみに、先ほどは、なんとなくノリで上部のサドルにむき出しで仁王立ちになっていたドロンジョだったが、今は一番前のサドルの内部、前方に液晶パネルが取り付けられたコクピットの中にボヤッキーとトンズラーと共に座っている。

「う、うーん……！」

その液晶パネル越しに、四方八方に光を放射し、怒れる八岐大蛇（やまたのおろち）の如く暴れる髑髏兵を見ながら、ドロンジョは首を捻った。

確かに、……首は九つもある。

幸い、今回は珍しく味方がいるので、二チームで対応する首の数をワリカンできるが……それでも、このままいくと、一チームあたり、対処する首の数は四～五本。どう考えてもダイダッソーだけで手に負える数とは思えなかった。

「え、えぇい……ボヤッキー！　このダイダッソーも第二形態はないのかい⁉　あの髑髏兵みたいに⁉」

手詰まりになったドロンジョはいつも通りボヤッキーに無茶苦茶言い出した。

「な、なに言ってるのよドロンジョ様！　うちはそういうアニメじゃないでしょ⁉」

「せやせや。何はともあれ第一形態。それがドロンボー一味の美学でっせ！」

「なんで今時それくらいの機能つけとかないんだいこのスカポンタン⁉　これじゃ、ドローリアに格好つけたのに、どうしようもないだろう⁉」

「やっと見つけたぞ、ドロンボー一味……！」

あまりに追い詰められ、不毛な内紛を始めてしまうドロンボー一味だったが……。

その時だった。

「追いついたぞ……お前達‼」

突如、戦場の上空に、場違いなほど明るく爽やかな声が響き渡る。

「……は⁉」

最初は、幻聴かと思った三人だったが、

「この世に悪がある限り、世界の果てまで突き進む……！　逃げられないぞドロンボー一味！」

「そうよそうよ！　今日こそやっつけちゃんだから！」

「ワオーン！」

上空から畳み掛けるように降り注ぐ、やたら賑やかな声に、

「え…………!?」

「まさか……！」

三人は、事態を理解した。

改めて、ダイダッソーの液晶パネルに視線を向けると、そこにあったは——白いツナギとピンクのツナギを着た美男美女が、パラシュートに繋がれた真っ白な犬に掴まって、上空から落下してきている姿。

「ウソだろ……」

「まさか……」

「まんねん」

三人は顔を見合わせ……絶叫するのだった。

「「「ヤッターマン!?」」」

たとえ現場がどこであろうと。世界の果てだろうと、別次元だろうと。

一番オイシイ場面には必ず間に合い現れる、ドロンジョ達にとっては悪魔のような存在。

〝正義の味方〟ヤッターマン。

ドロンボー一味の宿敵が、一番おいしい場面で、戦場に騒がしく参上した……！

そして、さすが今回は番外編。

そこから待っていたのは——ドロンジョ達にとって、予想外の展開だった！

「わ、これが今度の新メカだな、ドロンボーめ！」

「何よ、頭が九つ⁉　またこんな格好いいの作っちゃって……！　最近ボヤッキー、作風変わっちゃったんじゃない⁉」

ズンッ！　中空から落下し、ダイダッソーを通り越し、第二形態と化した髑髏兵のまん前に降り立ったヤッターマン一号と二号、そしてヤッターワンは——あろうことか、ダイダッソーではなく、髑髏兵をドロンボー一味の〝新メカ〟と勘違いして、敵認定。

そして、

「ようし、覚悟しろドロンボー……！　前回の竜型メカには不覚を取ったけど……今回は負けないぞ！　行くぞ、アイちゃん！」

「分かったわガンちゃん！　〝メカの素〟ね！」

二人はヤッターワンの口の中に、巨大な骨型の機械物質を投げ込む。ご存知の方もいるだろう。この機械物質の名前は〝メカの素〟。ヤッターマン達がクライマックスで毎回使用する、ヤッターマン側にのみ存在する、メカをパワーアップさせるマル秘アイテムで……。

これを投げ込まれたヤッターワンを始めとする親メカは、内部から〝今週のビックリドッキリメカ〟と呼ばれる、〝正義のゾロメカ〟を大量に出現させ、それで毎度ドロンジョ達の親メカやゾロメカをコテンパンに粉砕するのだ……！

「ワオォォォォォン！」

そして、お約束どおり、今回も〝メカの素〟を摂取したヤッターワンは、高らかに咆哮。口内からベロッと梯子を伸ばし……そこから、大量の〝ビックリドッキリメカ〟を出現させた。

そこから整列して続々現れた〝今週のビックリドッキリメカ〟は……黒く平べったい〝ヘビ〟の群れ。何故か全員、刺青を入れ、モヒカンスタイルで、サングラスをかけたチョイ悪な外見で……。

『パンク……パンク……！』

そんな不気味な風貌のヘビ達は、次の瞬間、自分の尾を自分の口で咥え、キュイイ……！

全員その場で高速回転………！　数秒後、それらのヘビ達は、そのまま〝車のタイヤ型のメカ〟に変形…！

側面に釣り上がった目がつき、さらにさっきの格好にプラスして、今は全身にチェーンを巻いてギターを持っているという、妙ちきりんな格好の、車のタイヤだが。

そして、

『パンク……パンク……！』

さらにそのヘビ……いや、タイヤ達は、

「いけ、パンクメカ！　ドロンボー一味をやっつけろ！」

ヤッターマン一号の号令がかかった瞬間、もう一度高速回転――！　そして、ゴウッ！

タイヤ形態のまま髑髏兵第二形態の、無数の首に突っ込み、

『パンク！　パンク！』

『パンク！　パンク！』

その場で破裂したり、耳元でギターを大音量でかき鳴らしたり、どこからか呼び寄せた、タイヤ型の取り巻きの少女達を傍にはべらせてソファで酒を飲み大騒ぎしたり……様々な〝パンク〟なやり方で髑髏兵に嫌がらせを開始する。

いかにも、ビックリドッキリメカらしいハチャメチャな戦闘スタイルだった。

『〝ＯＳＨＩＯＫＩ〟だべぇぇぇぇ⁉』

当然、そんな挑発行為を受けた髑髏兵の首のいくつかは、そのタイヤ群に夢中になり、激怒して追いかけ始めているが、

「こ、これチャンスだよ⁉」

それを見て、思わず呟くのはドロンジョ。

「ボヤッキー！　トンズラー！　こうなったら……こっちも、もう一回ゾロメカ展開だ！」

「へ？」

ボヤッキーとトンズラーはキョトンとした声をあげるが、

「このスカポンタン！　見て分かんないのかい⁉　アイツらが、髑髏兵をアタシ達だって勘違いしてるから、相手にしなきゃいけない首の数が減ってるだろ⁉」

「あっ」

その言葉にボヤッキーとトンズラーも状況を理解する。

確かに、ヤッターマンを敵ではなく味方と捉えれば、こちらのチームの数は、三つ。

先ほどまでと違い、各チーム受け持つ首の数は、一チームあたり三つになる。しかもヤッターマン達はいつも通りド派手に目立っているので今は五〜六本首をひきつけてるし……！

これならなんとかなるかもしれない……⁉

「ようし……アイツらに負けるんじゃないよお前達！　なんか共闘みたいでシャクだけど……こっちもゾロメカ発射！」

「アラサッサー！」

「ホラサッサー！　ほな、ボヤやん、またまたいつものやったって！」

「オッケー、トンちゃん、それじゃいくわよ……ポチッとなァァ！」

グラブ越しの指で、丸いボタンを押し込むボヤッキー。

ポチッ。

その瞬間、ダイダッソーから大量のチリンチリンメカが発射され、戦場に飛び立ち、髑髏兵の首に向かっていく……！

※

そして再び始まった戦闘を見て、

「なんという奴らだ……！」

少し離れたところに立っていたドロクレアは少々呆然としていた……！

目の前で起こっている現実、それは――

「そらそらそらそら！　〝ベルモチ〟爆弾をたっぷり喰らいな！」

中にたっぷりモチの詰まったベルを噴射し、自身もダイダッソーで空を縦横無尽に駆け巡りながら、髑髏兵の首の三分の一ほどを悠々ひきつけているドロンボー一味と……！

「なんて強さだ、今度のボヤッキーの新メカ……！　でも、負けるなヤッターワン！　パンクメカ、もっと頑張れ！」

パンクメカを駆使し、ボヤッキーの新メカと勘違いしている髑髏兵の首の大半を、堂々とひきつけているヤッターマン一同。

ドロクレアの常識からすると、〝フザけてる〟としか言いようがない戦い方、しかも次元管理局の水準からするとかなり大したことのない科学力で、それでもドロクレアよりも遥かにうまく髑髏兵を封じ込めている、二組の姿だった。

「私がこれまで積み上げてきたものは何だったのだ……⁉」

なんだか次々、既成概念をブッ壊されて憮然とした気持ちになるドロクレア。

「だ、だが……まぁ、もういい」

それでも懸命に顔を上げ、

「どうせ私は欠陥だらけの人間らしいからな。だからこそ……私には……！」

そして、ちらりと、背後を振り返る。

そこに立っているのは――トンズレッタとボヤトリス。

「お前達……本当にいいんだな？」

ドロクレアは、最後に確認するように問う。

「私と共に戦えば、次元管理局から責めを負うかもしれんぞ……⁉　この空域から脱出するなら今だが……」

「「くどい！」」

そんなドロクレアに、二人は即答。

「私達はチームであります！　どうか私達を頼ってください、姉様！」

「ほんと、それ！　いつまでもそんなこと言ってるより、サッサと死ぬ気で戦えって命令されたほうがわたし達は百倍嬉しい！　あのドロンジョとかいう女が、あの妙チクリンなイケてないオッサン二人組に命令してるように」

「分かった……！」

その言葉に——ドロクレアも覚悟を決めた。

「ならば……この不出来な姉に、力を貸してくれ、お前達」

ドロクレアは二人に向かってまっすぐ告げる。

「この戦いにケリをつけるには……お前達の力が必要だ！」

「「アラホラサッサー！」」

そして二人は歓喜の雄叫びをあげるのだった。

「姉様に頼られた！　これで百人力だ……！　行くぞボヤトリス、あんな連中に、活躍度で負けるな！」

「分かってる。他にもなんかいつの間にか知らない奴もいるけど……！　ここで活躍して、姉様をもっともっと笑顔にする！」

二人は顔を見合わせ、

「来い！　妖刀『満燃』！」

「〝sailor〟起動！　ピコッとな！」

戦闘態勢に入り、駆け足で残りの髑髏兵の首へ向かって突入していく。

「頼んだぞ……！」

パチンッ！　そしてそれを見送ったドロクレアは、指を鳴らして後方支援を開始する。

一方、そこから少し離れた場所——。

ドローリアは、その光景を薄目で眺めながら、極限まで自身の精神を集中していた。

目の前では、ドロンボー一味が、ヤッターマン達が、そしてドロクレア達が。

それぞれのやり方で、しかしそれぞれ一生懸命に、髑髏兵をひきつけようとしている。

当たり前だが、全員、無我夢中。

勿論、無傷で済むはずもなく、直撃こそないが、髑髏兵の光による爆風を浴びたり、暴れ回る髑髏兵の頭に吹き飛ばされたり、時にコテンパンにやられながら、しかし幾ら追い払っても食らいつく野良犬のように、しつこく食い下がり戦っている。

(感謝するぞ……お前達)

それを見ていたドローリアの体内のエネルギーは、この上ないほど満ちていた。

あと一分……いや、十数秒あれば、今度こそ確実に〝白竜(ジャッジメント・ドラゴン)〟を呼べる感覚がドローリアにはあった。

(あと少し…………！)

焦らず、急がず、確実に。

周囲の爆音を意識しすぎず、力を高めていくドローリアだったたが……

『〝ＯＳＨＩＯＫＩ〟だべぇぇぇぇ！』

ボコォ！　そんなドローリアの眼前に、突如、地中から髑髏兵の首が現れたのはその刹那だった——！

※

「「なっ⁉」」

その異変に、すぐ様気づいたドロンジョとドロクレアは声をあげた。

そして二人は同時に気づく。

自分達が相手にしている九つの首のうち、いつの間にか、一つが消えている……⁉

ハッと気づき、それぞれの場所から、視線を髑髏兵本体の足元付近に落とすドロンジョとドロクレア。そこには、先ほどトンズレッタ達があけた大穴があり……その中に伸びていく、一本の赤い炎……つまり首があった。

そしてその首と、その先にくっついた頭が、地中を通り、少し離れた場所から地表に出現し……

『〝OSHIOKI〟だべぇぇぇぇ！』

今、まさに、奇襲攻撃のように、丸腰のドローリアに襲いかかっている……！

「や、やば……ボヤッキー！　トンズラー！　戻るんだよ！」

「ボヤトリス！　トンズレッタ！　ドローリアだ！」

同時に、慌ててドローリアの下へ駆けつけようとするドロンボー一味とドロクレア達。

「やれやれ。慌てんじゃねーよ……！」

しかしその瞬間、戦場に、ある男の声が響き渡る。

「まさか俺のこと忘れてたんじゃねーだろうな？　俺は、お前らと違って、この状況でドローリアを丸裸にしとくほどノーテンキでも図太くもねぇぞ……⁉」

かったるそうにドローリアのまん前に現れたのは、黒いスーツの男……いや、豚。

ダラケブタ！

「おお！」

「ダラケブタ！　アンタいたのかい！」

「今こそ借りを返すぜドローリア……！」

ダラケブタは小さく口の中で呟く。

「さっさとこんな奴片付けて……お前はお前の好きに生きやがれ！　超スマートにな！」

そう言うと、ダラケブタは、右前の蹄をパチンッ！　盛大に鳴らした。

すると、その瞬間、……ドドドドドドド……！

迫り来る髑髏兵の頭に、今度は大量の〝コピー用紙〟が、洪水のように降り注いだ……！

「どうだ？　ダラケ時代、上司からシュレッダーしろって言われてたけど、めんどくせぇからそのまま〝次元の押入れ〟に放り込んどいた、次元城の大量の機密書類だ！　紙は意外に重いぜ……！　そのまま事務仕事のめんどくささに押しつぶされとけ！」

ドドドドドド！　一体何トン分あるのか、まるで崩れ落ちる南極の氷のように、凄まじい質量を持って髑髏兵の頭に襲い掛かる未シュレッダー書類……！

『〝ＯＳＨＩＯＫＩ〟……だ……べぇぇぇぇ！』

途端に髑髏兵の頭は大量の紙の中に埋もれ、つぶれ、ドローリアは束の間、窮地を脱した！

「あの豚……！　やるじゃないか⁉」

その光景に、ドロンジョはあからさまにホッとした表情になり、

「あの豚……！　機密書類をあんな場所に……!?」

ドロクレアはあからさまにブチギレているが、

「助かったぞ……ダラケブタ！」

その時だった。

「準備完了じゃ!!」

自信に満ちたドローリアの声が、戦場に響き渡った。

「行くぞ……！」

戦場にある全ての目線が、自分に集まっているのを感じながら、ドローリアは、ゆっくり全身の力を右手に集める。

「妾が間違っていた……！」

閉じていた目を見開き、前方の髑髏兵をしっかり見据えながらドローリア。

「妾は、たった一人残された最後の〝次元の巫女〟として……その誇りを武器にして、妾の両親の願いを背負い、引き継ぎ、その想いを果たさねばならんと……それが妾の生きる道……妾の気持ちなのだと思っていた……。じゃが……！」

そこで視線を、ちらりとドロンジョ、ダラケブタ、ドロクレアに向ける。

「それは妾の、もう覚えてもいない両親のワガママであって……妾の野望（ワガママ）ではない」

ドローリアは思い出す。

自分が初めて禁術を使った瞬間。

自分でも想像していなかったほどの力が出せた、今回の事件の発端となってしまった、

〝黒　竜（インビジブル・ドラゴン）〟発動の瞬間。

今でも思い出せる。あの瞬間の、力の高まり。ワクワクした感情。血が熱くなるような感覚。新しい扉を開ける寸前のようなドキドキ。

あの時、自分は、確かに自分自身の欲望――ドロンボー一味に加わりたい！　という野望（ワガママ）に突き動かされていたのだ。

「許せ、〝次元の巫女〟の一族よ」

ドローリアは、清々しい口調で告げる。

「髑髏兵は妾が討つ。じゃが……それはお主達の為ではない」

少しだけ首を振り、

「妾は妾の為に。妾の野望（ワガママ）の為に……髑髏兵を討つ！」

そこで、ポケットから、ある物を取り出す。

それは、先ほどドロンジョに突き返された、ドローリア手製のドロンボー一味風のマスク……。

「妾の名はドローリア・ミラ・モンパルナス……。またの名を『ドロンジョ』。ある時は国王であり、ある時はヒーロー、そしてある時は〝次元の巫女〟じゃが……基本的にはただのジャリ。ドロンボー一味に憧れる――ただのガキンチョじゃ！」

そしてドローリアは、そのマスクをグイッと被り、せっかくドロクレアが着せた巫女服姿を台無しにすると、

「だから〝白竜（ジャッジメント・ドラゴン）〟よ……妾の為に……妾の野望（ワガママ）の為だけに、髑髏兵を討て！」

光り輝く右掌を髑髏兵に向ける。

「こやつを倒して――〝次元の巫女〟としての責務などサッサとほっぽりだして――妾はド

ロンボー一味に入るのじゃ！　その為に、妾に力を貸してみよ！　〝白竜（ジャッジメント・ドラゴン）〟！」

傲慢に、ワガママに、自分の本心を戦場にぶちまけるドローリア。

「『気に入ったわ～～』」

――その瞬間だった。

「『おいしい〝野望（ワガママ）〟をありがとう～～。それならＯＫよ～～。その願い……この〝白竜（ジャッジメント・ドラゴン）〟が、叶えて差し上げましょう～～！』」

辺りに、戦場には似つかわしくないおっとりした声が響き……！

ゴゴゴゴッ……！

全員の眼前に、予想外の形状の一匹の生物が出現した……！

※

「こ、これは…………!?」

そこに現れた生物の姿に、全員が驚きの声をあげた。

「〝白竜（ジャッジメント・ドラゴン）〟って……〝黒竜（インビジブル・ドラゴン）〟みたいなドラゴンじゃなかったわけ!?」

驚愕の声をあげているのはボヤッキー。

「ほんまほんま！」

ほとんど泣きそうな声でトンズラーも頷いている。

「だってアレ……ドラゴンやないやん！　竜やないでっせ！　タツノオトシゴ……ただの〝タツノコ〟ですやん！」

絶望の雄叫びをあげるトンズラー。

そう――散々焦（じ）らし、溜めて、全員の協力の下、ようやく出現した〝白竜（ジャッジメント・ドラゴン）〟。

それは、〝黒竜（インビジブル・ドラゴン）〟とは似ても似つかない……まるで強くなさそうなフォルムの生命体だった。

大きさこそ、髑髏兵に比肩するくらいの大きさがあるが……翼もなく、そもそも足すらない。炙られたスルメのように丸まった尻尾を、地面スレスレに垂らしながら、フワフワ宙を漂っている。

期待はずれなのは、ボディだけでなく、面構えも同様だった。強靭な顎と凶悪な牙が一目瞭然に強さを感じさせる〝黒竜（インビジブル・ドラゴン）〟と違い、〝白竜（ジャッジメント・ドラゴン）〟の顔面は、ニワトリのようなトサカに、タコのような吸盤型に飛び出した口という……なるほど、三六〇度、どこからどう見ても、タツノオトシゴ。一切力強さは感じられない生命体だった。

「終わりや！　あんな奴に髑髏兵が倒せるはずがないまんねん！」

「そうよ！　ドロンジョ様の馬鹿！　アタシ達を騙したのね⁉　もうイヤこんな生活！」

ダイダッソーのコクピットで、大の男二人は号泣しているが、

「う、うるさいよこのスカポンタン！」

後ろのシートで聞いていたドロンジョは、容赦なく後ろから足蹴にしてそれを制止。

「アンタらの後輩……もっと信用したらどうなんだい⁉」

コクピットから、ドローリアの姿を眺めながら、

「うちの大型新人が、苦労して出したもんなんだよ⁉　そんなもん……うまくいくに決まってんだろ⁉」

そう、ドロンジョは、誰よりも理解していたのだ。

ドローリアが、ようやく、自分のワガママを口にしたことを。

だからこそ、ドロンジョは確信していた。

あのドラゴンが、髑髏兵を打ち払ってくれると。

すると。そんな会話に加わるように、浮遊している〝白竜（ジャッジメント・ドラゴン）〟も、歌うような、しかし戦場中に響き渡る声で言う。

「『そうよそうよ、安心して〜〜？』」

「『最初、まったく心のこもってない声で、〝妾が両親……そして一族の仇を打て！〟って言われた時は、どうしようかと思ったけど……』」

〝白竜（ジャッジメント・ドラゴン）〟はちらりとドローリアを見やり、

「『さっきのは、中々パッションあったから。大丈夫よ〜〜』」

そして今度は髑髏兵に視線を向け。

「『さて、お久しぶりね〜〜髑髏兵。貴方が〝次元の巫女〟の一族を滅ぼした時は、一族に私を召喚できる力のある人間がいなかったから……貴方と私は〝次元聖戦（ラグナロク）〟以来ね〜〜？』」

『お……　〝ＯＳＨＩＯＫＩ〟だべぇぇぇぇ！』

すると、その視線に、髑髏兵は、今まで見せたことのない……あきらかに、狼狽するような態度で絶叫。

そして今までてんでばらばらに動いていた頭部を集結させ、カッ!!

全ての頭部から、〝白竜（ジャッジメント・ドラゴン）〟に向けて光を放出した！

「おわっ!?」

「ちょ、だ、大丈夫なんでっかァァ⁉」

その光景にさすがに騒然となる一同だったが、

「『あ、大丈夫よ～、私、髑髏兵を滅ぼす為だけに作られた存在だから～～』」

〝白竜〟はあっさりそう答えると。

「『フッ！』」

吸盤型の口を一瞬膨らませ、迫りくる光線に息を吹きかけた。するとその瞬間……髑髏兵の放った光線は、まるで紙飛行機か何かだったように、その風であっさり向きを変え、行き先を変更――。

弧を描いて、その光線を放った張本人――髑髏兵の下へ舞い戻り、ドドドドドド‼　雨のように髑髏兵の身体を貫いた。

同時に、凄まじい爆風と衝撃波が戦場に吹き荒れる。

「どわぁぁぁぁ⁉」

『お……ＯＳＨＩ………ＯＫＩ……⁉』

ズンッ。そして――さすがにその攻撃が堪えたのか、ドローリア達の前に姿を現して以降、髑髏兵も、初めてまともに地面に片膝をつく。

「おおおお⁉」

その光景に、ドロンジョは思わず拍手喝采。

「すごいわ、あの竜！　もう、断然尊敬しちゃう！」

「だからワイは言うたんや、タツノコはワイの田舎では吉兆の現れやって！」

そしてトンズラーとボヤッキーが一瞬で掌を返す中、

「『さて、それじゃ、トドメといきましょうかしらね〜〜』」

パァァァァァ！　〝白竜（ジャッジメント・ドラゴン）〟が、今度は口元に、神々しい白い光を集めていく。

「『貴方も貴方で辛かったわよね〜、髑髏兵。造った種族はもうとっくにいないのに、昔の命令守らされて、いつまでも悪役やらされて〜』」

そして、光を集めながら、髑髏兵にそう語りかける。

「『〝次元聖戦（ラグナロク）〟の時は、中途半端に封印しちゃったからいけなかったのかしらね〜〜。今回は魂を浄化する光も出して、貴方のこと、キチンと眠らせてあげるから〜〜』」

『何故ダ……!?』

すると、その瞬間だった。

〝白竜（ジャッジメント・ドラゴン）〟に狙いをつけられた髑髏兵が、突然、声をあげた。

『私は……最強の存在のハズ……私は……ただ使命を果たしていただけの、ハズ……何故……コンナとこロデ朽ち果て……ル……!?』

慣れない言葉を必死に繋ぎ合わせるように、たどたどしく、口を開く髑髏兵。

それは恨みがましいというより、むしろ、純粋に子供が疑問に思っているような口ぶりだった。

「『ん〜と、だからね〜』」

それに対し、〝白竜（ジャッジメント・ドラゴン）〟はどういったものかと思案しながら口を開きかけるが、

「この……スカポンタン!!」

それに答えたのは、予想外の人物。

いつの間にかハッチを開き、勝手にコクピットを抜け出し、サドルの上で仁王立ちになっ

ているドロンジョだった。

「え⁉　ド、ドロンジョ様⁉」

「何やっとんねん⁉」

「ドロンジョ⁉」

　ボヤッキーが、トンズラーが、ドローリアが。

　そしてダラケブタが、ドロクレアが、トンズレッタが、ボヤトリスが唖然とする中、ドロンジョは、

「何が〝使命〟だい⁉　まったくどいつもこいつも……！　あのねぇ……だから！　悪党に〝使命〟なんかいらないんだよ⁉」

　髑髏兵に堂々と説教をぶちかます。

「そんなくだらない、頭でっかちなモンに縛られてる〝悪党〟が、アタシ達みたいに……心の底から、好きで悪党やってる〝ステキな悪党〟に敵うはずないだろ⁉」

『ス、ステキな……悪党……⁉』

　困惑の声をあげる髑髏兵。

「そうだよ！　悔しかったら……今度生まれ変わった時は、アタシ達みたいなステキな悪党になりな！　もしくは、せめて、もうちょっと笑える悪党になったら、アンタのドロンボー一味入りも、考えてやってもいいよ！」

　最終的には、何故かドロンボー一味への勧誘を行うドロンジョ。

「ドロンジョ様……！」

「そんなことしたら、ドロンボー一味がどんどん大型新人で埋まっていくがな……」

「妾のポジションが……⁉」

そんな光景に、手下一同がなんとなく危機感を覚えるような声を出す中、

『フッ……！』

髑髏兵は、少しだけ、笑った。

『ステキな悪党……笑える悪党……カ。ソれ、ナンカ、いイナ……！』

そう言うと、髑髏兵は、九つの頭部をちらりとドロンジョのほうに向け、

『機会ガアれば善処スル……。オ前達ノヨウな悪党ニ、私も、ナレるよウニ』

そして次の瞬間には、〝白竜（ジャッジメント・ドラゴン）〟のほうへ視線を向けた。

『……気ガ済んダ。……ヤッテクレ』

「『あらそう〜？　フーン』」

〝白竜（ジャッジメント・ドラゴン）〟は少し驚いたようにドロンジョに視線を向け、

「『もしかして……あのオンナ、いつか全次元中に知られることになる、規格外のイイオンナかもしれないわね〜〜……』」

「ん？　なんか言ったかい、オバハン」

「『……前言撤回……。ただの口の悪い性悪女みたいね〜〜？』」

すぐに前言は撤回され、

「『まぁいいわ〜〜。それじゃ、さよなら、髑髏兵。罪を悔いて、罰を受けて、もし生まれ変わったら、その上で、次は自分の生きたいように生きなさい〜〜』」

ピカッ――――！　〝白竜（ジャッジメント・ドラゴン）〟の口が、聖なる輝きで眩く光る。

そこから音も無く放たれた光の中に、髑髏兵は次第に消えていき、やがて数秒後。

そこには、最初からこんな事件などなかったかのように。

髑髏兵の姿が、あとかたもなく消え去っていた――！

九章・それぞれの決断

髑髏兵の姿が、光の中に完全に消えた瞬間……！

「や……やったのか……⁉」

〝白　竜〟を放ったドローリアが、未だに自分の力が信じられず、半信半疑でその光景を厳かに見守っていると……！

「やるね～～！　さすがだね～～！　リュウセキだねぇ～～！」

その瞬間だった。

ヒュンッ！

上空から、喧しい声と共に、人影が降下。

「だーから言っただろ⁉」

もはやフライングクロスチョップのような勢いで、ドローリアにぶつかり、パンパン！　そのまま地面に押し倒し、ドローリアの背中を叩いたのはドロンジョ。

「コイツはドロンボー一味！　これくらいのことはやってくれるって！」

「ドロンジョ……！」

その一言に、ドローリアはなんだか泣きそうになるが、

「あ、ズルいわよドロンジョ様、そのコがドロンボー一味の新入りなら、アタシ達にも抱きつく権利があるハズじゃない～～」

「せやせや！」

ヒュン！　そこに次々、着地のことなど気にしない、無謀な人影達が落下してくる。ギャグマンガのようにそのまま地面に突っ込みながら着地する、ボヤッキーとトンズラー。

「ボヤッキー……トンズラー……！」

それは、ドローリアにとっても、ずっと会いたかったドロンボー一味の二人。

「よせよせ、クールじゃねぇよ」

「そうだ。今時のコンプライアンスは全次元的に厳しいのだ。貴様らのようなむさくるしい男が、こんな可憐な幼女に抱きついたら、どこの協会から文句が来るか分からんぞ」

そして、ダラケブタ、ドロクレア。その後ろに、トンズレッタとボヤトリスも続いて、ドローリアの下へ駆け寄ってくる。

「ダラケブタ……ドロクレア。それにトンズレッタとボヤトリスも」

笑顔の面々に囲まれ、ドローリアはようやく実感する。

自分は自分の想いで〝白竜(ジャッジメント・ドラゴン)〟を放ち、髑髏兵を打ち倒せたのだ、と。

「ありがとう……！　みなのおかげじゃ！」

時間を稼いでくれた、ドロクレア、トンズレッタ、ボヤトリス。

自分の窮地を救ってくれた、ダラケブタ。奮闘してくれたボヤッキー、トンズラー。

そして何より……。

ドローリアは、目の前の黒衣の女を改めて見る。

ドロンジョ。

ドローリアは、なんだかんだ、この黒衣の悪党に、一から十まで救われたことを、今更、深く痛感していた。

そもそも、生きる気力を失くし、なげやりに〝死刑〟を受け入れかけた自分を叱咤し、次元城へ導いたのもこの女だし……。

戦場で、行くべき道を見失い、絶望しかけた自分を救ってくれたのもこの女だった。

「何見てんだいこのスカポンタン」

そんな、まじまじとした視線を感じたドロンジョは、困惑したように一度ドローリアの額をはたき、

「さぁ、これで決着もついたし。んじゃ、いよいよ、今度こそ、アタシの世界に帰って、全員でドロンボー一味やろうかね！」

そんなドロンジョの声に、
うむ！

間髪いれず、それに頷こうとするドローリアだったが……。

「『ちょっと待って〜〜』」

その時、上空から、意外な存在が声をあげた……！

※

言うまでもない。声をあげたのは、輪になって喜び合う一同の上空で、フワフワと漂う巨大な白いタツノオトシゴ——〝白竜（ジャッジメント・ドラゴン）〟だった。

そして、その〝白竜（ジャッジメント・ドラゴン）〟は。ふわふわと漂いながら、朗らかすぎる声で。

「『ドローリア。貴方、本当に、それでいいわけ〜〜？』」

いきなりドローリアにそんなことを尋ねた。

「…………え？」

いきなり名を呼ばれ、困惑した声をあげるドローリア。〝それでいい〟……!?

「……なんだいなんだい。何イチャモンつけてきてんだい、このオバハンは」

そんな〝白竜（ジャッジメント・ドラゴン）〟に、ドロンジョは、不満げに抗議。

「何が言いたいんだい一体」

「『別にイチャモンじゃないけど〜〜？　というか本当に失礼なヒトね貴方〜〜？』」

そんなドロンジョに、しかし〝白竜（ジャッジメント・ドラゴン）〟は悠然とした声で、

「『ともかく〜〜私は、〝黒竜（インビジブル・ドラゴン）〟のオッサンと違って、ずっと傍にいたわけじゃないけど〜〜。ドローリアのことを、ずっと見てたのよ〜〜？』」

ドロンジョにそう告げる。それに驚き、目を丸くするのはドローリアだ。

「そ、そうなのか……!?」

「『そうよ〜〜。貴方は、さっきのビデオレターで、私の呼び出し方を知っただけで。私自身はずっと貴方の中にいたんだから〜〜』」

「そ、そうだったのか……!?」

意外な真実にドローリアは驚くが……。

「『だからこそ〜〜私は知っているの〜〜。ドローリア〜〜。貴方が、ドロンボー一味に憧れてることは分かってる〜〜。でも〜〜。貴方には、もう一つ、やりたかったことがあるは

ずでしょ〜〜？』」

「あ……」

その瞬間、ドローリアは、一瞬でその答えに思い当たった。

「そ……そうじゃった………！」

途端に、俯きながらドローリア。

そう——。あまりに騒々しく、あまりに色々ドラマチックな事がありすぎたので、すっかり飛んでしまっていたが……。

ドローリアは、モンパルナス王国王女にして、次期国王……！

それどころか、恐らく今日。数時間後には、正式に国王になるはずの人間なのである。

「『確かに貴方はドロンボー一味に憧れてたし、次元城での時間も凄く楽しくて、充実していたかもしれないけど〜〜』」

俯くドローリアに、〝白竜（ジャッジメント・ドラゴン）〟はさらに続ける。

「『でも〜〜、貴方は、これまで、本当に一生懸命、王になる為頑張っていたはず〜〜』」

穏やかな、しかしはっきりとした声で〝白竜（ジャッジメント・ドラゴン）〟は告げる。

「『辛い時もあったけど〜〜。基本的には、両親に代わり、大好きな臣下達、そして何より貴方を慕う国民の為に、国王として働く日が来ることを楽しみにしてたんじゃないの〜〜？』」

「そ、それは………！　そうじゃが」

痛いところをつかれたようにますます俯いてしまうドローリア。

「『だから〜〜忘れてないと思うけど、一応言っとくわ〜〜』」

そんなドローリアに、〝白竜（ジャッジメント・ドラゴン）〟は告げるのだった。

「『モンパルナス王国では明日～～というか～～もう貴方の次元でも、夜が明けているから、今日～～。貴方が新王になる為の式典が開かれるのよ～～』」

その言葉に、ドロンジョは、ダラケブタと顔を見合わせた。

「そういや……」

「……そうだったな」

「『本当いいわけ～～？』」

その上で、改めて〝白竜（ジャッジメント・ドラゴン）〟は、ドローリアに問う。

「『確かに、どう生きようと貴方の自由だし～～、やるって言うなら、私はもちろん応援するけど～～。今すぐもう一つの夢に飛びついていいくらい～～貴方が小さい頃から追いかけていた夢への挑戦は、もうやりきったの～～？』」

「…………！」

ドローリアは答えられない。

「『よく考えなさい～～』」

そして〝白竜（ジャッジメント・ドラゴン）〟は優しい声で言うと、

「『それじゃ、私、眠るわ～～』」

唐突に、睡眠を宣言した。

「『あ、私に『安らぎの髑髏』は使わないでね～～。私、あれ嫌いなのよ～～なんだか美容に悪いみたいで～～』」

「あれに美容に良いとか悪いとかあるのかい……!?」

ドロンジョが思わず困惑する中、

「『だから、また使える機会が来て使うなら、〝黒　竜〟にしてあげて～～。あのオッサン、貴方のこと大好きだから～～。それじゃみなさん御機嫌よう～～』」

カッ……！　〝白　竜〟の身体が一度白く発光し、

「『良い子でね～～！　あんまり悪さすると、私怒って暴れちゃうから～～』」

そんな怖いことを言い残すと、スッ……。

髑髏兵を消した最強の存在、究極の禁術により呼び出された〝白　竜〟は、空の中へ、霧の如く消えていった……！

※

「よし……！」

そして、〝白　竜〟が消えてから十数分後――。

次元城の跡地から、一人の女性が、サッパリした表情で現れる。

次元管理局第八方面支部司令官、ドロクレア。

その正面には、ドローリア。少し離れたところに、二人を護衛するように、トンズレッタとボヤトリスが立っている。

「待たせたなドローリア」

「いや……！」

どこか晴れ晴れとした表情のドロクレアに対し、分かりやすくもやもやした表情を浮かべているドローリア。そんなドローリアに、ドロクレアは苦笑しながらも、あえて気づかない

フリをして、

「今、次元管理局本部に今回の件の真相を全て伝えた」

ドローリアに用件を伝えた。

「現時点をもって、次元被告人——ドローリア・ミラ・モンパルナスにかけられていた、全ての嫌疑は当然正式に不問となった」

そして、さらにドローリアにそう告げる。

「これでお前にかかっていた〝死刑〟は全面撤回。他次元干渉罪と次元誘拐未遂の罪は、後の口頭注意で済むらしい。ま、元々、その程度の罪だからな。

ついでに、ダラケブタに下された懲戒免職も撤回された。逆に……黒幕の私は、これから色々事情聴取などで忙しくなりそうだがな」

苦笑しながら言うドロクレア。

「ドロクレア……！」

「心配するな」

ドロクレアは、ふっ、と穏やかな表情で、

「次元城を破壊してしまったのは痛恨の極みだが……幸い、人払いしていたおかげで私達以外に負傷者も出ていないし。なんだかんだ、凶悪兵器の髑髏兵をきちんと破壊したことは、それなりの功績にもなるはずだ。処罰は下るだろうが、そこまで重い罪にもなるまい。それにたとえ重い罪に問われたとしても……」

ドロクレアは、ちらりと、少し離れたところにいるトンズレッタとボヤトリスを見る。

「私は、もう一人ではない。仲間が二人いるからな」

〝姉様が私を見たぞ！〟〝いや、わたしを見ていた！〟と口論を開始した二人を見ながらドロクレア。

「あの二人の為なら、何度でも、何だって乗り越えてみせるさ。それが私の、これからの〝野望(ワガママ)〟だな」

　初めてドローリアと出会った時とは違う、優しい眼差しで言うドロクレア。

「〝野望(ワガママ)〟か……！」

　対照的に、その言葉に、ドロクレアの表情はますます曇る。

「〝白　竜(ジャッジメント・ドラゴン)〟の言葉を気にしているのか？」

　そんなドローリアに、柔らかな声でドロクレアは訊く。

「…………そうじゃ」

　ドローリアは、少しの間の後、素直に答える。

「よく分からんのじゃ……」

　そして、迷いをそのまま吐露するような声で、ドロクレアに打ち明ける。

「ドロンボー一味に入りたいという気持ちは本当だったのじゃが……」

「ああ」

「〝白　竜(ジャッジメント・ドラゴン)〟に言われた時……妾(わらわ)は思ったのじゃ」

　続きを吐露する。

「確かに、妾は、立派な王になりたかった……！　毎日の研鑽は辛かったが……王になって、民の為に尽くすことも、又、妾の夢だったのじゃ……」

「そうだったのか」

「妾って…………。頭おかしいのじゃろうか…………」

ガックリうな垂れながらドローリア。

「そんな短い間に、ころころ、考えが変わって……」

「はっは」

そんなドローリアに、逆にはっきり口を開けて笑うドロクレア。

「姉様が笑った⁉」

「ドローリア……！　恐ろしい子……！」

そのリアクションに、トンズレッタとボヤトリスは歯噛みしているが、

「な、何がおかしい？　妾は、真剣に……！」

「いやいや、すまん。なんか若いなー、と思ってな」

ドロクレアは苦笑しながら、

「別におかしくなどないさ。やりたい事や恋する相手が、二つ三つ同時に見つかることなどいくらでもある」

「そうなのか⁉」

ギョッと目を丸くするドローリア。

「人生ってそうなの⁉」

「ああ。まあ……だから面白いんじゃないのか？　人生は。私も忘れていたが……。真実は、いつの間にか、波に攫われたように、ころころ居場所を変えてしまうものさ。だからこそ、死ぬまで退屈しないし、自分の中の新たな真実に出会えた時、なんとも言えない喜びがある」

　再びトンズレッタとボヤトリスを見ながらドロクレア。

「自分の中の真実か………！」

「まぁ、そういう気持ちを、もう一人の『ドロンジョ』にぶつければいいんじゃないか？」

　そしてドロクレアは言うのだった。

「アイツとお前の話だし。アイツほど、自分の中の真実に忠実な女もいないだろう？」

「う、うむ……！」

　思わず苦笑しながら頷いたドローリアは、ドロクレアの助言に従い、ドロンジョの下へ移動を始めようとするが……！

「お……おい！」

　その時だった。

　突然、息急き切らし、二人の下へ駆け込んでくる男が一人。

　スーツを着た豚、ダラケブタである。

「おい、姉様に不用意に近づくな」

　そんなダラケブタは、責務に忠実なトンズレッタ達に、きっちりドローリアとドロクレアの目前で止められているが、

「大変だ！」

　そんな二人を無視し、ダラケブタは、大声で叫ぶのだった。

「アイツらが……他次元から来たあの連中が……！　帰るって言ってんぞ⁉」

「……は⁉」

※

「ドロンジョ！」

ほどなく——ドローリア達は、少し離れた場所にとめてあった〝ダイダッソー〟の麓に駆けつける。

そこには、

「さぁ、サッサと整備しな！　アタシャ早く帰りたいんだよ！」

いつも通り、自分は何もせず喝を入れるドロンジョ。

「どこの世界行っても人使いが荒いでんな……」

「ほんとほんと。文句言うなら手伝ってほしいものよね……」

そしてそのドロンジョに言われ、耐熱ゴーグルや工具を持って、急ピッチで髑髏兵との戦いで傷んだ〝ダイダッソー〟の修理に追われているボヤッキーとトンズラーの姿がある。

「ドロンジョ！」

「ん？」

ドローリアの声に、ドロンジョが、くるりと振り返る。

「なんだいなんだいどうしたんだい」

きょとんとした表情でドロンジョ。

「ガン首揃えて。ドローリアの〝死刑撤回〟でも失敗したのかい？」

「い、いや。それは、ドロクレアが本部に連絡し、問題なく撤回できたが……」

「そうかい。ならよかったじゃないか」

　そしてドロンジョはくるりと再びダイダッソーに向き直り、

「だったら、問題なさそうだね。最初の目的は達成したことだし。アタシ達ゃ、ぼちぼち帰ることにするよ」

　あっさりした口調でそう告げる。

「なっ……⁉」

　全員が困惑の声をあげる中、

「ま……待て！」

　当然、焦る少女が一人。

「ど……どういうことじゃ⁉」

　ドロンジョの下に走って近づくドローリア。

「帰る⁉　だ、だって……妾の、ドロンボー一味入りの件はどうなったのじゃ⁉」

　ドローリアは、背中を向けるドロンジョの腕を掴み、

「わ、妾も連れていってくれるのではなかったのか⁉」

　不満そうな声で確認する。

「た、確かに今、妾は迷ってもいるが……も、もうすぐ答えを出すつもりじゃし。帰るなら、それを待ってからでも…………！」

　そしてドローリアはそう切り出すが、

「？　あぁ。ゴメンゴメン」

　そんなドローリアに、ドロンジョは、振り返りもせず言う。

「アンタのドロンボー一味入りの件だけどさ」

死ぬほど軽薄な口調で、

「色々話し合った結果。それ、無効になったんだよ。言うの忘れてた。悪かったね」

あっけなくドロンジョ。

「………………え………………」

耳を疑うように呟くドローリア。

「なっ……!?」

他の面々も驚く中、ドロンジョは肩をすくめ、

「だって、ほら。よく考えたら……アタシって、ボスとはいっても雇われボスじゃないか」

やはり軽い口調で、

「言っちまえば、中間管理職だし？　よく考えたら人事権ないのさ。

ま、そもそも、ドロンボー一味には、アタシという華がいるし？　女子はもういらないっちゃいらないいんだよね」

「そ、そんなぁ………」

みるみる奈落の底に突き落とされたような表情になるドローリアに、

「お、おい！」

つっかかったのはダラケブタである。

「ど、どういうことだ、テメェ!?」

ドロンジョに近づき、声を荒らげながら、

「あんだけ期待させるようなこと言っといて、急にそりゃねぇだろ!?」

「だから、ごめんって謝ってるじゃないか？」

しかしそのダラケブタにも、ドロンジョはそっけない声で、

「ま、いい教訓にしておくれよ。悪党の話を、そう易々と信じちゃいけないってサ」

「こ、このクソ女…………！　テメェみてぇなのを一瞬でも仲間と思った俺がアホだったぜ……！」

あまりの開き直りぶりに、ダラケブタは絶句するが、
その時。前方。〝ダイダッソー〟を整備していたボヤッキーとトンズラーの声。

「ドロンジョ様〜〜！」

「一応、整備終わりましたですけど〜〜」

「どうしまんねん⁉　ワイら、お腹すきましたで！」

「あ〜ご苦労ご苦労」

それに対し、ドロンジョは鷹揚に頷き、

「んじゃ、行こうかねぇ。メシはアジトで食やいいだろ！」

言いながら、〝ダイダッソー〟へ向かってのっしのっしと歩いていく。

「お、おい……お前、本気で帰るつもりか⁉」

「ひ、非情……！」

その様子に、トンズレッタとボヤトリスもドン引きしているが、

「んじゃま、世話になったね、アンタ達」

ドロンジョは振り返りもせず。

「もう二度と会うこともないと思うけど、達者でね。じゃあね〜〜グッバイアディオス♪」

信じられないくらい軽い調子で言うと、そのままの足取りでダイダッソーに乗り込み……

ゴウッ！

ほどなく、後輪上部の噴射口からジェット噴射を開始した〝ダイダッソー〟は、〝黒竜（インビジブル・ドラゴン）〟がこの次元へ来た時に開けた穴へ向かって、浮かび上がっていった……！

※

「何故じゃ…………………！」

〝ダイダッソー〟が飛び上がった瞬間。ドローリアは、打ちひしがれた声で、地面に蹲（うずくま）っていた。我慢しようとギュッと目を閉じるも……甲斐なく、ぽろぽろと涙が頬を伝う。

「妾は……妾は騙されていたのか…………⁉」

なんだか、自分が、ひどく愚かに思えてくる。

自分が憧れ、そして間違って呼び寄せてしまったドロンジョ。

実物は、最初は怖かったが……次第に、口とは裏腹に、ほんのかすかに存在する思いやりも感じて、ますます、好きになっていた。ますます憧れていた。

だが……それが、今あっけなく打ち破られてしまった。

そんなドロンジョなど現実には存在せず……そこにいたのは、自分と交わした約束を、あっさりなかったことにすると言い出した、心無い悪党のドロンジョだったのだ。

「…………チッ……！」

飛び上がっていく〝ダイダッソー〟を見ながら、納得いかなそうに呟いているのは、ダラケブタ。ダラケブタも同じだった。ダラケブタもまた、傷ついていた。

というわけで、ドロンジョと共に行動していた二人は、辛気臭い空気で押し黙っているが…………。

「待て」

その時だった。

「あれは何だ……？」

そんな空気の中、二人から少し離れた位置にいたドロクレアが何かを見つける。

ダイダッソーが飛び立ち、視界が開けた砂漠。

その砂漠の真ん中に、何か、ポツンと、違和感のある物が落ちていた。

「紙クズ……？」

困惑しつつ、それに近づき、拾いあげるドロクレア。なにやら、くしゃくしゃに丸められた紙クズだった。

「？　中に、何か書いてあるのか……？」

怪訝そうにそれを開き、中の文面を確かめるドロクレア。

「なっ…………!?」

その瞬間、ドロクレアは驚愕で目を見開き――

「ド、ドローリア！　これを見てみろ！」

次の瞬間には、血相を変えて叫んでいた。

一方、今まさに〝次元の門〟へと向かいつつある〝ダイダッソー〟のコクピット内……！

「ハァ〜ア…………」

そこには……いつもの溌剌（はつらつ）とした様子が微塵も感じられない、辛気臭いドロンジョの姿があった。

「ハァァ〜〜〜ア」

その様子に、顔を見合わせるのはドロンジョの前方、操縦席の二人。

「い、いや、ドロンジョ様？」

困惑したように声をかけるボヤッキー。

「何落ち込んじゃってるのよ」

「ほんまほんま」

トンズラーも同意。

「ドローリアちゃんにはホンマのこと教えんと、悪党らしく黙って去っていく。さっきの緊急会議で、ドロンジョ様がそうしたいって言うたんでっせ」

「ほんとほんと。アタシ、議事録までとったんだから」

不満そうにボヤッキーが続ける。

「お……おだまり！」

ドロンジョは叫んだものの、いつものキレはなかった。

「別に落ち込んじゃいないよ、アタシは！　……これでよかったんだよ！」

自分に言い聞かせるように断言し。

「だって、あのままアタシがあそこに居たら……。今度は、アタシがドローリアを縛っちまう〝枷（かせ）〟になっちまうかもしれないし……！」

一人だけゴージャスな椅子の背もたれに、ギッともたれかかりながらドロンジョ。

そう――。ドロンジョは、あの時ドローリアにウソをついていたのだ。

ようやく少しだけワガママが言えるようになったドローリアに、変な枷を与えるわけにはいかない。

ドローリアが、国王として生きる道を歩みたくなった時、自分達と一緒に行くと約束したことが重荷になってはいけない。

その考えから言った、ドロンジョにしては珍しい、思いやりからくるウソだった。

「だから……これでよかったんだよ。アタシ達は悪者、嫌われ者なんだし。あんな風にオサラバしても、別に失うものは無いんだからサ」

というわけで、ドロンジョは気にしてないような顔でペラペラ自分のロジックを語るが、

「い、いや、ドロンジョ様……？」

「ほったら、ため息ばっかりつくの、やめてもらえますやろか？」

手下二人が、ごくごく当たり前の反論を返す。

「うっ⁉」

「別に失うもの無いって言ってる割に、めちゃくちゃ気にしてるじゃない……」

「方針ブレブレでっせ、ドロンジョ様……！」

「う……うるさいねお前達！」

ガンガンッ！　操縦席の二人の背もたれを、後ろから黒いブーツで容赦なく蹴りながら、

「アタシだって！　まさか自分がこんな気持ちになるなんて予想してなかったんだよ‼」

ヤケクソのように叫ぶドロンジョ。

そう――。ドロンジョは、今、自分がこんなにもため息をつくようなテンションになっていることに、自分でも、少々驚いていた。

それは、ドローリアにウソをついた後ろめたさから全て来ているわけではない。

それよりも……。

「アタシゃ……ドローリアがドロンボー一味に入るの……思ったより、何気に楽しみにしてたんだよ‼　悪いか‼」

逆ギレ気味に、狭いコクピットで叫ぶドロンジョ。

そう――。ドロンジョが暗い気持ちになる最大の理由。

それは偏(ひとえ)に、ただただ単純に、せっかくドロンボー一味に入ると思っていた、あのクソ生意気な王女……ドローリアが、結局、ドロンボー一味に入らなかった。

それがなんというか寂しくて……それで結果、むしゃくしゃしていたのだった。

つまり、ドロンジョらしからぬ、ものすごーく、可愛い理由で落ち込んでいるのである。

「でも、ドローリアの為には、ああするしかなかっただろ⁉　だから、ちょっとくらいため息つくぐらい、見て見ぬフリしたらどうなんだい！　デリカシーの無い連中だね⁉」

「わ、分かった分かった分かりましたがな……」

「おお、怖っ。しばらく放っておいたほうが良さそうね」

今のドロンジョに何を言っても無駄だということを悟ったのか、二人はドロンジョに対するツッコみをやめ、黙って前方を見る。

「フンッ……」

そんな二人に、ドロンジョは、ようやく少し落ち着いた表情になり、視線を自らの右側に向けた。

　ダイダッソーは、予算削減の為、正面以外の壁面には、電子モニターではなく、普通の丸窓をつけて視界を確保している。そこから、髑髏兵に散々破壊しつくされた次元城周辺の光景が見えていた。

　そんな光景を見ながら、ドロンジョは、もう一度自分に言い聞かせる。

「これでよかったんだよ」

　窓の外を見ながらドロンジョ。

「これがアイツの為なんだ。むしろ、イイオンナの先輩として、アイツに良い見本を見せてやったようなもんでサ………！」

　呟きながらドロンジョは見るともなく視線を窓の外に向け続けるが……。

「ん？」

　その時だった。

『ドロンジョォォォォォォォォ⁉』

　予想外の光景が、ドロンジョの視界に飛び込んできた。

※

「はあ⁉　〝ダイダッソー〟に追いつく手段を探せ⁉」

　直前。地上では、こんなやり取りが行われていた。困惑した声をあげるのはダラケブタ。

「そうじゃ！」

燃えるような眼差しで叫んでいるのは、先ほど発見したメモを、ドロクレアに見せられたドローリア。

「この〝メモ〟で、妾は、全て理解した。だからこそ……妾は……妾は最後に、あのスカポンタン女に、一言……一言だけ言ってやりたい！」

「い、いや、そう言われてもだな……」

詰め寄られたダラケブタはますます困惑するが、

「それなら」

その時、口を挟んだのは、ボヤトリスだった。

「あれ。使えば？」

砂漠のある一角を差しながらボヤトリス。

「ダラケブタの家とここを往復して、ほとんど燃料残ってないと思うけど……まだ、一分くらいなら飛べると思う」

そう言いながらボヤトリスが指し示したのは……

髑髏兵と戦っていた場所のすぐ近く。

半分埋まったような形で着陸していた、一機のペットボトルロケットだった。

「よ、よし……あれじゃ！」

その瞬間、ドローリアは目を輝かせ、

「ダラケブタ……運転せい！」

「俺⁉」

ギョッとしたようにダラケブタ。

「いや、まぁやりますけど……俺もあのメモ読んだし……しかしまじスマートじゃねぇ」

「行ってこい」

言ったのはドロクレア。

「お前の素直な気持ちをぶつけてこい。といっても……今のお前には、そんな助言必要なさそうだがな」

「着地は任せろ」

言ったのはトンズレッタ。

「たとえ空中で燃料がなくなって落下しても、私とボヤトリスが受け止めてやる」

「うん、心配無用。だから早く行くべき」

「よし……！」


そして――今。

「ドロンジョォォォォ！」

〝次元の門〟に向かって加速し始めた〝ダイダッソー〟。

その右後方から、ドローリアとダラケブタを乗せたペットボトルロケットが、〝ダイダッソー〟に急接近していた。

「ドローリア⁉」

まさかの光景に目を丸くするドロンジョ。

ただ、よほど燃料ギリギリの状態で飛んでいるのか、二人が乗るペットボトルロケットは時折、底部から黒い煙を吐き、とてつもなく不安定な状態で飛行していた！

「あのスカポンタン……！」

それを見た瞬間……ドロンジョは、

「ドロンジョ様⁉」

「もうあの穴ポコに入ってまうで⁉」

ボヤッキーとトンズラーが止めるのも聞かず、バンッ！

コクピット上部のハッチを開き、〝ダイダッソー〟の一番前にあるサドルの上に飛び出した。すると、その瞬間！

「とうっ！」

そんな声が聞こえたかと思うと……今度はさっきのお返しとばかりに。まるで体当たりをするかのような勢いで、上空から、ドローリアが、ドロンジョの下へ飛び込んできた！

「どわっ⁉　こ、このスカポンタン⁉」

慌てて抱きとめるドロンジョ。かなりバランスは崩れたが、体重が軽いので、かろうじて抱きとめることに成功した。

「お、落ちたらどうするんだい⁉」

ドロンジョは激怒するが。

「スカポンタンはそっちじゃあああああああ‼」

ドローリアの怒りは、その数倍に達していた。

「え？」

「これは……これは何じゃ⁉　アホか、お主らは⁉」

そしてドロンジョに対し、先ほどドロクレアが拾ったメモを突きつける。

「ん？」

怪訝な表情でそれを受け取るドロンジョ。

「これは……？」

「この……ウルトラスカポンタンが」

凧にはためき、メモに書かれていた文面が見える。そこには——こんなことが書かれていた。

☆第一回ドローリア大ウソ会議　今後の狙いと、実践するタスクについて☆
狙い↓ようやく〝次元の巫女〟という重荷を下ろしたドローリアに、また余計な荷物を背負わせるようなことはしたくない。

実践する行動↓ヤな態度を取る？　有無を言わせず帰ってしまって、ドロンボー一味に入るという選択肢を強制的に削る？

結果↓ドローリアが王になる。全員ハッピー。ドロンボー一味も、それはそれで格好良い感じになるので、みんなウィンウィンで幕引きになる！

会議議事録執筆者……議事録担当・天才ボヤッキー

「どんなアホな会議をしとるんじゃお主らは⁉」

絶叫するドローリア。

「そしてどんな悪党なんじゃドロンボー一味は⁉　だいたい、こんな重要な議事録を、普通に落としていくって！　どういうセキュリティ体制しとるんじゃお主ら⁉」

「ボ、ボヤッキー……！　こぉのスカポンタン！」

　赤面しつつ叫ぶのはドロンジョ。

「お前……アジトに戻ったら覚えといで！　あらゆる意味で、とりかえしのつかないミスをしてくれたね⁉」

　ぶるぶると肩を震わせながら、コクピットの中へ向けて叫ぶドロンジョ。

「ひぃぃ、だ、だって！　ドロンジョ様が早く行けって急かすし！　まさか、あんな砂漠に捨てた紙くずがそんなすぐ誰かに発見されるなんて⁉」

「ボヤやん……終わったな……ご臨終やわ、それは」

　ボヤッキーの死が確定する中、

「まったく……」

　ドロンジョの目の前のドローリアはまだ怒りが収まらない様子で、

「こんなことだろうと思っておったわ！」

　不機嫌にドロンジョに言う。

「お主らの底の浅い考えなど妾には完全にお見通しじゃ！　完全に失策に終わっておる！」

「え？　いや、お前、完全に裏切られたと思って泣いてたんじゃ……⁉」

　上空からペットボトルロケットを操作するダラケブタがツッコむが、無視し、

「だからこそ、一言いいにきたのじゃ！」

　ドローリアは続ける。

「い、言いに来たって、何をだい……⁉」

その剣幕にドロンジョがたじろぐ中、

「妾を……妾を馬鹿にするな！」

ドローリアはドロンジョに向かって叫ぶのだった。

「妾は……妾は、もう、ドロンボー一味の一員なのじゃ！　だからこそ、自分がやりたいことくらい……自分のワガママくらい、ちゃんと、もう、言えるのじゃ！」

次第に涙声になりつつ、

「妾は……妾は、王になるのじゃ！　妾は……妾は、お主達とは行かない！　それくらい……それくらい、お主の謀などなくても、一人で決められたのじゃ！　だから……余計な猿芝居などいらんかったのじゃ！　お主は、ただ、あそこで妾の決断を待っておればよかったのじゃ、このスカポンタン！」

ドロンジョの腕の中で、ドロンジョをポカポカやりながらドローリア。

「う…………！」

その言葉に……ドロンジョは、不覚にも、自分がとった行動を、反省する。

確かに……ドローリアの言う通りだった。ドローリアの為と言いつつ……ドロンジョは、なんだかんだ、ドローリアを信用しきれていなかったのだ。

もしかしたら、ドロンジョは、目の前で、ドローリアに面と向かって〝王〟を選ばれることが怖かったのかもしれない。

それは、確かに、とてつもなく失礼で……とてつもなくドローリアを馬鹿にした行動だった。

「ゴメン！　すまん！　悪かった！」

　なので、さすがにドロンジョは謝った。

「ゆ、許しとくれドローリア。いつかそのうち埋め合わせするから！」

「ほう……！」

　すると、その瞬間だった。

「埋め合わせ？」

　キランッ。ドローリアの瞳が妖しく光る。

「言ったな⁉　では……妾が持つ、最大の〝野望（ワガママ）〟を叶える時には……お主に、最大限協力してもらうぞ！」

　そして、ドロンジョに、ふんぞり返りながらそんなことを言う。

「は？　〝野望（ワガママ）〟？」

「そうじゃ……！」

　ドローリアは不敵な笑みで頷き、

「だいたい、お主は勘違いしておる！　ドロンボー一味としての経験も積んだ妾が、王か、ドロンボー一味か、などという、矮小（わいしょう）な二択に終始すると思っておるのか⁉」

「は⁉」

　その言葉に、困惑するドロンジョ。

「いや、アンタ、さっきまでは明らかにそれで悩んでたんじゃ……」

「妾の最新の〝野望（ワガママ）〟はそんなものではない！　こうなってみて……妾は気づいたのじゃ。よいか、よく聞け！　妾の最新の〝野望（ワガママ）〟、それは――」

そこでドローリアは胸を張って、

「モンパルナス王国の偉大なる国王役も。

それから、ドロンボー一味に革命を起こす、彗星のように現れたスーパールーキー役も。

どっちの役も完全にこなす……それが、妾の、これからの〝野望〟なのじゃ！」

ドロンジョに向かってまっすぐ宣言する。

「ど……どっちも……!?」

それは、完全にドロンジョの想像を超えた、ワガママすぎる〝野望〟。

「無論……今すぐにとはいかん」

言い切ったドローリアはフンッ、と鼻を鳴らしながら、

「王の仕事はそう簡単なものではない。国を安定させ、民を安心させ、妾が王として確固たる立場を築くのは、ほんの少しばかりの時が必要じゃろう。じゃが……」

自分に言い聞かせるような口調で、

「妾は必ずやる。やり遂げてみせる。常人には、予想もつかないようなスピードで」

ドロンジョに胸を張って宣言。

「じゃから……じゃから、ドロンジョ。その時まで、どうか妾のことを待――」

そしてドローリアは、目の端に涙を浮かべながら、さらに言葉を続けようとするが……

「ド……ドロンジョォォォ！」

その時だった。

「どこへ行く！　待て！　逃がさないぞ！」

〝ダイダッソー〟の遥か下方の、地表。

果てしない砂漠の向こうの地平線の彼方。

そこから、まさかの〝二人組〟の声がこだました――――！

※

「あ」

「ヤッターマン」

コクピットの中から、驚いた声をあげたのは、トンズラーとボヤッキー。

そう。地平線の向こうから現れたのは……そういえば、髑髏兵との戦いの途中から、いつの間にかフェードアウトした〝正義の味方〟。

本来ならこの作品の主役である、ヤッターマンだった……！

「ア、アイツら……⁉」

唖然とその光景を見守るドロンジョ。そういや、あの二人のことをすっかり忘れていた。

「まったく……どうなってるんだドロンジョ！」

そんなヤッターマンは、若干泣きそうになりながら、抗議していた。

「あの首だらけのメカがいなくなって、勝ったと思って颯爽と走り去ったのに！」

「そうよそうよ！　行けども行けども、家に帰れないじゃない⁉　どうなってるのよ！　ここはどこなの⁉」

「ワオーン⁉」

砂漠を爆走するヤッターワンに掴まりながら、文句を浴びせかけてくるヤッターマン一号とヤッターマン二号。

そう……。実は、誰も気づいていなかったが。

髑髏兵が消えた後、何を勘違いしたのか、この正義の味方二人はドロンボー一味を打ち倒したと思い、恒例の勝利の儀式……！

〝ヤッター　ヤッター　ヤッターワン　ヤッターマン！〟のポーズをキメ。そしてその後、いつも通り、地平線の向こうにヤッターワンと共に走り去っていたのだが……。

本人達は、今ひとつ分かっていないが、実はここは、普段自分達が戦っている次元とは、別の次元。

無論、行けども行けども自分達の家に帰れず、妙だと思って、慌てて地平線から引き返してきたのだった……。

「この状況！　どうせお前達の仕業だろう！　なんてインチキだ！」

「今度こそ許さないからね⁉」

そして勿論、いつも通り、当たり前のようにドロンジョ達の仕業だと思い二人と一体はドロンボー一味を追いかけてくる……。

「……ハッ」

その瞬間。不思議とドロンジョは笑っていた。何故か自然と口角が上がる。

「まったく。どいつもこいつも勝手ばっかり言ってくれるよ……！」

王とドロンボー一味、どっちもやりたいとぬかすドローリア。

勝手についてきて、勝手に自分達を許さないとぬかすヤッターマン。

いつの間にか、周囲にいるのは、ドロンボー一味が大人しく思えてくるくらい、ワガママで迷惑な連中ばかりである。

「ドローリア」

そしてドロンジョは、そこでドローリアの名を改めて呼ぶ。

「ドロンボー一味に入るってことは、あんなしつこい連中と延々戦うってコトだけど……アンタ、覚悟は出来てるんだろうね⁉」

挑発するように聞くドロンジョ。

「む⁉」

それに対し、ドローリアは憮然とした表情になり、

「と、当然じゃ！　妾を誰だと思っておる⁉　お主らとあやつらのお馴染みの戦いのことは誰よりも知っておる。覚悟など、とっくに出来ておるぞ！」

胸を張って言い返す。

「そうかい」

ドロンジョは、ならばと頷き、

「だったら……合格だよ」

パシッ。軽くデコピンを放ちながら言う。

「え？」

意味が分からない、ドローリア。

「鈍い奴だね……⁉」

ドロンジョは呆れたように呟き、

「だから……さっきの話だよ！」

まっすぐ正面から叫ぶ。

「アンタの〝野望(ワガママ)〟……！　待っててやるって言ってんだよ⁉」

怒ったような口調で言うドロンジョ。

「アンタの国が安定して、アンタが来るの待ってりゃいいんだろ⁉　待っててやるから……サッサと王様して来いって言ってんだよ！」

「ドロンジョ……！」

驚いたように目を見開くドローリア。

「よ、良いのか……⁉」

自分で言い出した〝野望(ワガママ)〟の癖に、自信がなかったのか、ドローリアは半信半疑で聞き返しているが、

「ハッ！　良いも何も……。どうせアイツらとの戦いなんか、十年経っても百年経っても終わらないよ。見たろ、アイツらのしつこさを！」

〝ドロンジョ～！〟と叫びながら追いかけてくる、地表のヤッターマン達を見ながらドロンジョ。

「だからまぁ……せいぜい気楽にやるんだね」

ぷい、と、気の無い調子で言うドロンジョ。

「たとえアンタがドン臭くて。アンタが婆さんになって、孫が産まれて、その頃ようやく国が安定した、みたいなことになったとしても……アタシ達はなんだかんだ、どこかでドンパチやってるよ」

「ドロンジョ……！」

その言葉に、ドローリアは、感極まったように……ひしっ！　ドロンジョに抱きつく。そして、

「妾が婆さんになった頃には、お主はおそらくミイラに……」

「こ、このスカポンタン！　このドロンジョ様は、永遠に年をとらないんだよ！」

ドロンジョはそこでドローリアを最後にひっぱたき。

「だからまぁ……また、前みたいにがんじがらめにならない程度に。気楽に頑張りな。悪巧みってのは……なんでも楽しんでやらなきゃソンなんだからね」

そしてドロンジョはそこで、目線を上空に向ける。

そこにいたのは、ここまでペットボトルロケットでドローリアを連れてきて、ずっとダイダッソーの上空で並行飛行し、待機していたダラケブタだ。

「そのフォローは、頼んだよ！　臨時手下二号！」

「チッ、手下じゃねぇっつってんだろ……！」

憮然とした声でダラケブタ。

「まぁでも、任しとけ。テメェには世話になったし。手下じゃなく……仲間として。それくらいの頼みは聞いてやるよ！」

上空から親指を上げつつダラケブタ。

「豚のクセに生意気な……！」

そんなダラケブタに、満足そうに鼻を鳴らすドロンジョ。

「ドロンジョ様〜〜！」

その時だった。

「どうしまんねん⁉　そろそろ、例の、元の次元に戻る穴ポコでっせ⁉」

コクピットから、ボヤッキーとトンズラーの声。

確かに、前方には、中空に浮かぶ〝次元の門〟が間近に迫っていた。

「おし……！　んじゃ、ぼちぼちだね」

「うむ！」

ドローリアは覚悟を決めたように、ドロンジョから離れ。そんなドローリアを回収すべく、ダラケブタがペットボトルロケットを、〝ダイダッソー〟のサドルに寄せる。

「アンタら、元の職場に戻っても、ヘマするんじゃないよ⁉　アンタらはもう、ドロンボー一味の構成員なんだからね⁉」

そして、ペットボトルロケットに乗り移ったドローリアに叫ぶ。

「あと、風邪とか引くんじゃないよ⁉」

「わ、分かっておるわ！　お主は、妾のお母さんか⁉」

「スカポンタン！　せめてお姉さんと言いな！」

「ドローリア！　馬鹿言ってねぇで行くぞ！　アイツらの次元移動に巻き込まれちまう！」

そうこう言ってる間に、ダラケブタが舵を切り、二人を乗せたペットボトルロケットがそこから急速離脱する。

「じゃあね……またいつか会おうじゃないか！　急造ドロンボー一味！」

「アラサッサー！」

「ホラサッサー！」

その言葉を最後に、バラバラになる急造ドロンボー一味。

直後、ドロンジョ達は、〝次元の門〟をくぐり――（ちなみにヤッターマン達も、無理やりくっついてきていた）、

「やれやれ……これで元通りだね」

いつもの日常へ帰還したのだった。

エピローグ

ジリリリリリリ…………！

静かな夜明け前の博物館に、朝の静寂をぶち壊す、けたたましい非常ベルが鳴り響く。

ここは、イランス国、ブーブル博物館。世界中の名品珍品貴重品が展示された、世界的な博物館である。

スタタタタ……！

そんな中、長い長い廊下を全力疾走で駆け抜けるシルエットが三つ。言うまでもない。

発明の天才ボヤッキー。腕力担当の肉体派トンズラー。

そしてその二人を束ねる希代の女ボス、ドロンジョ。ドロンボー一味の面々である。

「こんの……スカポンタン‼」

そして先頭を走っていたドロンジョは、いつも通り、走りながらボヤッキーとトンズラーを怒鳴りつけていた。

「どこが警備が手薄なんだよ⁉　今回はガチガチに守り固められてるじゃないか⁉」

呆れるように怒るドロンジョ。

「お、おかしいわね、このアタシの計画が狂うなんて……！」

「日頃の行いが悪いんとちゃうか、ボヤやん？」

「言ってる場合かこのスカポンタン！」

ドロンジョは二人を交互にどつき、

「しかも今日は、アイツら、もう来てるし……！」

うんざりした視線を、長い長い廊下の遥か先へ向けるドロンジョ。そこには――

「待てぇドロンジョォォォ！」

先日、無事、ドロンジョ達と一緒に、こちらの世界に帰還していたヤッターマン一号、ヤッターマン二号、ヤッターワンの姿があった。

「ようし、なんか最近ヘンだったけど……やっといつもの調子に戻ってきたぞ⁉」

「そうそう！　やっぱり、私達が勝って、ドロンボー達が負けてくれないと、調子悪いもんね！」

「ワオーン！」

「何勝手なこと言ってくれてんだい、あのスカポンタンどもは……⁉」

そんなヤッターマン達から、長い廊下を走って逃げながらドロンジョは嘆息。

「ドロンボー一味は、今後色々人員が増えるかもしれないんだから……そう簡単に負けるわけにゃいかないんだよ⁉」

走りながら叫ぶドロンジョ。

そう、あれから――つまりドロンジョが、ドローリア達と出会い、別れたあの騒動から、早くも一月。

当然、今の段階では、ドローリアから何の連絡も無かったが……。しかしドロンジョは、恐らくドローリアが、毎日、とてつもなく忙しい日々を送っているはずだと信じ、ドロンボー活動を頑張っていたのだった。

「しかし……。うまくやってんのかね、あのスカポンタン達は……？」

走りながら、ふと呟くドロンジョ。

あまりに強烈な経験だったからか、こちらに帰ってきてからも、ドロンジョはついつい、ドローリア、そしてあの時の面々のことをふいに思い出していた。

「ま、便りが無いのは元気なシルシとか言うし……それでいいってことなのかね」

勿論、そんなことは一人で考えていても分かるはずがないので、ドロンジョはいつもそうするように、今回も自分でそう結論づけて、意識を目の前に戻したのだが……。

その時だった。

「やれやれ……！　こっちだ！」

ヤッターマン達から逃走するドロンジョの前方。そこの床に、突如、虹色に光る、マンホールくらいの大きさの穴が開き、そこから声が響いた。

ニュッ。その穴から現れた人影に、ドロンジョは目を丸くする。

「え⁉　ダ……ダラケブタ⁉」

そう。そこに唐突に現れたのは。今まさに一瞬ドロンジョの頭を過った人物——いや豚物の一人。ダラケブタ。

「い、いいから、サッサとこっち入れ、スマートに‼」

ダラケブタは、以前と変わらぬ、ハードボイルドな声で言うと。

「お前に〝話〟があってこっそり仕事抜け出してきてんだ……！　サッサとしやがれめんどくせぇ！」

なんだか必死な調子でドロンジョに言う。

「話？　ったく、なんなんだいこの豚は……！」

一つ嘆息した後、仕方なく、ひょいっ。その穴に飛び込むドロンジョ。

ブンッ。その瞬間、その穴は閉じ、床は、元通りの廊下に戻った。

「⁉　え、えぇ⁉　アタシらは入れてくれないわけ⁉　ドロンジョ様⁉」

「差別や……！」

立ち尽くすボヤッキーとトンズラー。

「待てぇ！　ドロンボー一味！」

そして二人は、ダラケブタの来訪に気づかず、相変わらず追ってくるヤッターマン達を確認すると、

「し、仕方ない……！　自力で逃げましょ！　トンちゃん！」

「せやな！　ボヤやん！」

逞しく、自らの足で、その場からスタコラサッササと走り出した……！

「で……？　話ってなんだい」

一方、ダラケブタが出現させた空間に移動したドロンジョは、ダラケブタに聞くが……。

「ん⁉」

ふと、気づく。

「アンタ……なんか……羽振り良くなってないかい……⁉」

目をパチクリさせながらドロンジョ。

確かに、ドロンジョ目の前のダラケブタは、次元城の騒動の時に着ていたヨレヨレのスー

ツではなく、パリッと光沢のあるスーツを着こなしていた。

「え？　お、おう」

その指摘に、若干照れたような声でダラケブタ。

「いや……あの後。ドロクレア達の推挙があったとかで。妙に昇進しちまったんだよ。髑髏（どくろ）兵の破壊に協力したのも評価されたとかでな」

自身のスーツを、なんとなくまだ着心地悪そうに眺めながら、

「いきなり二級管理官になって……今までの業務にプラスして、ドロンジョ、テメェの次元も俺の管轄になっちまったんだよ。まったく、忙しくて死にそうだぜ」

嘆息交じりに言う。

「まぁ、これで母ちゃんにも、もうちょい良い暮らしさせられるし、よかったはよかったけどな」

照れくさそうにハットのつばを下げながらダラケブタ。

喜んでるのがバレバレのその仕草に、ドロンジョは苦笑するしかなかった。

「で？」

とはいえ、さすがにその昇進報告の為だけに、こんなところまで来ないだろう。

「〝話〟って何の用なんだよ。こっちはドロボウ活動に忙しいんだよ」

「あぁ……」

ダラケブタは懐に手を入れ、

「手紙を預かってな」

ドロンジョに言う。

「ドローリアからだ」

「ドローリアから⁉」

「ああ。それを、ドロクレアが俺に届けてくれた」

「ド……ドロクレアが⁉」

一瞬、意味が分からないドロンジョ。

「あぁ……そうそう」

ダラケブタはふと思い出したように、

「ドロクレアは、今回の騒動の責任を取る形で、一気に降格……。トンズレッタ、ボヤトリス共に、全員三級管理官になって……今、俺の部下として、俺のフォローしてんだよ」

衝撃の顛末をドロンジョに語る。

「マジ⁉　あの三人が⁉　アンタの部下⁉」

「ああ。マジめんどくせぇよ。給料が減ったからメシが食えねぇとかで、やたら三人で俺の実家に来て勝手にメシ食ってくし……」

けっこう本気で嫌そうなため息をつきながらダラケブタ。

「どうも、あの後打ち上げで出したカツ丼がやたらストライク入っちまったらしくてな。まぁ、なんだかんだ、ずっと三人一緒だし、全員前より幸せそうだからそれはそれでいいけどよ……」

「は、はぁ……」

カツ丼の話は何が何やら分からないドロンジョであるが。

「ともかく、そのドロクレアが、お忍びでドローリアに接触して預かった手紙だ」

その手紙をドロンジョに渡す。

「アイツ、なんか結局ドローリアが気に入ったのか、やたらドローリアと接触してな。本来、用も無いのに監視対象と接触したり、他次元間の連絡を仲介すんのは違法なんだが……ま、特別に許可してやるよ。テメェとの約束もあるしな」

そこまで言うと、ダラケブタはパチンッ、と蹄（ひづめ）を鳴らし、先ほど閉じた穴を再び開く。

ヤッターマン達はもう通り過ぎたのか、穴の向こうは静寂に包まれていた。

「じゃあな。まぁゆっくり読んでやれや。俺は帰るぞ」

そしてあっさり告げるダラケブタ。

「え？　そうなのかい？」

「ああ。あんまりダラダラしてると本部に察知されて、大事になっちまうからな」

肩をすくめてダラケブタ。

「それに、俺がここの次元の担当になった以上、どうせテメェらとはまたちょくちょく会いそうな気がするし……お前らけっこう次元法違反スレスレなことよくやってそうだし……」

「や、やってないよ！　よく分かんないけど、たぶんやってないよ！」

根拠なく言いきるドロンジョ。

「まぁいいけど。つーわけで、俺は先出るわ。じゃあな。忘れた頃にまた来るわ」

というわけで、次元管理局二級管理官ダラケブタは、なんだかんだ今後もドロンジョと長い付き合いになりそうな予感を残しつつ、穴から去っていったのだった。

「さて。……手紙ね」

そして……残されたドロンジョは、若干緊張しながら、その手紙に視線を落とす。

わざわざ、こんな危険を冒して次元を移動して密輸された手紙なのだ。何か重大なことが書いてあるのだろうか？

はらり。硬い表情で手紙を開封するドロンジョ。すると――。

そこには、いきなり、こんなことが書かれていた。


『元気にやっておるか？　ドロンジョ。

今回、妾（わらわ）は、用件は特に無いが、手紙を出すことにした』

「無いんかい……⁉」

ずっこけるドロンジョ。続きに目を向ける。


『じゃが……妾が国王になって、ちょうど一月が経ったし。節目じゃし、軽く近況報告をしておこうと思って、ドロクレア達に手紙を渡した。連中は妾に良くしてくれるし、間違いなく手紙を届けてくれるだろう。

さて……おかげ様で、国王ライフは順調じゃ。父様、母様にも、妾が、妾の出自を知ったことをキチンと伝え、その上で話し合ったし……。

あと、全てを国に捧げるだけの生き方では、妾の力を十全に発揮できんので、時と場合によっては〝ワガママ〟を言いたい旨も伝えておいた。

妾が二人にそんなことを言ったのは、初めてじゃ。それに対して、むしろ二人は喜んでおったよ。妾があまりに自分に厳しく、心配していたらしい』

「だから言ってんだよ……！」

思わずツッコんでしまうドロンジョ。

ドロンジョは、内心そう思っていたのだ。その自分に厳しい生活は、本当に、周囲の人間が望んだものなのか？　自分で勝手に自分を追い詰めて、周囲の人間にむしろ気を遣わせているのではないかと。

そして手紙の中でドローリアは言う。

『結果、おかげさまで、妾は、ほどよく楽しい王様ライフを送らせてもらっておる。おかげで国も、うまく安定……してきたところじゃ。

そろそろ、期待のスーパールーキーたるこの妾が、恋しくなってきた頃じゃろう？　このままいけば、そう遠くない将来、少しの間なら助っ人に行けるかもしれぬ。その時を楽しみに待つがよいぞ。

というわけで……妾は、そちらの世界に行くという〝野望（ワガママ）〟を達成できる日のことを心待ちにしておる。

その日まで、ドロンジョ、お主達もせいぜい頑張るのじゃぞ？

もし、この手紙に返事が書きたかったら書くが良いからな。

ドローリア・ミラ・モンパルナス（国王）より』

「やれやれ……！」

手紙を読み終えたドロンジョは、その手紙を、胸元にしまう。

「ほどよく楽しい王様ライフねぇ……」

ドロンジョは呆れて呟いた。

ドロンジョも馬鹿ではない。

ドローリアが今送っている生活が……いくらなんでも、そこまでお気楽なものではないことは容易に想像できた。

前より幾分マシかもしれないが……今でも国王として様々な難題に向き合い、決断を迫られ、神経をすり減らしていることだろう。

だからこそドローリアは、強がりつつ、用も無いのに息抜きに手紙を送ってきた。

この世に楽な仕事など無い。

誰よりもそれを知っているドロンジョだからこそ、その経緯が、なんとなく理解できてしまった。

「ま、でも……今のアイツなら、きっと大丈夫だね」

ドロンジョは呟く。

今のドローリアなら、他人の気持ちだけでなく、自分の気持ちにも向き合える。一度もワガママを言わず、頑なに心を殺し、一人で生きることが最善だと考えていた頃のドローリアとは違うのだ。

〝野望(ワガママ)〟に生きる事の大切さ。それを今のドローリアはもう知っているはずだ。

だが……それでも。

そんなドローリアでも、乗り越えられない苦難も、もしかしたらいつか、待ち受けているかもしれない。だから……。

「そういう時。アイツがいざという時逃げて来れる場所を作る為にも。やっぱ、まだまだ、アタシも頑張んなきゃね」

肩をバキボキ鳴らし、一人になった穴の中で、準備運動を開始するドロンジョ。

「そしてどんどん手下を増やし。ドロンボー一味を、世界で一番イケてる悪党にする。それがアタシの〝野望〟ってとこかね」

満足げに顔を上げるドロンジョ。

すると、まさに、その時だった。

「ドロンジョ様ぁぁぁぁぁぁあああああああ‼」

穴の上から、聞きすぎて耳にタコが出来た、手下達の悲鳴が聞こえてくる。

「いったいどこ行ったわけ⁉」

「ワイらだけでは無理でっせ！　ドロンボー一味はドロンジョ様がおらんと！　ドロンジョ様、カムバァァァアック‼」

恐らく、逃げ惑っているうちに、博物館を一周して結局戻ってきたのだろう。

近くから二人の聞きなれた足音がドロンジョの耳に届く。

「やれやれ」

その声を聞いたドロンジョは、かすかに笑みを浮かべた。

「仕方ない……それじゃ、今日も今日とて、始めるとしようか」

穴の上に颯爽と這い出し――！

「さぁ行くよお前たち！　メカ戦だ！　今日も今日とて……やっておしまい！」

「「アラホラサッサー！」」

博物館に響き渡る、よく通る掛け声。

説明するまでもないだろう。

ドロンジョ達の戦いは、こんな具合に、これからも、愉快に、楽しく、いつまでも、続いていくのである――――！


【ＥＮＤ】

あとがき

「『ヤッターマン』のキャラを使って、何か一つ、物語を書いていただけませんか？」

数年前、ひょんなことから、こんなお話をタツノコプロ様とＫＡＤＯＫＡＷＡの編集者様から頂きました。

色々なキャラクター群の中から、誰を主人公にするのか？

そしてその主人公を使って、どんなお話にするのか？

三者で色々話し合った結果、この『異世界ドロンジョの野望』は生まれました。

あのドロンジョ様が、異世界？　に転移し、そこでドロンジョ様とは正反対の、自分の意思やワガママを口にするのが苦手な少女と遭遇し、二人である事件を解決するまでの物語です。

もちろんボヤッキーとトンズラーも出てきます。あとヤッターマンも。

細かい原作ネタは、分かる方には分かるよう幾つか仕込まれていますが、基本的には、『ヤッターマン』を知らなくても楽しめるように配慮したつもりです。

というかむしろ、この作品をきっかけに『ヤッターマン』に興味を持ってほしい、『ヤッターマン』の入門編的な要素も入れたつもりです。

その上で、一本の小説として、痛快で、心に残るものを目指したつもりです。

こんな時代だからこそ、気っ風が良い連中が大暴れする、そんな話を書いたつもりです。

楽しんでいただければ幸いです！

というわけで、本企画なのですが……。

最初、依頼が来た時はもちろん驚きました。

そんな注目度の高い企画に何で私なんぞを、と……！

聞いてみると、タツノコプロの本企画担当の方が、私の著作を以前読んで下さっていた方で、しかもちょうど、その話を受けたKADOKAWA側の本企画の担当が、私の担当編集者でもあったので、依頼が来たとのお話でした。

長くやっているとそんな幸運な偶然もあるんですね……！


私は普段、KADOKAWAのファンタジア文庫というレーベルでライトノベルを書いています。

いつのまにかキャリアもそこそこになって、数えてみると、これまで二三冊小説を刊行してきて、これが二四冊目になるのですが……。

このお話の執筆は、自分にとって、中々忘れがたい経験になったと思います。

というのもこのお話が来た当時、ちょうど私は、以前執筆していたシリーズが終わって、次回作の構想していた時期だったのですが……。

まぁ、いつものことといえばいつものことなのですが……ぜんぜん話が書けず。

それなりに苦しんでいました。

そんな時、このお話が来て、改めて『ヤッターマン』を見直したり、ドロンジョ様を主人公に据えてこの物語を書いているうちに……なんか、だんだん元気が出てきました。

彼らの、なんでもアリな、無茶苦茶暴走パワーに影響されたんだと思います（笑）。もしくは、

「書けないとかゴチャゴチャ言ってないで、執筆、サッサとやっておしまい！」

そうやって、ドロンジョ様に、日々ボヤッキーとトンズラーと共に渇を入れられていたのかもしれません。

おかげでこの小説も書けましたし、書き終わった今も、けっこう元気です。

というわけで私は、彼らと、この企画に感謝しています。

最後に謝辞を。

まずはＫＡＤＯＫＡＷＡで担当をして下さったＴ林様、ありがとうございました。

納得いくまで書き直したい私の空前絶後の改稿乱舞に最後まで忍耐強く付き合ってくださって、本当に感謝しています。プロットどころか、初稿の面影すら無くなる私の改稿、今更ですけど、よく耐えられましたね……⁉　ご迷惑おかけしました。

タツノコプロの関係者の皆様。こちらも、何度も改稿した結果、何度も原稿チェックしていただくことになってしまい、大変ご迷惑おかけしました……！　本当にすみません。

打ち合わせでタツノコプロに行けたのは一生の思い出です。また行きたいです。そして他のタツノコキャラのノベライズ等ありましたら、これに懲りず、是非、この私めをご指名下さい……！

みやま零様。素晴らしいイラストありがとうございます！　私を遥かに凌駕するタツノコ愛に満ちたイラスト群、感服いたしました……！　読者の方に見ていただくのが今から本当

に楽しみです。勿論また、いつか一緒にお仕事できれば嬉しいです……！

以上、スペースも無くなってきたので、あとがき、ここまでです。

そうそう、もしこの作品で私を知った方がいれば、よければ過去作もどうぞ。色々やってます。『情熱大楽』というブログもやっていますので、そちらもよろしければ是非。

ではでは、また次回作等でお会いしましょう。グッバイアディオス！

大楽絢太（だいらくけんた）

みやま零　あとがき

ヤッターマンたちの活躍は幼稚園のころからずっと観ていて、
大声で主題歌を歌いながらケンダマを振り回していた子供時代でした。
あれから数十年の時を経て、
まさか自分でヤッターマンを描くような機会があるとは
タイムマシンでもあったら教えてやりたいですが、
そういえばヤッターマンは基本的にタイムスリップはしないのでした。
今回、一番描きたかったイラストはボヤッキーのポチッとな、です。

異世界(いせかい)ドロンジョの野望(やぼう)

2023年5月19日 初版発行

著　　者　大楽絢太(だいらくけんた)

イラスト　みやま零

原作・監修　タツノコプロ
（原作「タイムボカンシリーズ　ヤッターマン」）

発 行 者　山下直久

発　　行　株式会社 KADOKAWA
〒102-8177　東京都千代田区富士見2-13-3
電話 0570-002-301（ナビダイヤル）

編　　集　ファンタジア文庫編集部

装　　丁　アフターグロウ

D　T　P　株式会社RUHIA

印 刷 所　大日本印刷株式会社

製 本 所　大日本印刷株式会社

ISBN：978-4-04-074330-1 C0093

スケベでおバカな高校生イッセー君の
悪魔で下僕でなんだかウハウハで
そしてちょっとだけ熱血な
学園デモンズ・エロコメディー！
石踏一榮
ICHIEI ISHIBUMI
イラスト：みやま零
illustration : MIYAMA-ZERO
ファンタジア文庫